Ludwig Tieck

Wilde Geschichten

Ludwig Tieck

Wilde

Herausgegeben und mit Zwischentexten versehen

Gesch ichten

von Jörg Bong und Roland Borgards

Galiani Berlin

Ich war auf einige Sekunden wirklich wahnsinnig«, schreibt der 19-jährige Ludwig Tieck am 12. Juni 1792 an seinen Freund Johann Wilhelm Heinrich Wackenroder. Was war geschehen? Was war es, das Tieck für Momente in einen wirklichen Wahnsinn getrieben hatte?

Ein Buch! Ein Leseerlebnis.

Gerade sind der zweite und dritte Band des Schauerromans *Der Genius* von Karl Grosse erschienen. Tieck ist elektrisiert und lädt zwei Bekannte ein, um ihnen die beiden Bände vorzulesen. Er ist ein begnadeter Vorleser, die Zeitgenossen berichteten es beeindruckt, zudem ein Vorleser mit grandioser Ausdauer: Die beiden Bände, um die es geht, sind zusammen immerhin 600 Seiten stark. Zwar sind Druckseiten im späten 18. Jahrhundert noch nicht ganz so voll wie heutzutage, doch unter einer zehnstündigen Dauerlesung, so warnt Tieck, sei das Ganze nicht zu machen. Die Bekannten nehmen die Einladung an – und Tieck beginnt zu lesen. Laut, dramatisch, exaltiert; es geht um die höchsten Grade der Affekte. Alles andere ist lau, lahm, langweilig.

Trotz allen deklamatorischen Engagements: Nach acht Stunden und etwa 480 Seiten, so berichtet Tieck in seinem Brief an Wackenroder, fangen die »beiden Zuhörer alle Augenblicke an einzuschlafen«. Für Tieck kein Grund, aufzuhören: »ich las stets weiter, mit eben dem Enthusiasmus, mit eben dem ununterbrochenen Eifer.« Um vier Uhr nachmittags hatte er begonnen, um zwei Uhr nachts »war das Buch geendigt«. Die beiden Zuhörer verziehen sich zum Weiterschlafen in eine angrenzende Kammer. Der Vorleser aber bleibt wach: »Das Licht ward entfernt, ich war allein, Nacht um mich her.« Die Nacht, sie bietet Zeit und Raum für Phantasien, für erhitzte Einbildungen aller Art, vom Schwärmerischen über das Groteske bis zum Schauerhaften. Tieck durchlebt das ganze Spektrum:

> Ich stand gedankenvoll mit dem Arm auf einen Stuhl gelehnt, in jener schönen erhabnen Schwärmerei verlohren, nur für Schönheit empfänglich, süße Töne wie abgebrochene Gesänge schwärmten um mein träumendes Ohr, rosenfarbene Bilder umgaukelten mich mit blauen Schmetterlingsflügeln, – als plötzlich – noch schaudre ich wenn ich daran denke, noch kann ich die Möglichkeit nicht begreifen – als wie in einem Erdbeben alle diese Empfindungen in mir versanken, alle schöne grünenden Hügel, alle blumenvollen Täler gingen plötzlich unter, und schwarze Nacht und grause Totenstille, grässliche Felsen stiegen ernst und furchtbar auf, jeder liebliche Ton wie verweht, Schrecken

> umflog mich, Schauder die grässlichsten bliesen mich an, alles ward um mich lebendig, Schatten jagten sich schrecklich um mich herum, mein Zimmer war als flöge es mit mir in eine fürchterliche schwarze Unendlichkeit hin, alle meine Ideen stießen gegeneinander, die große Schranke fiel donnernd ein, vor mir eine große, wüste Ebne, die Zügel entfielen meiner Hand, die Rosse rissen den Wagen unaufhaltsam mit sich, ich fühlte es wie mein Haar sich aufrichtete, brüllend stürzte ich in die Kammer. – Jene, in der Meinung, ich will sie erschrecken, schreien ebenfalls, als plötzlich sich die kleine Kammer wie zu einem weiten Saal ausdehnt, in ihnen zwei riesenhafte Wesen, groß und ungeheuer, mir fremd, deren Gesicht wie der Vollmond ist (o jetzt versteh' ich erst ganz diese vortreffliche Schilderung im König Lear), mir war, als sollt' ich niederstürzen, die Angst und Wut schüttelte alle meine Glieder, ich hätte beide niedergestochen, hätt' ich einen Degen in meiner Gewalt gehabt. Ich war auf einige Sekunden wirklich wahnsinnig.

Gepackt vom Schwindel der eigenen Einbildungskraft stürzt Tieck nicht nur ins Schreckliche, sondern auch ins denkbar Ungewisseste: Wo endet die Wirklichkeit, wo beginnt der Wahn? Worauf ist noch Verlass? Und wer ist dieses Ich, dem nur ein griffbereiter Degen fehlt, um zum Mörder zu werden?

Ein auf- und abgeklärter Einwand liegt auf der Hand: Dieser Wahnsinn mag zwar wirklich gewesen sein, aber er war doch auch sehr vermeidbar. Auslöser ist schließlich bloß ein literarischer Text. Tieck weiß von den abgründigen Gefahren, die in der Literatur und im Lesen liegen, im Lesen »schöner Literatur«, wie es hieß, von Geschichten, die weder – wie es zuvor im aufklärerischen Geiste der Fall sein sollte – religiöse noch pädagogisch-didaktische Zwecke verfolgen. Über die Risiken und Nebenwirkungen eines maßlosen Medienkonsums wurde im 18. Jahrhundert längst konsterniert diskutiert, von »Lesewut« und »Lesesucht« war da die Rede, sogar von einer »Leseseuche«. Kein Medium galt als gefährlicher und ungehöriger als das Buch – das literarische Buch. Eine modische Trivialität. Tieck kennt die Berichte, die in Journalen der Aufklärung kursieren, Berichte von Menschen, die an und durch Lektüren verrückt werden. Und auch die aufklärerischen Warnungen vor dem ungesicherten Dunkel der Nacht haben er und seine Freunde oft gehört. Wer also vor einem solchen Erlebnis sicher sein will, muss den *Genius* ja nicht lesen – erst recht nicht in einer zehnstündigen nächtlichen Performance.

Der Wahnsinn ist also nichts, was Tieck unversehens widerfährt – tollkühn sucht er ihn, ganz gezielt. Was er findet, ist dann zutiefst ambivalent, extremer kann es nicht sein: helles und dunkles Wunderbares, Selbsterfahrung und Selbstverlust, beides zugleich. Beides fällt im Leserausch gar in eins. Das Ich wird in Stücke zerrissen und neu zusammengesetzt, auch noch im spätnächtlichen Versuch, nach dem aufwühlenden Erlebnis doch etwas Schlaf zu finden:

> Sobald ich die Augen zumachte, war mir, als schwämme ich auf einem Strom, als löste sich mein Kopf ab und schwämme rückwärts, der Körper vorwärts; eine Empfindung, die ich sonst noch nie gehabt habe; wenn ich die Augen aufmachte, war mir's, als läge ich in einem weiten Totengewölbe, drei Särge nebeneinander, ich sehe deutlich die weißen, schimmernden Gebeine, alles dehnte sich in eine fürchterliche Länge, alle meine Glieder waren mir selbst fremd geworden und ich erschrak, wenn ich mit der Hand nach meinem Gesichte fasste.

Tieck hat sich selbst mit voller Absicht über eine Grenze geschickt. Jenseits walten ungeheure phantastische Kräfte: schöpferische, konstruktive, vitale – und finstere, zerstörerische, letale. Doch Tieck kommt zurück, und zwar, indem er in und mit dem Brief aus der Lese-Ekstase einen Schreibgegenstand macht: Lesend hat er sich verloren, schreibend gewinnt er sich zurück. Wie lustvoll wird hier formuliert, wie dicht sind die Beschreibungen, wie lebhaft wird alles vor Augen gestellt! So erzählt der Brief an den Freund nicht nur davon, wie jemand jede Fassung verliert, sondern genauso davon, wie jemand Haltung findet: als Schreiber, Erzähler, Dichter.

Der Dichter, der hier im Brief zu einer ersten Form findet, hat allerdings im Sommer 1792 noch nichts publiziert. Tieck, am 31. Mai 1773 in Berlin geboren, ist ja auch noch jung. Im Frühjahr 1792 hat er in Halle mit dem Studium begonnen, Geschichte und Literatur, erstes Semester. Der Freund Wackenroder weilt noch in Berlin, die gemeinsame Zeit auf dem Friedrichwerderschen Gymnasium liegt noch nicht lange zurück. Wackenroder folgt Tieck bald nach, zusammen studieren sie in den nächsten Jahren in Erlangen und Göttingen. 1794 bricht Tieck sein Studium ab und kehrt nach Berlin zurück. Hier beginnt er – neben einem so rasch aufgenommenen wie wieder abgebrochenen Jurastudium – als Autor zu publizieren, zunächst anonym als Auftragsschreiber in den *Straußenfedern,* dann unter dem Pseudonym »Peter Lebrecht« und schließlich unter eigenem Namen.

Die *Straußenfedern* sind ein Projekt des Aufklärers Friedrich Nicolai. In loser Folge publiziert, versammeln sie Erzählungen und Märchen, häufig freie Übertragungen aus dem Französischen. Für das lesebegierige Publikum war Nicolai beständig auf der Suche nach talentierten Schriftstellern und Schriftstellerinnen. Ab dem fünften Band der *Straußenfedern,* der 1796 erscheint, waren dies für zwei Jahre die Geschwister Ludwig und Sophie Tieck.

Die ersten von den Geschwistern verantworteten Bände sind ein voller Erfolg. Für die Geschichte ihrer Rezeption war dies indes nicht nur von Vorteil: Das Lob des Aufklärers Nicolai und des aufgeklärten Publikums galt als Beleg dafür, dass diese Erzählungen nicht wirklich romantisch sein können, und das heißt: nicht wirklich modern, nicht wirklich gut. Richtig ist an dieser Einschätzung, dass Ludwig und Sophie Tieck sich für ihre Beiträge bei den Konventionen aufklärerischer Literatur bedienen, etwa bei der deutschen Gesellschaftssatire, bei der englischen Schauerliteratur oder bei französischen Märchenstoffen. Übersehen wird hingegen, dass die Geschwister diesen Konventionen nicht einfach folgen, sondern augenblicklich lustvoll mit ihnen zu spielen beginnen. Romantik beginnt genau hier: im Spiel – einem sehr diversen Spiel – mit der Aufklärung. Was heißt: unmittelbar aus ihr heraus, aus ihrem Innersten sich entwickelnd. Und noch interessanter und noch skandalöser: nicht als übermütige Laune, sondern durch die konsequente Anwendung der eigenen aufklärerischen Ideen und Prinzipien. Tieck führt dies in den elf *Wilden Geschichten,* die in diesem Band versammelt sind, eindrücklich vor.

Was also ist an der nun folgenden Erzählung ›noch‹ Aufklärung, was ›schon‹ Romantik? Oder anders gefragt: Wo bleibt die Erzählung ein launiger Scherz, voller Momente eines – am Ende doch lehrhaften – Kuriosen, und wo erlaubt sie sich eine nicht mehr zu entschärfende Frechheit? Eine nicht mehr zu beruhigende Irritation?

Die beiden merkwürdigsten Tage aus Siegmunds Leben

Es war schon gegen Abend, als ein Wagen vor dem Gasthofe still hielt, und ein junger Mensch munter und fröhlich herausstieg, um sich vom Wirt ein Zimmer anweisen zu lassen. Es entstand ein Laufen im ganzen Hause, Treppe auf und nieder, um Licht und Feuerung zu besorgen, alle Schritte hallten fünffach von den großen Gewölben wider, man führte den Fremden auf sein Zimmer und ließ ihm Wachslichter auf sehr eleganten Leuchtern da, und Herr Siegmund merkte aus allen Zeichen, dass er hier zwar in ein vornehmes, aber gewiss sehr teures Wirtshaus geraten sei.

Mag's doch!, sagte er ganz laut, indem er mit zuversichtlichen Schritten in seinem Zimmer auf- und abging, und flüchtig die englischen Kupferstiche betrachtete. Ich bin morgen vielleicht schon Rat, und alle Sorgen für die Zukunft sind gehoben.

Er sah aus dem Fenster; es war auf der Gasse noch ziemlich hell, und selbst hell genug, um ein allerliebstes Gesichtchen im gegenüberstehenden Hause zu bemerken, das aufmerksam nach ihm hinüber sah. Seine Augen begegneten ihren freundlichen Blicken, er grüßte endlich, und sie dankte verbindlich.

Der zukünftige Rat sah bei so guten Vorbedeutungen die Stadt mit sehr günstigen Augen an. Er träumte sich hundert angenehme Abenteuer, und sah es sehr ungern, als sich die Schöne von ihrem Fenster zurückzog, und er nur noch hinter ihren Vorhängen das Licht bemerkte, das sehr oft seine Stelle veränderte, und bald näher zum Fenster, bald weiter zurückgesetzt ward.

Er ließ ebenfalls die Vorhänge herunter. Der Ofen wärmte das Zimmer nur wenig, und da er von dem Fahren noch eine gewisse Unruhe im Körper verspürte, so nahm er die Lichter, verschloss die Stube, und bestellte unten in der Küche, dass er zum Abendessen zurückkommen würde. Es wurde ziemlich spät gegessen, und er hatte daher zum Spazierengehn noch Zeit genug.

Siegmund liebte nichts so sehr, als aufs Geratewohl die Straßen einer fremden Stadt zu durchkreuzen, bald hier, bald dort zu verweilen, und die mannigfaltigen wunderbaren Eindrücke in seine Seele aufzunehmen, die die fremden Gegenstände, die unbekannten Häuser in ihm erregten. Es war ein angenehmer Herbstabend, allenthalben stand der Rauch des Abendessens über den Häusern und vermischte sich mit dem Dunste des feuchten Herbstnebels, der tauend in die Gassen niedersank; der Mond fing eben an die Dämmerung gelb zu färben, und aus den Fabriken kehrte jauchzend der Schwarm der jungen und alten Arbeiter nach Hause. Mädchen durchstreiften Arm in Arm die entfernteren Gassen und plauderten laut durcheinander, um die vorübergehenden jungen Leute aufmerksam zu machen, und desto leichter ein interessanteres Gespräch mit diesen anzuknüpfen. Kleine Jungen balgten sich, und die Bettler sumsten ihre Bitten dreister den Eilenden nach.

Siegmund labte sich an den abwechselnden Gestalten, er stand oft still und sah durch ein niedriges Fenster in die sparsam erleuchtete Stube, deren Schein so anlockend, und deren enge von der Lampe schwarzgeräucherte Wände so abschreckend waren. Die Familien der Handwerker saßen um runde Tische und verzehrten froh und lebhaft kauend ihr Abendbrot; in andern Stuben saß eine emsige Alte beim Haspel, und zählte aufmerksam seine Umwälzungen, um morgen ihr gesponnenes Garn abzuliefern. Oft stand Siegmund still, wenn er in der Ferne auf den Fluren der Häuser ein Licht wahrnahm, und die hin und her schießenden Schatten; oder wenn sich eine Tür unter dem Schall einer lauten Klingel eröffnete, und der Hausherr mit vielen Bücklingen einen Besuch entließ, der mit einer ehrbaren Laterne nach Hause schritt. – Siegmund las bei solchen Wanderungen das ganze menschliche Leben gleichsam kursorisch, er dachte sich in jede Familie hinein, und erinnerte sich seiner frühesten Kinderjahre, wo ihm in trüben regnigten Nächten der Schein des Lichts aus den Häusern immer wie ein Feenland gewinkt hatte. – Er bestieg in seinem poetischen Taumel endlich noch den Wall der Stadt, und sah nun auf der einen Seite dunkelflimmernde Lichter, ein dumpfes Geräusch von Wagen und Stimmen durcheinander, die sich ablösenden Wachten und das Schlagen der Glocken, Häuser hinter Bäumen versteckt, und der Abendwind, der im rasselnden Laube nachsuchte, einen Kahn auf dem kleinen Flusse: – auf der andern Seite das freie Feld mit Nebelwolken, mit fernen Hügeln und Wäldern, Bauern, die nach Hause fahren, Mühlen, die ihren einförmigen Takt im kleinen Wasserfall unermüdet wiederholen, Stimmen, von denen er nicht wusste, wo sie hingehörten, wandernde Vögel; – als er so alle die einzelnen zerstreuten Gemälde in ein einziges in seiner Phantasie sammelte, so war er mit sich und seinem Schicksale außerordentlich zufrieden, er dachte sich sein künftiges Leben hier recht schön, und es befiel ihn unter seinen

Hoffnungen nur die dunkle Beklemmung, die sich fast jeglichem Menschen in fremden Gegenden nähert.

Siegmund überließ sich seinen Träumereien und ging immer in verkehrten Richtungen, wie sie der Zufall ihm bot. Er überließ sich gern einer unbestimmten Ahndung, um sich mühsam aus kreuzenden Wegen heraus zu finden, und am Ende musste er gewöhnlich doch zum Fragen seine Zuflucht nehmen.

Die Szenen in den Straßen hatten sich jetzt sehr geändert, aus den Wirtshäusern tönte Musik und stampfender Tanz, die Fenster klirrten von fröhlichem Gelächter, Schattenspielleute zogen orgelnd und singend durch die Straßen, und kontrastierten seltsam mit den heiligen Liedern, die aus manchen unerleuchteten Dachstuben herunter winselten; an manchen Orten wurde gezankt, Bettler lehnten betrunken an den Ecken, und nahmen jetzt das Mitleid übel, das sie noch vor kurzem erfleht hatten. Die Grazien wandelten einsamer und stiller und viele waren in männlicher Begleitung; nur aus den vornehmen Häusern rauchten die Schornsteine noch und bewölkten den Mond.

Eben wollte sich Siegmund nach seinem Gasthofe erkundigen, als er ein lautes Gezänk durch die stille Straße schallen hörte; es machte ihn aufmerksam, und er ging dem kreischenden Tone nach. – Auf der steinernen Treppe eines kleinen Hauses stand ein ältlicher wohlgekleideter Mann in einem Winkel und schien in das Haus zu wollen. Eine alte Weiberstimme versagte ihm den Eingang. – »Und Sie wissen ja ein für alle Mal, dass

Mamsell nichts mit Ihnen zu sprechen hat«, – rief es zu wiederholten Malen kreischend aus dem Hause heraus; der alte Mann hatte aber immer wieder die Klingel in der Hand, und machte mit gedämpfter Stimme neue Vorschläge, von denen die Alte nichts wissen wollte. Die Kapitulation währte eine geraume Zeit, und Siegmund, der hier eine lustige Szene aus einem komischen Stücke zu sehn glaubte, konnte sich am Ende nicht mehr halten, sondern fing an überlaut zu lachen. Der alte Mann sah sich brummend um, und ging dem Lachenden hart vorüber nach Hause. Dieser erkundigte sich nun nach seinem Gasthofe, und die Reihe, ausgelacht zu werden, war jetzt an ihm, denn er stand dicht davor. – Das Haus, vor welchem die merkwürdige Kapitulation vorgefallen war, war dasselbe, aus welchem in der Dämmerung das allerliebste Mädchengesicht heraus gesehn hatte. –

Er ging in das Wirtszimmer, wo man schon stark mit Essen und politischen Gesprächen beschäftigt war. Es war gerade um die Zeit, als Dümouriez sein Heer verlassen hatte, und dieser Schritt den Verstand und die Imagination aller Leute beschäftigte, man schrie und eiferte, um ihn zu verteidigen oder zu verdammen, es wurde seine Gesundheit getrunken und an einer andern Stelle auf ihn geflucht, ein Spieler schalt ihn niederträchtig und sprach mit Enthusiasmus von den hohen Pflichten der Vaterlandsliebe; ein Gelehrter, der kürzlich einen Traktat über die römischen Silbenmaße herausgegeben hatte, bewies, dass Dümouriez den ganzen Feldzug ohne die nötigen taktischen Vorkenntnisse unternommen hätte;

ein anderer sprach mit Verachtung von ganz Frankreich, und war schon halb betrunken, das arme Land hatte ihm in seinem eignen Weine Waffen wider sich in den Mund gegeben. –

Aber, meine Herren, der Präsident ist völlig meiner Meinung!, rief ein kleiner untersetzter Mann hinter dem Tische hervor.

Sehr natürlich, antwortete der Spieler, weil Sie immer seiner Meinung sind.

Die ganze Gesellschaft lachte, und der kleine Mann ward rot, er wollte zu verstehen geben, dass er dem Präsidenten gar manches über die Zeitläufte unter den Fuß gebe, allein er fand kein Gehör. Je näher er die Parallele zwischen sich und dem Präsidenten zog, je deutlicher ward es den Zuhörern, dass er nichts als ein Echo seines Gönners sei, und manche spielten ziemlich handgreiflich darauf an, dass er nur durch sein Wiederhallen eine einträgliche Stelle suche. Der Mann ward immer hitziger und röter, und wandte sich vorzüglich mit seinen schutzsuchenden Blicken an Siegmund, dem die Verlegenheit des aufgelaufenen Gesichts wehe tat, und der deswegen eine kleine Pause benutzte, um die Rechtfertigung des Kleinen über sich zu nehmen. –

Muss man denn, meine Herrn, immer nur Vorteil suchen, fing er an, wenn man der Meinung eines klugen angesehenen Mannes beitritt? Soll man ihm der Höflichkeit, der Freundschaft, ja seiner eigenen Überzeugung zum Trotz nur stets widersprechen, bloß um der Welt zu zeigen, dass man unabhängig von ihm leben könne?

Nur der Egoismus kann in allen Schritten Eigennutz entdecken. – Und warum soll ich auch nicht die unschädliche Schwachheit eines Vornehmen auf eine unschädliche Art benutzen dürfen? Wir sind selbst gegen unsere vertrautesten Freunde nie ganz aufrichtig, wir geben ihnen manches zu, wovon wir nicht überzeugt sind, wir behalten in den herzlichsten Stunden eine gewisse Lebensart bei, wir schonen ihrer Schwachheiten, um sie nicht gegen uns aufzubringen, und damit sie wieder andere Schwächen an uns übersehn. Hanc veniam damus petimusque vicissim.

Schön, rief der Mann aus, der den Traktat geschrieben hatte – Schade, dass Sie ein Sophist sind, und für Sophistereien einen Spruch des redlichen Horatii zitieren.

Machen wir es in unserm ganzen Leben anders?, fuhr Siegmund fort, und machen sich wohl die edelsten Menschen Vorwürfe darüber? – Wer gibt dem Müller das Recht, einem Wasserfalle sein Mühlenrad unterzustellen, sodass die Wellen, statt frei und ungehindert fortzufließen, erst angespannt werden, um mit Mühe ein ungeheures Rad zu drehen? –

Eine seltsame Ideenkombination!, rief der Traktatenschreiber. –

Nicht so seltsam kombiniert, antwortete der Mann, der in Verlegenheit gewesen war, und dessen Gesichtswellen sich jetzt zur Ruhe legten: – nicht so seltsam, als Sie die Ode Justum et tenacem etc. erklärt haben. –

Sutor ne ultra crepidam!, antwortete kaltblütig der Gelehrte, und warf sein Motto wie einen Fehdehandschuh über den Tisch hinüber. Der Gegner hatte eine außerordentliche Fertigkeit im Rotwerden, denn schneller als in einem erhitzten Thermometer stieg nun das Blut wieder in die aufgedunsenen Wangen. Er schöpfte frischen Atem, als Siegmund wieder von neuem anfing:

Wenn wir die Schwäche eines Menschen ertragen, so ist dies nichts als eine Pflicht der Menschenfreundlichkeit; bringt es aber der Zufall mit sich, dass wir durch diese Schonung irgend einen Vorteil erlangen können, so sind wir große Toren, wenn wir uns nicht an dem Geländer festhalten, das uns einen steilen Pfad hinauf begleitet. Wer wird nicht bergunter langsam gehen, und einem bergabrollenden Steine aus dem Wege treten?

Der Freund des Präsidenten ward ein Freund Siegmunds, und bekräftigte alles, was dieser sagte, mit sehr gewichtvollen Blicken, die er langsam in der Gesellschaft herumgehn, und dann an dem überwundenen Gelehrten hängen ließ. Siegmund war ohne es zu wollen der Sprecher in diesem langweiligen Parlamente geworden, und alle Augen waren nach seinem Munde gerichtet. Man fragte den Wirt heimlich, wer der verständige Fremde sei; dieser aber wusste es selber nicht, und man hatte von Siegmund nur eine desto größere Hochachtung, da man seinen Namen und Charakter nicht kannte.

Die Gäste zerstreuten sich nach und nach, nur der kleine dicke Mann blieb mit Siegmund im Zimmer; dieser spürte jetzt einen weit größeren Mut, da er mit seinem Verteidiger das Feld behalten hatte. Er wagte es jetzt dreister, sich in philosophischen Sentenzen zu ergießen, und Siegmund war gutmütig genug, alles zu bestätigen, da er einmal sein Sekundant geworden war. Beide versprachen es sich, Freunde zu bleiben und sich öfters zu besuchen. – Man trennte sich und Siegmund ging schlafen.

Er wachte mit den angenehmsten Vorstellungen auf, die Sonne schien hell in sein Zimmer, und die freundlichen Tapeten und ihre Kupferstiche lachten ihm entgegen; er ließ sich frisieren und zog sich an. – Das hübsche Mädchen lag wieder im gegenüberliegenden Fenster, er grüßte, sie dankte, er sah noch einige Mal hinüber, und stellte sich dann vor den Spiegel, um seinen Anzug und Anstand zu mustern. Dann ging er gedankenvoll im Zimmer auf und ab, und sagte zu sich selbst:

Es kann mir nicht fehlschlagen, meine Empfehlungen sind zu gut und dringend; es wäre Beleidigung des Generals, wenn man mir die Stelle versagte: Und warum sollt' ich eine unnütze und lächerliche Deutschheit und Biederkeit und wie die närrischen Titel weiter heißen mögen, affektieren? Man empfiehlt sich den Menschen immer auf das vorteilhafteste, wenn man recht demütig erscheint, und sich gar nicht zu empfehlen sucht; man darf nur die Leute selber sprechen lassen, und sie finden, dass man ganz außerordentlich vernünftig redet. – Bis jetzt haben die eingebildeten Weltreformatoren noch nichts genützt, aber wohl sich und andern geschadet. – Wenn es in unserer Welt dazu gehört, dass man schmeichelt, um ein Amt zu bekommen, eben so, wie man sich examinieren lässt, – je nun, so kann ich nicht begreifen, warum ich nicht etwas schmeicheln sollte, um in einen Zustand zu geraten, dass ich mir kann schmeicheln lassen. Das Ganze ist doch wahrhaftig nicht unangenehmer, als wenn ich auf der Hierherreise mit dem Wagen umgeworfen und einen Arm gebrochen hätte, und doch wäre es wahrlich auch nur geschehn, um hier Rat zu werden. Der Präsident hat viele Schwächen, sie sollen mir eben so viele Haken werden, um mein Glück zu ergreifen.

Als er diese Rede geendigt hatte, ging er zum Wirt hinunter, um sich jemand von seinen Leuten auszubitten, der ihn zum Präsidenten führen könne. – Was ist das für ein Mädchen, die dort drüben wohnt?, fragte er den Wirt zu gleicher Zeit ganz vorübergehend.

Der Wirt schüttelte bedenklich den Kopf. – Es ist eine von denjenigen, sagte er halb lächelnd und halb böse – nun, Sie verstehen mich wohl; sie lebt so auf ihre eigne Hand, wie man so zu sagen pflegt. Eine niederträchtige Kreatur! sie hat schon manchen jungen Mann ausgezogen. – Nehmen Sie sich nur vor der boshaften Person in Acht, setzte er spottend hinzu, sie kann sich so fromm und unschuldig stellen: ein wahres Krokodil, ein Ungeheuer!

Siegmund hatte nicht Zeit, um den Schmähungen des Wirts noch länger zuzuhören, er ging und sah nach den Fenstern des Mädchens hinauf, sie blickte ihm nach, und er schickte ihr nach dem, was er soeben gehört hatte, einen sehr verächtlichen Blick zu, und ging in die nächste Quergasse, ohne sich noch einmal umzusehn.

Nachdem sie durch mehrere Straßen gegangen waren, zeigte ihm der Bediente gerade vor ihm ein sehr ansehnliches Haus, dessen vornehme Treppe, die großen Fenster und alles von dem aristokratischen und reichen Besitzer zeugten. Das Herz fing ihm an etwas zu klopfen, da er nun in kurzem den Mann persönlich vor sich sehen sollte, der seinem Glücke den Ausschlag geben konnte. Er hatte sich den Präsidenten so viel als möglich gedacht, aber es war doch immer ein fremder Mensch, mit dem er jetzt in Unterhandlungen treten sollte; sein Anzug erschien ihm jetzt bei weitem nicht so vorteilhaft, und auf dem hallenden, mit Marmor gepflasterten Flure schien es ihm sogar, als wäre er nicht Menschenkenner genug, um den Präsidenten so ganz in seine Gewalt zu bekommen, als er sich erst eingebildet hatte.

Er ward in das Vorzimmer geführt, um auf die Ankleidung des Präsidenten zu warten, er schickte ihm die Briefe des Generals hinein, und hatte Muße genug, um ängstlich die prächtige Möblierung des Zimmers zu mustern.

Als er in Gedanken seine Komplimente wiederholt, mehrmals leise und zahm auf dem getäfelten Boden auf- und abgegangen war, seine Uhr aufgezogen, ob es gleich noch nicht Zeit war, Tabak aus einer recht eleganten Dose, einem Präsente, genommen hatte, um es sich von neuem ins Gedächtnis zu rufen, dass er doch auch schon ehemals mit vornehmen Leuten, und zwar auf einem ziemlich vertrauten Fuße, umgegangen sei, trat der Präsident endlich zu ihm in das Zimmer, und hielt nachlässig den Brief des Generals in der Hand.

Verbeugungen, gnädig und demütig, und von beiden Seiten ein Schritt plötzlich zurück, Verlegenheit, besonders auf Siegmunds Gesichte, indem man sich gegenseitig erkannte: denn der Präsident war Niemand anders, als der alte Mann, den er gestern im Mondenscheine vor der Tür seines Gasthofs so derb ausgelacht hatte.

Das Benehmen des Präsidenten setzte sich leicht wieder zu einer zurückstoßenden Kälte, die den vornehmen Leuten so leicht zu Gebote steht. Siegmund war in einer Verwirrung, die alles konfundierte, was er dachte und was er sagen wollte, die prästabilierte Harmonie war auf einige Minuten in ihm gestört, und er stammelte dem Präsidenten eine unzusammenhängende Entschuldigung ins Gesicht, dass er ihn gestern Abend unbekannterweise in der bewussten Gegend ausgelacht habe. Der Präsident fragte sehr ernsthaft und wie verwundert, was er meine, und Siegmund vermochte es kaum, sich auf seinen Beinen aufrecht zu erhalten.

Als er sich etwas erholt hatte, sah er ein, dass ihm unter diesen Umständen nur zwei Wege offen ständen, entweder sogleich den Präsidenten zu verlassen, Pferde zu nehmen, und nach seiner Geburtsstadt zurückzureisen, oder den Versuch zu machen, alles auf eine feine Art wieder ins Geleise zu bringen. Er entschloss sich zum letzten, da er sich erinnerte, dass er die gehoffte Stelle schon immer als sein Eigentum angesehen und darnach alle Einrichtungen getroffen habe. Er fiel sich in den Zügel, und suchte bei der Dämmerung aller Sinne und Begriffe den rechten Weg wieder zu finden. Aber ich möchte den

Mann sehn, der nach so vielen Unglücksfällen noch fein sein kann und doch ein Deutscher ist.

Der Präsident war verstockt genug, dem armen Sünder auch nicht einen einzigen Schritt entgegen zu tun, oder ihm Pardon anzubieten; er hatte vielleicht ein Wohlgefallen an den Krümmungen und wunderbaren Windungen des Supplikanten, der die Füße in alle mögliche Tanzpositionen brachte, der die Uhrkette und die Augenbraunen kniff, und nichts sehnlicher wünschte, als der Präsident möchte seine goldene Dose zur Erde fallen lassen, um sie ihm mit der demütigsten Behändigkeit wieder reichen zu können.

Nach den gewöhnlichen Eingangsredensarten, von – »Leid tun« – »wünschen, ein andermal dienen zu können« – den Trauerkutschen, die unsre Hoffnungen so oft zu Grabe begleiten, kam endlich die abschlägige Antwort zum Vorschein, die schon lange den armen Kandidaten wie ein herannahendes Gewitter geängstigt hatte. Siegmund war ohne Trost, als jetzt der kleine Bellmann durch den Saal ging und ihn der Präsident sehr freundlich in sein Zimmer beschied, in welches er ihm sogleich folgen würde. Es fiel ihm schneidend ein, wie er gestern den Gönner des kleinen Mannes gespielt habe, und dieser heut mit einem Menschen so vertraut umging, der ihm fürchterlich war. Der Präsident suchte jetzt absichtlich die Visite abzukürzen, so wie Siegmund sie verlängerte, ohne eigentlich zu wissen, warum er es tat: – Der Präsident sagte ihm endlich, dass der Mann, den er eben gesehn habe, derjenige wäre, dem die Stelle schon versprochen sei, auf die er gehofft habe. Siegmund fiel aus den Wolken.

Es gibt Momente im Leben, wo die Verlegenheit Stoß auf Stoß so auf uns einstürmt, dass wir uns endlich in blinder Verzweiflung widersetzen. Dies ist der Augenblick, wo alles Tierische im Menschen gewöhnlich die bessere geistige Materie zu Boden ringt, der gefährliche Augenblick, in welchem der Mensch allen feinere Empfindungen Abschied gibt, wo er in seinem Gegner den fühlenden Menschen verkennt und bloß den Feind wahrnimmt. In diesem stürmischen Augenblicke entdeckte Siegmund dem Präsidenten seine ganze Lage; wie er seinen vorigen Posten aufgegeben habe, weil er die hiesige Ratsstelle gewiss geglaubt, wie er Geld aufgenommen und nun nicht wieder zu bezahlen wisse, wie ihn jetzt plötzlich tausend Unannehmlichkeiten bestürmten, an die er bis dahin gar nicht gedacht habe.

Der Präsident zuckte die Schultern, eine Mitleidsbezeugung, mit der die Leute noch freigebiger sind, als mit Seufzern. Es kam ihm sogar ein Einfall, den er für witzig hielt, sodass er ihn unmöglich unterdrücken konnte.

Sie glaubten, sagte er mit sehr spitzigem Munde, dass guter Rat hier so teuer sei, dass man Sie auf den Händen tragen würde.

Man sieht, es war ein Wortspiel, die verschrienste Abart unter den verschiedenen Arten des menschlichen Witzes; dass es außerdem noch unartig war, bedarf gar keiner Erwähnung.

Sie bringen mich zur Verzweiflung!, rief Siegmund so aus, als wenn er schon wirklich verzweifelt wäre; der Präsident erschrak bei diesem Sprunge über die gewöhnliche Lebensart hinweg, er sicherte sich hinter einen prächtigen Sessel, vor dem Siegmund wie ein begeisterter Prophet stand und Reden führte, wie die verfolgte Tugend.

O wehe mir, dass ich sah, was ich sah, fuhr er fort zu klagen, und wandte eine Stelle aus dem Ovidius Naso auf seine Umstände an. Was konnte ich dafür, dass man Sie nicht in das bewusste Haus hineinlassen wollte? Was konnte ich dafür, dass ich Sie dort traf und wider meinen Willen lachen musste? Ist Ihnen das Glück eines Menschen nicht teurer, als dass Sie es ganz so vom Zufalle und Ihren Launen abhängen lassen? – O, widerrufen Sie Ihr Urteil und verhöhnen Sie mich nicht in meinem Unglücke, denn ich hab' es nicht verdient, schicken Sie mich nicht so ohne Trost fort, und bestrafen Sie, wenn Sie können, den Zufall, nicht mich. –

Mein Freund, antwortete der Präsident mit einer unausstehlichen philosophischen Kälte – Ihr Unglück besteht ja eben darin, dass Sie mit diesem Zufall zusammengetroffen sind. Ist dies nicht vielleicht ein Wink des Verhängnisses, dass Sie unglücklich sein sollen? Ja, es ist Ihr Verhängnis, denn Sie sind ja unglücklich und haben nicht die Kunst verstanden, mein Herz zu Ihrem Vorteil einzunehmen, weil es das Schicksal nicht so haben will. Bewundern Sie die Anzahl von Zufällen, die sich gleichsam mühsam aneinandergereiht haben, um diese Wirkung hervorzubringen.

Ich sehe nichts als Ihren Zorn und Unwillen, Ihre Hartherzigkeit mit meinem Unglücke, antwortete Siegmund. – Können Sie, ohne Reue zu fühlen, so ungerecht sein?

Ungerecht? Der Präsident fing unwillig dies Wort auf. – Und wo liegt denn, mit Ihrer Erlaubnis, die Ungerechtigkeit? – Wenn ich einen Freund habe, der mir schon seit lange eine Menge von Gefälligkeiten erzeigt hat, und ich finde nun endlich Gelegenheit, ihm wieder etwas Vorteilhaftes zuzuwenden, sollt' ich es da unterlassen, und diesen Nutzen einem Menschen gönnen, der mir fremd ist? Warum soll ich meinem Freund nicht nützen, wenn ich die Gelegenheit dazu in Händen habe? – Ich halte es nicht für ungerecht, sondern für meine erste Pflicht. – Sie können nicht für den Zufall, aber ich eben so wenig für den, dass die Stelle schon meinem guten Freunde versprochen ist. – Leben Sie wohl.

Der Präsident machte ihm eine nachlässige Verbeugung, und der kleine Bellmann trat wieder aus dem Zimmer des Präsidenten; der Beschützer zog sich zurück, und der kleine Mann begleitete unsern Helden bis an die Treppe. Siegmund machte den Versuch, diesen wieder wie gestern zu imponieren; aber alle seine Kunst war vergebens, der kleine Mann kannte jetzt das Verhältnis, in welchem sie beide standen, und war fast ebenso unhöflich als der Präsident selbst. Er bot ihm ein kaltes Lebewohl, und ging dann hochmütig wieder in die Tür zurück.

Auf der Straße sah sich Siegmund ein paarmal um, um frische Luft zu schöpfen; er betrachtete die Vorübergehenden genau, um das Gesicht des Präsidenten in seinem Gedächtnisse zu verwischen; aber dieses stand mit allen seinen kalten und verhöhnenden Zügen wie angenagelt in seiner Phantasie da. Er ging in die erste Straße hinein, um nur das vornehme Haus aus den Augen zu verlieren, das ihm gleich beim ersten Anblick von so übler Vorbedeutung gewesen war. Es kam ihm vor, als wenn ihn alle Menschen höhnisch betrachteten, als wenn seine ganze Unterredung mit dem Präsidenten auf seiner Stirn geschrieben stehe.

Wie anders erschienen ihm alle Straßen jetzt, als gestern Abends! Das Gewühl der Menschen, die Kaufläden, die Tätigkeit, alles schlug ihn nieder, denn alles war ein Bild des Erwerbes, des Strebens nach Wohlstand; eine Vorstellung, die ihm gestern Abend so wohl getan hatte, und die ihm jetzt verhasst war. – Wie tief war er in seinen Ideen seit einer Stunde gesunken!

Wenn ein Mensch in einer großen Verlegenheit ist, geht er gewöhnlich sehr schnell, er will allen unangenehmen Gedanken vorübereilen nach einem Moment der Ruhe und Zufriedenheit hin, der boshaft mit jedem seiner Schritte wieder einen Schritt voranläuft. Siegmund stieß an manche Lastträger, die ihm ihre Flüche nachschickten; Kutscher schimpften von ihrem Bocke herunter, weil er ihnen zwischen die Pferde lief; eine alte Frau fing ein jämmerliches Geheul an, weil er ihr einige Töpfe zerbrochen hatte, die er in der zerstreuten Eil mit dem sechsfachen Preise bezahlte. – Er ward des Getöses überdrüssig, und bestieg jetzt langsam, um sich wieder zu erholen, den Wall der Stadt.

Siegmund ward sehr verdrüsslich, als er auch hier die gehoffte Ruhe und Einsamkeit nicht fand. Geputzte Herren und Damen schritten vorbei, um gesehn zu werden. Männer gingen laut disputierend vorüber; – kein einziger Spaziergänger, der sein Auge an der schönen Natur erquickt hätte, und auch Siegmund tat es nicht, denn er überlegte bei sich sein künftiges Schicksal.

O hätte ich nur meine gestrigen Empfindungen zurück! und lehnte sich an einen Baum. – Ich Tor! dass ich mich gestern des Kleinen so lebhaft annahm, und mir mein Genius nicht zuflüsterte, dass ich für meinen ärgsten Feind die Waffen ergreife! – Was soll ich nun anfangen? – dem General meine Verlegenheit melden? – Er ist froh, dass er sich seiner Verbindlichkeiten gegen mich entledigt hat. – Eine andre Stelle suchen? – Aber welche? –

Alles machte ihn betrübt, er sah in die Straßen der Stadt hinein, und verachtete das Treiben und Drängen der Menschen recht herzlich. Die Glocken riefen die Leute vom Spaziergange zum Mittagsessen; aber er hörte es nicht; der Wall ward nach und nach leer, doch er achtete nicht darauf, und befand sich in der Einsamkeit ungestörter und glücklicher. Es währte aber nicht lange, so kamen die Spaziergänger zurück; ja ihre Anzahl war größer, als vormittags, die Damen waren noch geputzter und sahen ängstlich nach dem Himmel, ob die drohenden Herbstwolken näher ziehen und durch einen Regenguss ihren Anzug verderben würden. Aber die Sonne brach immer wieder mit neuer Wärme hervor, und der Spaziergang machte alle Gesichter froh und heiter.

Ein hagerer Mann gesellte sich durch einen Zufall zum melancholischen Siegmund; es war der Zeitungsschreiber des Orts, der gern allenthalben nach Neuigkeiten forschte. Dieser vaterländische Dichter hatte es aus dem Gesicht, dem Gange und der Kleidung Siegmunds herausgebracht, dass er ein Fremder sein müsse, er wollte daher einige Traditionen aus ihm herausziehen, um sie in Briefform mit andern Wendungen seinem Blatte einverleiben zu können. Siegmund war ziemlich einsilbig, seine Szene mit dem Präsidenten war für ihn jetzt die größte Weltbegebenheit, an diese dachte er unaufhörlich, und war sehr gleichgültig für alle politischen Bemerkungen seines neuen Bekannten, der viele Sachen prophezeite und andre Prophezeiungen widerlegte.

Ein Pferd trabte hart an ihnen vorüber, und machte dann viele von den närrischen Geberden, die den Tieren mit großer Mühe in den Schulen beigebracht werden, um nicht ganz geschickte Reiter bei irgendeiner schicklichen Gelegenheit in die Gefahr zu bringen, herunter zu stürzen. Dies war auch hier der Fall; der Reiter wankte von einer Seite zur andern, und wollte doch auch nicht gern den edlen Paradeur in seinen schönen Figuren unterbrechen. Der Reiter war Niemand anders, als der furchtbare Präsident. – Sehn Sie, sagte der Zeitungsschreiber heimlich, den wunderbaren Mann an. Glauben Sie wohl, dass er sich bloß unsertwegen die Mühe gibt!

Unsertwegen?, unterbrach ihn Siegmund. Nicht anders, antwortete der hagere Mann; dieser Herr bildet sich auf nichts in der Welt so viel ein, als auf seine Reitkunst, und bloß um sich von uns bewundern zu lassen, läuft er jetzt Gefahr den Hals zu brechen. – Sehn Sie, wir sehn ihn kaum mehr und er lässt die Streiche doch noch nicht. – Der Präsident hatte sich indes eine ziemliche Strecke unter Traversieren entfernt. Das Pferd drängte sich etwas zurück, er geriet in die Zweige der Bäume und verlor in diesem Augenblicke einen sehr eleganten Hut. Kaum hatte der Zeitungsschreiber dies gesehn, als er schnell unsern Helden verließ, den Hut ehrerbietig dem gnädigen Herrn überreichte, und dadurch hinlänglich belohnt ward, dass der Präsident vor den Augen mehrerer Menschen eine Zeit lang mit ihm sprach, indem das Pferd wieder traversierte und der Zeitungsschreiber ebenfalls zu paradieren eifrigst bemüht war.

Wie gut, dass Siegmund zurückgeblieben war, denn er fing so laut an zu lachen, dass ihn ein alter Herr und eine ältliche Dame für verrückt erklärten, weil er so sehr alle Lebensart bei Seite setze und auf einem öffentlichen Spaziergang lache.

In seinem Stück, das er durchlachte, schien keine einzige Pause zu sein, denn es war ein einziger Strom von jenen unartikulierten Tönen, aus denen die Menschen nicht wissen, was sie machen sollen, und die sie Lachen betiteln. Es ist schwer zu berechnen, wie vielerlei Gedanken jetzt durch seinen Kopf gehen mochten; aber als er ausgelacht hatte, setzte er sich ermüdet auf eine Bank, rieb sich die Hände, sah ganz froh und heiter die Gegend an, und da es gerade an dieser Stelle einsam war, genierte er sich nicht, sondern begann folgenden Monolog: –

Gibt es in der ganzen Welt etwas Närrischers, als den so genannten König der Welt, den Menschen? – Die seltsamste von allen Arabesken ist gerade in diesem bunten Gemälde des Lebens so angebracht, dass sie uns am meisten in die Augen fällt. – Ich komme hier mit der größten Zuversicht an, Rat zu werden, ich lache einen Menschen aus, von dem mein Glück abhängt, schütze mit kühnem Mute meinen Feind vor den Angriffen seiner Spötter, werde von diesem und vom Präsidenten verachtet, ich fühle meine Abhängigkeit – und doch gibt sich jetzt das Pferd und der Präsident meinetwegen die größte Mühe; er hängt von meinem Blick ab, und ein bedenkliches, verächtliches Kopfschütteln hätte ihn ängstigen können. Dieser hagre Mensch philosophiert über die Eitelkeit, und ist eitel genug, dem Präsidenten nachzulaufen, um mit ihm zu sprechen, die Vorübergehenden verspotten den Zeitungsschreiber, und werden bei der nächsten Gelegenheit sich nicht anders nehmen, und ich selbst wäre jetzt wieder im Stande, den Präsidenten den vortrefflichsten Reiter von der Welt zu nennen, um seine Gunst zu gewinnen, und an der nächsten Ecke liegt mein hoher Gönner vielleicht im Sande, weil er sich von einem vorübergehenden Dummkopf hat wollen bewundern lassen.

Siegmund fing hier von neuem an zu lachen, und rückte auf seiner Bank unter heftigen Erschütterungen des Körpers hin und her. –

Meinetwegen, fuhr er fort, hat der Präsident heut sein Pferd satteln und die beste Decke auflegen lassen;

warum soll ich mich denn in einer demütigen Abhängigkeit fühlen? – Mir zu gefallen sind diese Herren und Damen so geputzt und festlich!

Durch diese Philosophie bekam Siegmund seine gute Laune so ziemlich wieder. Da gerade Leute vorbeigingen, setzte er seine Gedanken stillschweigend fort, und war immer mehr überzeugt, dass die Menschen Narren sind.

Siegmund genoss nun des Spazierganges mit ziemlich heiterm Mute; er spottete in seinem Herzen über jedermann, den er sah, kein Gesicht und kein prächtiger Anzug setzte ihn in Verlegenheit.

Gegen Abend kehrte er in seinen Gasthof zurück; er war zufrieden, dass der Wirt noch ebenso höflich gegen ihn war, ja noch höflicher als vorher, weil er sich einbildete, Siegmund habe beim Präsidenten gegessen. Er ging auf sein Zimmer und bestellte sich ein delikates Souper, weil er nicht an der Wirtstafel den Spöttereien seines guten Freundes Bellmann ausgesetzt sein wollte. Er ließ den Vorhang herunter, setzte sich einen behaglichen Sessel an den Tisch, und ließ sich eine Flasche vom besten Weine geben. Darauf fing er mit dem besten Appetit seine Mahlzeit an.

Als er einige Gläser des feurigen Weins getrunken hatte, kam er sich vor, wie ein Prinz in einem Feenpalast, auf dessen Gebot sich alle dienstbare Geister in Bewegung setzen; man trug die leeren Schüsseln fort und brachte andre mit neuen Gerichten, und er fühlte sich in seinem Zimmer warm und behaglich, und der Wein machte, dass ihm das Blut leicht und hüpfend durch das

Herz strömte. Er vergaß seine Situation gänzlich, und lebte im Sinnengenuss die glücklichsten Minuten. Die Wände tanzten in einer leichten Bewegung um ihn her, er lachte und scherzte mit dem Marqueur, der nicht genug die kuriosen Einfälle des lustigen Herrn bewundern konnte.

Er trank jetzt mit einem langen Zuge das letzte Glas aus, und wankte die Treppe hinunter, um am schönen Abend noch einen Spaziergang zu machen. –

Die Häuser mit ihren erleuchteten Fenstern kamen ihm außerordentlich schön und freundlich vor; er grüßte ein paar Vorübergehende sehr höflich, ohne sie zu kennen, stand auf einer Brücke still, und lachte gewaltig über einen Kahn, der mit einer kleinen Kette an einer Waschbank befestigt war und hin und her schwankte. Er trug gar kein Bedenken, einen Mann mit einem Guckkasten anzuhalten, und in seinen Schauplatz bei dem kreischenden Gesange des Alten hineinzusehn und sich von Herzen zu amüsieren. Als das Schauspiel geendigt war, wollte er sich ohne Bezahlung heimlich davon machen, bloß um mit dem Direktor des Nationaltheaters zanken zu können. Als dieser Streit über das usurpierte Freibillett geendigt war, gab er dem Manne zwölfmal so viel als er verlangte.

Die freie Luft nahm nach und nach den Taumel von seinen Sinnen hinweg; es herrschte nun in ihm jene frohe Laune, die kälter und eben deswegen angenehmer ist. Die Umrisse der verschiedenen Gegenstände waren nicht mehr ineinander verflossen, er ging langsamer, und alles, was er sah, machte ihn froh und heiter. Das warme, frohmachende Klima, der helle Sonnenschein und der blaue Himmel werden gleichsam verkörpert in den Weinfässern nach unserm Norden hergefahren; durch den Genuss des Weins wird der Mensch auf einzelne Stunden der Bewohner jener schönen Länder, und kehrt nur ungern in sein kaltes Klima nach den verflogenen Dünsten zurück. Siegmund nahm sich in dieser Stimmung vor, eine große und poetische Apologie des Weins und der Trunkenheit zu schreiben, zu beweisen, wie mit dem Rausche das Herz erwärmt und gehoben wird, wie unbemerkte geistige Kräfte des Menschen sich aus ihrem Hinterhalte hervorschleichen, und das Gehirn zum bunten Tanzplatz der schönsten und feinsten Gedanken machen. – Um sich nicht selbst Lügen zu strafen, gab er einem alten Krüppel alles Geld, das er bei sich trug, ohne es auch nur vorher zu zählen. Da ich mich glücklich fühle, sagte er, so nimm, und sei es auch heute Abend, und meine Augen sollen nicht wissen, was meine Hände tun.

Siegmund war fast schon wieder nüchtern, als er vor seinem Gasthofe stand und sich wunderte, als er die Tür verschlossen fand; er klingelte, es öffnete jemand das Fenster, und bald darauf hörte er Pantoffeln auf der Treppe und die Tür mühsam und tief atmend aufschließen; sie öffnete sich, und eine alte Frau leuchtete ihm die Treppe hinauf. Noch ehe er sich besinnen konnte, stand er in einem fremden Zimmer, wo das ofterwähnte Mädchen mit dem hübschen Gesicht in einem Sofa saß.

Es wäre unschicklich gewesen, sich zu entschuldigen und wieder fortzugehen; die Alte war verschwunden, und Siegmund nahm nach einer freundlichen Einladung Platz zur Seite des Mädchens.

Siegmund wollte seinem fröhlichen Taumel die Krone aufsetzen, und erstaunte sehr, als er seine dreisten Liebkosungen nicht so erwidert fand, wie er nach allen Umständen erwarten konnte, sondern die Schöne machte sich im Gegenteil von ihm los, und bat ihn mit so vielem Anstande, sich gesitteter zu betragen, dass er rot ward und verschämt um Verzeihung bat. – Das Gespräch nahm nun eine andere Wendung; man sprach von gleichgültigen Dingen, und Siegmund, der eine mit Achtung vermischte Zuneigung zu dem Mädchen fühlte, war endlich schwach genug, ihr seine ganze Geschichte zu erzählen. – Sie gestand ihm im Gegenteil, dass er ihr gleich beim ersten Anblick auf eine sehr vorteilhafte Art aufgefallen wäre, dass sie sogleich seine Bekanntschaft gewünscht, dass sie aber nach dem Blick, den er ihr heut Vormittag zugeworfen habe, gänzlich daran verzweifelt sei.

Siegmund erinnerte sich nun, was ihm der Wirt am Morgen von diesem Mädchen gesagt hatte, und er fand sich jetzt schon aufgelegt, ihm kein Wort zu glauben.

Man hat gewiss von mir nachteilig zu Ihnen gesprochen, fuhr die unbekannte Schöne fort, aber ich versichere Sie, es ist Verleumdung gewesen.

Siegmund bestätigte alles, was sie sagte; beide schimpften mit vereinigten Kräften auf die Bosheit der Welt, dass gerade die schlechtesten Menschen am schlechtesten von andern redeten. Hüten Sie sich besonders vor Ihrem Wirte!, sagte die Schöne sehr eifrig; er ist der größte Betrüger in der ganzen Stadt, ziehn Sie sobald als möglich von ihm aus, sonst wird er Ihnen eine ungeheure Rechnung machen!

Siegmund erschrak nicht wenig über diese Nachricht; er glaubte schon die geschriebene Summe zu sehen, die er dem wohlbeleibten Manne auszahlen solle.

Man sprach noch viel über die mannigfaltigen und zusammengesetzten Charaktere der Menschen, über Bosheit und Niederträchtigkeit, Edelsinn und Rechtschaffenheit. – Siegmund hatte es ganz vergessen, in welchem Hause er sich befand, und moralisierte tapfer darauf los.

Ich glaube nun Sie zu kennen, fuhr die Schöne fort; jetzt will ich Ihnen auch etwas von meiner Geschichte ganz aufrichtig erzählen, damit Sie sehen, wie sehr man sich in manchen Leuten irren kann.

Ich bin ein armes Mädchen, meine Eltern sind früh gestorben, meine Erziehung war nicht die beste; was ich ohngefähr weiß, oder von Bildung erhalten habe, habe ich mir ganz allein zu danken. Man hat mich von Jugend auf ziemlich hübsch gefunden, und ich bin am Ende überredet worden, es selbst zu glauben.

Da ich kein Vermögen hatte, suchte ich meinen Unterhalt durch Sticken, Putzmachen und andere dergleichen Beschäftigungen zu erwerben; meine Anbeter verfolgten mich unaufhörlich, und ich überlegte mir meine Situation etwas vernünftiger, und seit der Zeit lebe ich vergnügter, und bin nicht so sehr, wie vordem, dem Mangel ausgesetzt.

Man darf nur um sich her die Beschäftigungen der Menschen und das Triebwerk ihrer Tätigkeit betrachten, so findet man sehr bald, dass nichts als Eigennutz alle Maschinen in Bewegung bringt, und forscht man nach dem reellen Nutzen bei den meisten Beschäftigungen, so ist es kein anderer, als dass der Magen der Arbeitenden angefüllt wird. –

Gelehrte, schöne Geister, Musiker, alle Arten von Menschen leben von den Talenten, die ihnen die Natur mitgegeben hat. – Warum soll es denn nur erlaubt sein, mit geistigen Schätzen oder körperlichen Kräften zu wuchern? – Warum soll man nicht auch andre Vorzüge geltend machen dürfen? Wenn die Menschen närrisch genug sind, ihr Vermögen einem Mädchen aufzuopfern, das sie für schön halten, warum sollte man nicht aus dieser Narrheit Nutzen ziehn, so wie Marktschreier, Doktoren, Seiltänzer und Schriftsteller die Schwächen der Menschen nutzen? Ich fand, dass es kein Gewerbe gebe, bei welchem nicht eine Art von Betrug stattfände, und dass die Dummheit, sich betrügen zu lassen, die List des Betrügers gewissermaßen rechtfertigt. – Sie lächeln über meine Geständnisse, und werden gewiss in Ihrem Herzen glauben, dass ich recht habe.

Ich bin ganz Ihrer Meinung, meine schöne Freundin, antwortete Siegmund, der eben daran dachte, wie er noch gestern die Schmeichler verteidigt hatte.

Jeder, fuhr die Rednerin fort, sucht die Armseligkeiten seiner Nebenmenschen dazu zu brauchen, sich einen ebnen Weg durchs Leben zu bahnen; der eine kleidet sich, wie sein Gönner es gern sieht; ein anderer hat dieselbe politische und philosophische Meinung, die man von ihm fordert; ein dritter heiratet, um reich zu werden; ein vierter übervorteilt im Handel; jeder lügt, hintergeht, spielt den Scharlatan; die ganze Welt maskiert, und nur die Macht der Schönheit soll von dieser allgemeinen Sucht, andre zu beherrschen, ausgeschlossen bleiben?

So lebe ich angenehm und im Wohlstande. Fremde, die, wenn nicht mir, einem andern Mädchen ihren Reichtum hingetragen haben würden, vermehrten mein Vermögen; Narren verfolgten mich, und drangen mir, so sehr ich mich weigerte, ihre Börse auf. – Aber ich wähle auch aus; ich bin, so wie Sie mich hier sehn, aufs eifrigste Demokratin, und hasse und verachte alles, was sich Edelmann nennt; so habe ich Ihren Präsidenten immer mit dem größten Spott abgewiesen, so sehr er sich mir aufgedrängt hat. – Ich habe schon manchen Armen unterstützt, und mancher Familie aufgeholfen, und so kann ich nicht einsehn, warum ich nicht mit mir zufrieden sein, sondern mich für ein verworfenes Geschöpf halten sollte?

Sie sind die liebenswürdigste Philosophin von der Welt!, rief Siegmund aus. Ich habe noch kein Frauenzimmer gefunden, deren Seelengröße sich mit der Ihrigen messen dürfte.

Die Schöne drückte einen zärtlichen Kuss auf die schmeichelnden Lippen. – Ich habe sie heut Abend kommen sehn, sagte sie, und Ihnen bloß die Tür eröffnet, weil Sie mir gefallen, und weil ich Sie jetzt sogar liebe, ohne Vorteil von Ihnen zu hoffen. Ich denke, meine Liebe ist uneigennütziger, als die anständige Zärtlichkeit mancher Ehefrau.

Siegmund ward immer mehr bezaubert; er schloss sie an sein klopfendes Herz und überdeckte Wangen und Busen mit feurigen Küssen.

Ich habe einen Einfall!, rief die Geliebte wie begeistert aus, ich habe einen Einfall, für den Sie mir gewiss danken werden. – Sie sollen sehn, dass ich nicht nur uneigennützig bin, sondern dass ich mich auch aufopfern kann, wenn ich mich jemandes Freundin nenne. – Ich habe mir einmal vorgesetzt, dass Sie hier in der Stadt bleiben sollen, und ich will für Sie den unangenehmsten Schritt tun: ich will mich nämlich mit dem Präsidenten in Kapitulation einlassen.

Siegmund konnte nicht Worte genug finden, ihr zu danken. – Sie gab ihm in derselben Nacht noch zu mehreren Dank Gelegenheit, und er verließ sie, um sich in seinem Gasthofe von dem philosophischen Raisonnement zu erholen, das ihn ermüdet hatte.

Es ward sogleich zum Präsidenten geschickt, der nicht zu kommen ermangelte. – Als sich Siegmund auskleidete, um zu Bette zu gehen, sagte er zu sich selbst: Einem Freudenmädchen soll ich also vielleicht mein Glück verdanken? Nicht meinen Talenten und Kenntnissen? –

Aber ich verdanke es mir ja doch selbst; meine Gestalt hat dies Mädchen ja so für mich eingenommen. Es hätte mir wahrhaftig weniger Ehre gemacht, wenn ich bloß dem vornehmen Fürwort des langweiligen Generals, der mich nicht kannte und nicht besonders leiden mochte, alles schuldig geworden wäre. – Ich bin nicht der Erste, und werde auch nicht der Letzte sein, der durch ein Frauenzimmer eine Stelle erhält; sie geben uns als Säugling Milch und als Männer Brot, und es ist gewöhnlich noch anstößiger, wie viele durch eine verheiratete Frau oder durch Heirat versorgt werden.

Er schlief bald ein und lag noch in süßer Ruhe, als ihn der Marqueur weckte und ihm ein Billett vom feinsten Postpapier überreichte. Noch schlaftrunken erbrach er es. Es war eine außerordentlich höfliche Einladung vom Präsidenten, ihm die Ehre seines Besuchs zu gönnen; er habe gestern vergessen, sich nach manchen Umständen zu erkundigen, die ihn sehr interessierten.

Siegmund sprang schon aus dem Bette, ehe er noch zu Ende gelesen hatte, seine gestrigen Skrupel fielen ihm gar nicht einmal ein. Er rief den ersten vorübergehenden Friseur hinauf, zog sich so eilig an, dass es dadurch eine Viertelstunde länger währte, und lief trabend zum Präsidenten. Der Bediente führte ihn in das Schlafzimmer des gnädigen Herrn, der um Verzeihung bat, dass er ihn schon so früh inkommodiert habe. Siegmund wusste gar nicht, wie er die großen und ausgesuchten Höflichkeiten beantworten sollte. Der Präsident erklärte, dass er den Brief des Generals noch einmal überlesen und sich gestern aus Zerstreuung in der Person geirrt habe, er habe schon seit lange so viel von der Geschicklichkeit und den unbeschreiblich großen Talenten des Empfohlenen rühmen gehört, dass er ihm die verlangte Stelle unmöglich, ohne die größte Ungerechtigkeit zu begehen, abschlagen könne.

Kurz, alles ward in dieser Unterredung berichtigt; Siegmund war Rat, und mietete sich sogleich, als er den Präsidenten verließ, seine künftige Wohnung, forderte im Wirtshause die Rechnung, und erschrak zwar nicht, aber erstaunte doch ein wenig über die große Summe.

Alles schien hier in der Stadt sein Gewerbe philosophisch zu treiben, denn als der Wirt das lang gezogene Gesicht des Bezahlenden sah, sagte er ganz kalt: Man kann es unser einem nicht übelnehmen, wenn man den Vorteil nimmt, wo man ihn findet; ich lasse mir auch dafür etwas bezahlen, dass mein Gasthof der beste ist, und jeder Eingehende kann doch nachher erzählen, dass er hier logiert habe. Über fünf Jahre ungefähr wird es auch bei mir etwas wohlfeiler sein, denn ich denke, dass ich dann die Summe wieder erübrigt habe, um die mich einmal ein verkleideter Herzog betrog.

Der Bürger muss also auch bei Ihnen die Schulden der Fürsten bezahlen?, fragte Siegmund lachend.

Zum Glück ist mein Gasthof hier in der Stadt der einzige recht gute, fuhr der dicke Mann ungestört fort; ich habe daher die Summe, auf die ich hoffe, schon so gut wie in der Tasche. Der Goldschmied ist ein Narr, der das abfallende Silber nicht sammelt.

Die Rechnung ward quittiert, Siegmund zog aus und in seine neue Wohnung.

Als er auf den Mittag wieder im Gasthofe aß, sprang ihm der kleine Bellmann in die Arme, und freute sich, dass ein so würdiger Mann die erledigte Stelle erhalten habe. Seine Freude war ungeheuchelt, denn er hatte die Aussicht, in wenigen Wochen mit einer andern ebenso einträglichen Würde bekleidet zu werden.

Der Zeitungsschreiber machte in seinem Blatte einen großen Artikel aus der Ankunft und Einführung des neuen Rats.

Siegmund, der Präsident und das Mädchen lebten seit der Zeit in der größten Eintracht; die Schöne stimmte ihr demokratisches Gemüt etwas aristokratischer, und schon am folgenden Tage sah man den Präsidenten in der Gesellschaft Siegmunds reiten. Siegmund tat ihm den Gefallen, nur wenig zu schließen, und mit dem Pferde etwas ungeschickt umzugehen. Der Präsident gab ihm viele Regeln; Siegmund dankte und lernte besser reiten.

Der General antwortete auf das Danksagungsschreiben des Rats: er habe wohl gewusst, dass der Präsident nicht unterlassen könne, seine Empfehlung zu beachten. –

Dies sind die beiden merkwürdigsten Lebenstage aus Siegmunds Geschichte. – Der Leser, der nur ein halb gutes Buch über die Moral gelesen hat, wird leicht die schlecht erfundene sophistische Scharade auflösen können; folglich braucht sich der Verfasser gar nicht weiter darüber zu erklären, dass er die aufgestellten Personen nicht für Ideale auszugeben gesonnen sei.

Eine reichlich wilde Lösung für einen wahrlich merkwürdigen Erzählknoten wird uns da geboten. Ist das noch schicklich genug für ein vernünftiges Publikationsorgan der Aufklärung, für die dezent unterhaltenden *Straußenfedern*? Um hier keine Zweifel aufkommen zu lassen, endet die Erzählung mit einer beruhigenden Versicherung: Das ist alles schlecht erfunden, das sind alles keine Ideale. Siegmund, der Präsident und das Mädchen zeigen uns nicht, wie wir uns verhalten sollen; sie zeigen uns, wie wir uns nicht verhalten sollen. Genau so funktioniert die Satire der Aufklärung: Sie zieht eine moralisch verwerfliche Handlungsweise ins Lächerliche, und indem wir über diese Handlungsweise lachen, demonstrieren wir, dass wir sie als verwerflich durchschaut haben und dass wir zugleich moralisch über ihr stehen. Wir lachen im Wortsinn *über* Siegmund, den Präsidenten und das Mädchen.

Diese überlegene Distanz sichert uns auch vor jeder möglichen Ansteckung durch das Wilde, Taumelnde, Unbeherrschte, von dem die Erzählung durchsetzt ist. Deshalb neigt die Satire grundsätzlich zur Überspitzung: Je wilder das Erzählte, desto beherrschter erscheinen die Lesenden. Das ist die konservative, die staatstragende Seite des satirischen Erzählens der Aufklärung: Es nötigt die Lachenden zu einer Zustimmung zum Vernünftigen, Maßvollen, Ordentlichen und Ordnungsgemäßen. Wir sind nicht Siegmund; wir sind nicht der Präsident; und wir sind nicht das Mädchen!

So weit, so vernünftig. Doch in der abschließenden Beruhigung – alles nur schlecht erfundene Nicht-Ideale! – versteckt Tieck eine ironische Irritation. Denn der letzte Satz der Erzählung macht genau das, was er selbst als unnötig deklariert: »folglich braucht sich der Verfasser gar nicht weiter darüber zu erklären, dass er die aufgestellten Personen nicht für Ideale auszugeben gesonnen sei.« Tieck weiß ganz genau, was er hier in Gang setzt: einen Widerspruch zwischen dem, was der Satz sagt, und dem, was der Satz tut. Denn der Satz sagt, dass keinerlei Erklärung zu den Figuren gegeben werden soll; und was der Satz tut, ist dann, dass er genau diese Erklärung dennoch liefert.

Was aber haben wir von einem Satz zu halten, der sich selbst widerspricht? Taugt ein solcher Satz als solide Grundlage für eine sichernde Distanz? Wohl kaum. So kippt die Absicherung in Entsicherung, die Distanz in Nähe, die Überlegenheit in Kumpanei. Möglicherweise sind Siegmund, der Präsident und das Mädchen wirklich keine Ideale. Aber dafür sind sie immerhin echten Menschen ähnlicher, als Ideale dies je sein können. Sie sind nicht einfach lächerlich, sondern schlicht menschlich. Es sind Menschen wie wir, und wir sind umgekehrt Menschen wie sie. Wir sind Siegmund, wir sind der Präsident, wir sind das Mädchen!

Die Sache bleibt auch in dieser Perspektive noch komisch. Doch es ist ein anderes Lachen als dasjenige der moralischen Überlegenheit: Wir lachen *mit* Siegmund über den Präsidenten, *mit* dem Mädchen über die beiden Männer. Und vor allem lachen wir mit Tieck über die ganze kuriose Einrichtung der Welt.

So hebt Tieck die Aufklärung durch die Forcierung ihrer eigenen Mittel aus den Fugen: Enlightenment is out of joint! Dass Shakespeare ihm dabei behilflich ist, davon wird noch die Rede sein. Was Tieck hier zunächst einmal vorführt, ist so einfach wie effektiv: Er muss der Schraube der Satire, die in der Aufklärung gerne schon scharf angezogen wird, nur noch eine weitere Drehung geben; er muss sich nur erlauben, diese Schraube zu *überdrehen,* und schon öffnet sich das ungesicherte Feld der romantischen Ironie.

Auch die Gelegenheit, bei der Tieck die Schraube überdreht – und das heißt immer auch: das führende Gewinde zerstört –, könnte typischer nicht sein: Es geschieht dort, wo die Literatur sich auf sich selbst bezieht, wo sie sich selbst als Literatur in Erinnerung ruft: »Der Leser« und »der Verfasser« treffen sich am Ende der Erzählung *im* Geschriebenen. Tieck liebt solche Selbstverschlungenheiten. So redet sich etwa in *Fermer, der Geniale,* einer anderen Erzählung aus den *Straußenfedern,* der aufgebrachte Protagonist literaturgestützt in Rage:

Menschen! Menschen! Sprach er ganz laut, heuchlerische, giftige Krokodilbrut! Ihre Augen sind Wasser, ihre

> Herzen sind Erz! Küsse auf den Lippen und Schwerter im Busen! – O Bosheit, hab' ich dulden gelernt u. s. w. Er hielt die ganze Rede Karl Moor's, und bemerkte in seiner Wut nicht, dass sie nicht ganz auf seinen Zustand passe; wer wird auch in der Leidenschaft auf solche Kleinigkeiten Rücksicht nehmen?

›Und so weiter‹: Der authentische Ausbruch erweist sich als internalisiertes Schiller-Zitat. Wer genug gelesen hat, der kennt nicht nur die rechten Worte, sondern auch die passenden Gefühle. Bei Fermer ist dieses literarische Innenleben eine erheiternde Angelegenheit, die Tieck genüsslich ausspielt. Aber Tieck kennt, davon war schon die Rede, auch den Abgrund, der sich hier öffnen kann: »ich war auf einige Sekunden wirklich wahnsinnig«.

Aber bleiben wir noch einen Augenblick bei der Heiterkeit. Denn ganz gleich, ob wir *über* oder *mit* Siegmund lachen: Wir *lachen.* Auf ein solches Lachen – *über?, mit?* – zielt Tieck auch in einer weiteren Erzählung aus den *Straußenfedern,* gleichfalls aus dem Jahr 1796; und er nutzt diesmal eine gewagte literarische Form: die Parallelmontage.

Der Naturfreund

Um die Zeit im Sommer, in der ein Teil der schönen Welt gewöhnlich seine Zuflucht nach einem Bade nimmt, setzte sich auch ein Kriegsrat Kielmann in einen Wagen, um die Stadt zu verlassen. Er war nicht krank, und wollte auch kein Bad besuchen, sondern eine Zeit lang in der Nähe eines Gesundbrunnens wohnen, um die schöne Natur zu genießen.

Der Kriegsrat Kielmann war ohngefähr dreißig Jahr alt und ein sehr brauchbarer Geschäftsmann, er hatte eine Erholung nötig, weil er eine lange Zeit strenge gearbeitet hatte, und er jetzt selbst für seine Gesundheit fürchtete. Er wollte daher mehrere Wochen auf dem Lande zubringen, um sich und einer schönen Muse zu leben: denn der Kriegsrat war zugleich ein Mann von Empfindung, der in seinen jüngern Jahren die schönen Wissenschaften studiert hatte. Daraus wollten ihm manche Leute in der Stadt einen Vorwurf machen; ja manche gingen gar so weit, ihn einen Narren zu schelten: diese aber waren meist mit dem Kriegsrate Weller verwandt, dessen Tochter Herr Kielmann nicht geheiratet hatte, ohngeachtet es ihm angeboten, und sie das reichste Mädchen in der Stadt war. Kielmann achtete wenig auf dieses Gerede, denn er war zu sehr Philosoph, um sich um Stadtgeschwätz zu kümmern; er fuhr jetzt mit frohem Sinne durch das Tor, und steckte seinen Kopf lächelnd weit aus der Chaise heraus, um sogleich das freie, sonnige Feld in Augenschein zu nehmen.

Jetzt will ich dich nun auch recht genießen o Natur, dachte der Kriegsrat bei sich selber; alle meine Arbeiten und Geschäfte will ich nun vergessen und nur für dich Augen und Gedächtnis haben. Ich will zu den Empfindungen meiner poetischen Kinderjahre zurückkehren, ich will mein Dasein verjüngen und wie ein Kind an den Händen der Schönheit und der Natur einhergehn.

Der Wagen fuhr indessen weiter, und der Kriegsrat gab sich große Mühe, ja keinen Berg oder kein Dorf mit seinen Augen zu versäumen, damit er nichts vom Genuss der ländlichen Natur verliere. – Wie glücklich bin ich, fuhr er dann in seinem Selbstgespräche fort, dass ich noch so frei und ledig bin, ganz meinen eigenen Einfällen folgen kann und nicht von den Launen einer Frau abhänge; die Mademoiselle Weller ist ein ganz hübsches Mädchen, sie hat viel Geld, aber wenig Verstand und noch weniger Empfindung, keine Lektüre und keine Liebe für die Poesie; aus der Natur macht sie sich gar nichts, sie lacht zu viel, sie scherzt über alles. – Es ist überhaupt besser, dass ich mich nicht mit dem Heiraten übereile; denn wie selten ist es, dass wir eine Seele finden, die mit uns sympathisiert und ohne die reinste Sympathie der Seelen fühlt man in der Ehe nur die Fesseln, und den Verlust der Freiheit.

Kielmann hatte während diesen Betrachtungen einen See, der links an der Straße lag, zu bewundern vergessen; er ließ daher den Kutscher stillhalten, und stieg aus, um das Versäumte nachzuholen. Dann ging er einen Fußsteig über eine Wiese und ließ den Wagen langsam weiterfahren; er betrachtete nun jede Gruppe von Bäumen sehr genau, und suchte sie seiner Phantasie einzuprägen; er empfand ungemein viel, und stieg nur erst wieder in den Wagen, als ihn das Gehen ermüdet hatte.

Als er wieder im Wagen saß, freute er sich auf den Anblick einiger Ruinen, die in einer halben Stunde erscheinen würden, und bei denen er schon in der bloßen Vorstellung einen kleinen Schauder empfand. – Bäume und Häuser gingen nun rasch seinen Augen vorüber, der Gesang der Vögel, das Rasseln der Räder, das Rauschen der Bäume und die wiegende Bewegung des Wagens versetzten ihn bald in eine gewisse Trunkenheit, er rieb die Augen zu wiederholtenmalen, gähnte dann, und nach einiger Zeit akkompagnierte er das Konzert der Natur mit einem lauten Schnarchen.

Der Fuhrmann rief: Brrr!! – Die Pferde standen, der Wagen hielt; der Kriegsrat dehnte sich, gähnte und rieb die Augen mit seinen ausgespreiteten Händen. – Wo sind wir denn?, rief er jetzt dem Fuhrmann zu. Beim Wirtshause, Herr Kriegsrat, hier wollen wir füttern. – Das war ein schlimmer Weg, die letzte halbe Meile hierher. –

Aber wo sind denn die Ruinen?

O Gottlob, da sind wir schon seit einer Stunde vorbei.

Schon seit einer Stunde?, fragte der Kriegsrat und stieg noch halb schlaftrunken aus dem Wagen.

Ei! ei!, sagte er zu sich selber, das ist nicht fein! Pfui! in der schönen offenen Natur einzuschlafen! Auf einer Reise, auf die du dich schon seit so lange gefreut hast! – Wenn das so fortginge, so würden wir mit dem Genuss der Natur nicht weit kommen.

Man bereitete das Mittagsessen, das unsern Reisenden wieder stärkte; der Wirt unterhielt ihn dabei mit den Namen der Brunnengäste, die schon durchgereist wären; Kielmann aß und trank, und wiederholte sich die schönen Szenen in seiner Phantasie, die ihm auf dem Lande bevorstünden; die rauschenden Wälder, der Gesang der Nachtigallen und Lerchen, die schöne Unschuld von Dorfbewohnern, die Simplizität ihrer Lebensart usw. – Es missfiel ihm die Geschwätzigkeit des Wirts und er trieb den Fuhrmann und seinen Bedienten an, um so geschwind wie möglich, wieder anzuspannen.

Die Reise ging weiter. Der Kriegsrat labte sich wieder an den schönen Aussichten, und schlief dann zur Abwechselung wieder ein; auf jeder Meile nahm er sich fest vor, munter zu bleiben, aber seine Natur überwand jedes Mal seinen Vorsatz; dann ward er auf sich selbst böse, und war am Ende doch genötigt, sich wieder mit sich auszusöhnen. – Spät in der Nacht hielt der Wagen in dem Dorfe, in welchem der Kriegsrat seinen Wohnsitz aufschlagen wollte. Er aß nur wenig und legte sich bald schlafen.

Der Gesundbrunnen war nur eine halbe Meile von diesem Dorfe entfernt, und hier wohnte neben andern für uns uninteressanten Gästen die Geheimrätin Langhoff mit ihrer Tochter Caroline; der Mann war schon seit einigen Jahren tot und sie lebten jetzt von einer Pension und den unbedeutenden Renten eines kleinen Vermögens. Die Tochter ward in jedem Sommer krank, und die Mutter wandte einen großen Teil ihres jährlichen Einkommens darauf, um mit Carolinen eine Zeit lang auf dem Brunnen zu wohnen, um sie dort mit allen Gästen bekannt zu machen; der Zweck davon war: Mademoiselle Langhoff war schon fünf und zwanzig Jahr alt, und doch noch nicht verheiratet. Man war in der Gesellschaft, man tanzte und lachte, und die Mutter glaubte, dass sich die Tochter doch wohl irgend einmal einen reichen, angesehenen Mann antanzen würde, den ihre schönen Augen oder ihr noch schönerer Wuchs auf ewig zu ihrem Sklaven, oder was noch schlimmer und bedeutender war, zu ihrem rechtmäßigen Manne machen würden.

Der Leser, der so gütig ist, diese kleine und unbedeutende Erzählung Wort für Wort zu lesen, wird uns nun erlauben, mit Briefen fortzufahren, die wir nebeneinanderstellen wollen, damit die Verschiedenheit des Stils und der Charaktere desto mehr in die Augen falle.

Beim Sonnenaufgang saß der Kriegsrat schon an einem Tisch und schrieb einen Brief an einen Freund in der Stadt, den er aber nicht sogleich abschickte, sondern in der Form eines kleinen Tagebuches fortsetzen wollte; die schöne Caroline schrieb fast um die selbe Stunde an eine Freundin, und der Leser erhält nun hier die Parallelbriefe:

Briefe des
Kriegsrats Kielmann.

am 3ten Juli.

Liebster Freund.
O wie glücklich, wie außerordentlich glücklich bin ich! – Ich schreibe Ihnen aus meinem Dorfe, indem die Sonne eben aufgeht und rote feurige Strahlen über mein Papier wirft. – Ein schöner Hügel mit Bäumen bekränzt steht vor meinen Augen, und mir ist so frisch und leicht, dass ich es Ihnen gar nicht beschreiben kann.
Welche reine gesunde Luft atme ich hier ein! – Wie froh werde ich nach einigen Wochen zur Stadt und zu meinen Geschäften zurückkehren! – Hier brauche ich nun nach keinem Rathause zu gehen. Hier ängstigen mich nicht die vollgestopften Repositorien mit ihren bestäubten Akten. Ich will oft

Briefe der
M. Caroline.

am 3ten Juli.

Liebe Louise.
Ich bin heut früher als gewöhnlich aufgestanden, und es scheint heute recht schönes Wetter zu werden. – Was das hier angenehm ist, dass man sich nicht so wie in der Stadt zu genieren braucht. – Ich habe nun endlich meine elegante Morgenhaube fertig, und ich trage sie heute im Negligé zum ersten Male. – Das öftere Umkleiden, die Pläsiers, das Brunnentrinken macht, dass die Zeit vergeht, man weiß selbst nicht wie. Alles ist hier so lustig und munter, besonders ist ein gewisser Herr Brand die Seele der ganzen Gesellschaft. Er ist lauter Leben. Bald springt er herum, bald gibt er Rätsel auf, bald neckt er einige aus

an diese Qualen zurückdenken, um die kurze Zeit, die ich hier zubringe, desto mehr zu genießen.

am 4ten Juli nachmittags.

Ich habe gestern und heut die schönen Gegenden umher besucht. Da ist ein kleiner Wasserfall hier ganz in der Nähe, der mich heut Morgen entzückt hat.
Das Mittagsessen, das ganz einfach war, hat mir heute köstlicher geschmeckt, als je in der Stadt, und die Menschen, bei denen ich wohne, sind so simpel und so gut, dass mich ihre Gespräche mehr unterhalten, als die mit jenen verfeinerten Stadtmenschen, die nie wissen, was sie glauben oder sagen sollen.

der Gesellschaft; er hat ein erstaunliches Gedächtnis. – Manche wollen es ihm nachmachen, aber es gelingt doch keinem so recht.

Nachmittags am 4ten Juli.

Ich kann immer noch vor Lachen nicht zu mir selber kommen. Herr Brand hatte heute Mittag einen Bauern zum Besten, der Erdbeeren zum Verkauf brachte. Die ganze Tischgesellschaft wollte sich vor Lachen ausschütten. Es ist ein allerliebster Mensch, der Brand! die Frauenzimmer hier reißen sich auch um ihn; wie wenige Männer gibt es doch, die ihm ähnlich sind. Wie stechen die alten, steifen Offiziere, die hier sind, gegen ihn ab!

am 5ten Juli.

In dieser Nacht ist plötzlich Regenwetter eingefallen und es scheint anhalten zu wollen. – Das macht mir freilich einen großen Strich durch meine schöne Rechnung; ich muss mich aber trösten und meine Zuflucht zur Lektüre nehmen. Es ist denn doch gut, dass ich einige von meinen Lieblingsdichtern mitgenommen habe. Ich habe Thomsons Jahreszeiten schon angefangen und lese dies schöne Gedicht immer wieder mit großem Interesse von neuem.

am 5ten Juli.

Es ist um zu verzweifeln! Es war so eine schöne Landpartie arrangiert und nun fällt es dem Himmel ein, zu regnen. – Da ist nun die liebe Frau von Lemstein und Herr Mannert gebeten, und nun werden wir uns heute an den langweiligen l'Hombretisch setzen müssen.
Ich werde Langeweile haben und vielleicht noch mein Geld verlieren, denn ich gebe gewiss auf das Spiel nicht Achtung. – Ist es nicht um zu verzweifeln, liebe Louise.

am 7ten Juli.

Immer noch Regen und schwarz bezogener Himmel! – Das Wetter macht mich ganz unbegreiflich träge und schläfrig. Ich lese fast unaufhörlich; aber das Lesen spannt mich zu sehr an.

am 7ten Juli.

Jetzt ist mir bei dem schlechten Wetter doch besser, wenigstens etwas. Herr Brand hat uns schon einige Mal recht lustige Anekdoten vorgelesen, wir kommen dabei im Saale zusammen;

Statt selbst in der goldnen Zeitenwelt zu leben, lese ich jetzt Gesners göttliche Schilderungen davon. Es will mir nur alles nicht recht behagen, weil ich mich auf die Natur selbst zu sehr gefreuet habe.

am 10ten Juli.

Es ist doch zu arg! Denken Sie nur lieber Freund, das Regenwetter will immer noch nicht aufhören. Die Zeit meines Urlaubs verstreicht indes, und ich sitze hier in einem schmutzigen elenden Dorfe gefangen, ohne Beschäftigung, ohne Gesellschaft. – Soll man dabei nicht unzufrieden werden? Wenn ich wüsste, dass das Wetter so bliebe, ließe ich gleich anspannen und führe wieder nach der Stadt zurück. – Alles macht

heute Abend wollen wir ein Pfänderspiel versuchen. Das schlechte Wetter ist doch immer hier noch eher zu ertragen, als in der Stadt, man ist doch ungeniert und dabei in Gesellschaft. Wie ich es sagte! ich habe gestern einen Taler und drei Groschen verloren.

am 10ten Juli.

Wir sind jetzt immer alle recht vergnügt. Es ist nur ärgerlich, dass mir Mama jetzt immer Streiche spielt. Sie mag den Herrn Brand nicht gerne leiden, und darum soll ich auch nicht viel mit ihm umgehn. Die Pfänderspiele haben uns alle recht amüsiert, und der kleine Brand wusste es so einzurichten, dass ich ihm durchaus ein Paar Küsse geben musste. Es ist recht schade, dass der hübsche Mensch nicht mehr Ver-

mir hier Langeweile; da ich nicht mehr spazieren gehen kann. Die Leute hier sind zwar auf den ersten Anblick recht gut; aber zum Umgang sind sie doch ganz unbrauchbar. Das Essen hier ist auch meistenteils sehr schlecht, und was das Schlimmste ist, die Menschen wissen es nicht zuzurichten. – Ich bin ordentlich auf Neuigkeiten aus der Stadt begierig; aber man erfährt hier nichts, ich lebe hier, wie in der Arabischen Wüste.

am 11ten Juli.

Ich bin mit dem Prediger des Dorfes, einem alten wunderlichen Manne, bekannt geworden. Er hat eine außerordentliche Leidenschaft für's Kartenspiel, versteht aber kein anderes, als das gemeine alte fränkische Mariage. Er lenkte bald darauf ein, und ihm zu Gefallen habe ich

mögen hat; denn so sagt man von ihm, dass er viel schuldig sein soll. Ein paar allerliebste Sprichwörter hat er auch erfunden und aufgeführt; in dem einen musste ich seine Frau vorstellen; das gab denn zu allerhand Neckereien Gelegenheit, die Mama viel zu ernsthaft genommen hat. Ich wette, wenn der junge Mensch reicher wäre, Mama würde ihn selber gern sehn. – Aber so, – ach, ich weiß nicht, was ich alles schwatze! –

am 11ten Juli.

Ich kann doch den Herrn Brand nicht vermeiden, ohne die ganze Brunnengesellschaft aufmerksam zu machen, nicht wahr, liebe Louise? Und doch will es Mama durchaus so haben. Und ich weiß es, dass es den armen Menschen betrübt, wenn ich mich jetzt mehr heute fast den ganzen Tag an den Spieltisch versessen. – Was sagen Sie dazu, mein Freund? Aber was soll man auch bei dem abscheulichen Wetter anfangen?

am 14ten Juli.

Ich finde doch, dass man bei jedem Spiele mehr Feinheit anbringen kann, als man im Anfange glaubt. Der Prediger hatte bisher immer von mir gewonnen; aber jetzt ist oft der Sieg zweifelhaft. Das Spiel interessiert mich ordentlich lebhaft; der sonderbare Mann hat mich mit seiner Leidenschaft angesteckt.

am 20sten Juli.

Ich bin recht böse auf mich, und ich denke, ich habe Ursache dazu. Schon seit vier Tagen ist das schönste Wetter von der Welt, und ich habe

zurückziehe. Er geht mir immer nach und sucht recht geflissentlich meine Gesellschaft, – ja Mama mag es ihm selber verbieten! was geht es mich an?

am 14ten Juli.

Denken Sie nur, man sagt sich in's Ohr: Brand würde die dicke Frau von Lemstein heiraten. Er spricht zwar viel mit ihr, aber das kann ich denn doch unmöglich von ihm glauben. Sind Sie nicht auch meiner Meinung, liebe Louise? Sie kennen ja auch das hässliche Weib.

am 20sten Juli.

Es ist gewiss mit der Frau von Lemstein. O der Windbeutel! – Aber die ganze Gesellschaft hier verachtet ihn auch, und das mit Recht;

sie am Spieltische zugebracht, mit dem abgeschmackten Prediger und seinem kläglichen Spiele habe ich sie verschwendet. Erst heute bin ich wieder ausgegangen.
Wie kann der Mensch so schwach sein? – Ich begreife mich selbst nicht.

am 21sten Juli.

Ich habe den benachbarten Brunnen heute besucht, und ich finde, dass uns selbst auf dem Lande Gesellschaft unentbehrlich ist. Es sind viele Bekannte hier, als die Geheimrätin Langhof mit ihrer Tochter, die Frau von Lemstein und andre. Pharao wird hier hoch gespielt. Ich werde öfter herkommen.

der Harlekin kömmt einem gar nicht wie ein ordentlicher Mann vor. Bloß des Vermögens wegen ein altes, hässliches Weib zu heiraten?
Wie kann ein Mensch so elend sein? – Ich kann es nicht begreifen.

am 21sten Juli.

Ich wünsche, wir möchten wieder bald nach der Stadt zurückreisen. Alles wird hier so langweilig; man amüsiert sich jetzt mit Hazardspielen. – Da war heute der unausstehliche Kriegsrat Kielmann hier, der empfindsame Narr. Sie müssen ihn auch kennen, der einmal eine Liebschaft mit der Mamsell Weller hatte.

am 22sten Juli.

Bin ich nicht ein rechter Narr, dass ich meine Zeit verderbe und mein Geld verspiele? – Ich habe heut im Pharao sehr ansehnlich verloren; ich will es auch künftig unterlassen.

am 22sten Juli.

Mama hat auch Lust, nach der Stadt zurückzukehren, und ich wünsche, es würde nur erst angespannt, dann könnt' ich mit Ihnen, liebe Louise, über dies und jenes weitläufig sprechen.

am 23sten Juli.

Die Gegend um den Brunnen und die Gesellschaft dort gefällt mir außerordentlich. Ich habe heute nicht gespielt und mich doch sehr unterhalten. Sie werden die Tochter der Rätin Langhof kennen, es ist ein sehr liebenswürdiges Mädchen; ich habe mit ihr und der Mutter viel gesprochen, wir gingen ziemlich lange mit einander spazieren. Man hat mich eingeladen.

am 23sten Juli.

Das fehlt uns noch, dass uns die langweiligen Narren auf den Hals kommen! Da hat sich der pinselnde Kielmann den ganzen Tag mit uns herumgetrieben, und mir vollends alle Laune verdorben. Mama ist von dem vernünftigen Manne ganz charmiert, und hat ihn auf morgen gebeten. – Alles ist mir entgegen! – Ich möchte manchemal toll werden!

am 24sten Juli.

Die Mademoiselle Langhof ist nicht nur ein schönes, sondern auch ein überaus verständiges Mädchen, sie spricht auch mit vielem Gefühl. Ein affektiertes Windspiel strich heut viel bei ihr herum; sie begegnete ihm aber, zu meiner großen Freude, mit der gehörigen Verachtung. Etwas, das man selbst bei den klügsten Frauenzimmern nur sehr selten findet, denn fast alle lieben bei den Mannspersonen die Affenmanieren.
Die Rätin selbst ist eine hochachtungswürdige Frau; sie scheint von mir eine sehr gute Meinung zu haben. Sie äußerte heut, dass sie wünsche, ich möchte sie öfter besuchen, damit sie sich etwas mehr von der uninteressanten Brunnengesellschaft entfernen könne. – Wenn ich der Tochter nur nicht

am 24sten Juli.

Einen so verdrießlichen Tag habe ich seit lange nicht erlebt. Der Kriegsrat ist fast bis um Mitternacht geblieben, und auch der elende Brand war impertinent genug, uns auf eine Stunde zu besuchen. Ich denke aber, ich bin ihm so begegnet, dass er nicht wieder kommen soll. Recht das Gegenteil von ihm ist der Kriegsrat, mit dem Mama außerordentlich höflich und freundschaftlich ist, weil er Vermögen hat; er findet sich dadurch sehr geschmeichelt. Es war gestern ein Gewitter, und ich glaubte gewiss, dass uns der Kriegsrat verschonen würde; aber er kam dennoch. – Mama meint, er wäre in mich verliebt; je nu, als Mann wäre er wohl noch zu ertragen. Wir wollen sehen, wie es sich fügt; ich will wenigstens von nun an freundlicher gegen ihn sein;

zur Last falle! Mir schien es heut, als wenn sie mich nicht besonders gerne sähe. – Es tut mir fast leid, dass ich nicht selbst auf dem Brunnen wohne: der Weg nach dem Dorfe ist doch etwas beschwerlich.

am 27sten Juli.

Ich bin jetzt den ganzen Tag auf dem Brunnen. Morgen wird hier ein Zimmer leer, und ich will nun noch auf einige Tage hier wohnen. Die Rätin hat mir erzählt, dass ihre Tochter mich sehr gerne sähe, dass sie oft nach mir frage, und dass sie nur zu blöde und bescheiden sei, um etwas von ihrer Zuneigung in meiner Gegenwart zu äußern. Ich habe es nie recht glauben können, aber jetzt bin ich davon überzeugt. Sie ist seit zwei Tagen sehr freundlich gegen mich, und als ich ihr heut aus

sollte es auch nur deswegen geschehen, um den jämmerlichen Brand recht empfindlich zu kränken. – Wenn der Kriegsrat nur nicht so ganz außerordentlich langweilig wäre.

am 27sten Juli.

Der Kriegsrat wohnt jetzt auf dem Brunnen, so sehr hat er sich an uns attachiert.
Ich möchte jetzt mehr darauf wetten, dass er wirklich in mich verliebt ist. Unaufhörlich betrachtet er mich mit sehr zärtlichen Augen; er seufzt und ist oft in Gedanken. Ich begegne ihm freundlicher, und er ist dadurch sehr glücklich. Er las uns heute aus dem Klopstock etwas vor; er liest sehr schlecht, und dann machte mir auch der unaufhörliche Kram von Engeln und bösen Geistern, die unverständ-

dem Klopstock etwas vorlas, bemerkte ich plötzlich, dass Tränen aus ihren Augen brachen. – Wenn ich aufrichtig sein soll, lieber Freund, so muss ich Ihnen sagen, dass das mein Herz gebrochen hat; ich fühle es jetzt, dass ich sie liebe, die Natur umher hat neue Reize für mich, ich bin glücklich. – Wenn sie mich nur wieder liebte, so wie ich sie liebe!

am 28sten Juli.

Ich habe mich erklärt, ich habe die Einwilligung. – Beschuldigen Sie mich keiner Übereilung, teurer Freund; wie selten findet man jetzt ein fühlendes Herz? man achte es köstlich, wenn man es gefunden hat.

lichen Verse, und dass das Gedicht durchaus nicht spaßhaft war, so viel Langeweile, dass mir die Kinnbacken vom verbissnen Gähnen weh taten; meine Augen gingen endlich davon über und er hielt es für Rührung.
Seit diesem Augenblicke wurde er noch weit zärtlicher gegen mich; meine Mutter ist sehr zufrieden, und ich bin es beinahe auch.

am 28sten Juli.

Er hat sich erklärt, er hat die Einwilligung. – Nennen Sie mich nicht rasch, liebe Louise, denn meine Mutter hat recht. Die reichen Männer sind jetzt selten, und man schlage schnell zu, wenn sich einer anbietet.

am 2ten August.

Morgen reise ich von hier ab, und zwar in Gesellschaft meiner Braut und meiner Schwiegermutter; ich glaube, es wird nun gerade ein Monat sein, dass ich die Stadt verlassen habe. – Wie freue ich mich darauf, Sie wieder zu sehn, und Ihnen meine künftige Gattin vorzustellen.

am 2ten August.

Ich komme zurück, und zwar mit einem Bräutigam. – Endlich werde ich Sie nun wiedersehn, liebe Louise, und Sie müssen gleich in den ersten Tagen den Kriegsrat, meinen zukünftigen Mann, kennenlernen. – Leben Sie bis dahin recht wohl.

Und weiter? –

Alle kamen glücklich zur Stadt zurück, es ward eine gewöhnliche Heirat geschlossen.

Der Kriegsrat ward ein Ehemann; die ganze Stadt lachte, selbst die Braut lachte ein Duett mit ihrer Mutter. Und der Kriegsrat Kielmann? –

Je nun, der sah ein, dass er sich geirrt habe. – Aber ist nicht all unser Wissen in dieser Welt nur ein Irrtum? – Er tröstete sich mit diesem Gedanken.

Wieder ein wildes Ende: All unser Wissen in dieser Welt ist nur ein Irrtum. Tieck kennt das aus seiner Schulzeit am Friedrichwerderschen Gymnasium, und es gehört zum guten Ton humanistischer Bildung im Berlin der Spätaufklärung: »ipse se nihil scire id unum sciat« – »ich weiß, dass ich nichts weiß«. Der Kriegsrat findet das tröstlich. Trost spendet dieser Gedanke erstens, weil er das Gefühl der eigenen Unzulänglichkeit relativiert: Wenn ich im Irrtum bin, dann liegt das nicht an mir, sondern an der vertrackten Einrichtung der Welt. Trost spendet der Gedanke zweitens, weil er mit dem Eingeständnis eines individuellen Irrtums zugleich an dem Vorhandensein einer allgemeinen Wahrheit festhält: Nur über etwas, das an sich wahr ist, kann ich mich wirklich irren. Und Trost spendet der Gedanke schließlich drittens, weil bei allem Irrtum über die Welt es doch immerhin jemanden gibt, der oder die im Irrtum ist: Ich irre, also bin ich.

Solche Gedankenspiele gehören um 1800 unter den Intellektuellen nicht nur Berlins zur erkenntnistheoretischen Grundausstattung. Auch Tieck kennt das und kann das. Aber er kann noch mehr: Er findet für diese Überlegungen eine literarische Form und gibt ihnen damit eine beunruhigende Wendung. Die literarische Form ist die Parallelmontage: Zwei Menschen berichten gleichzeitig und zudem in genau gleicher Länge über das gleiche Ereignis – und sie berichten doch völlig Unterschiedliches, bisweilen sogar Gegensätzliches. Dabei steht nicht einfach Irrtum gegen Wahrheit, sondern – und nun wird es beunruhigend – eine Perspektive gegen eine andere Perspektive. Die Parallelmontage führt zu einer Vervielfältigung der Perspektiven und verzichtet auf eine objektivierende Instanz, von der Wahrheit und Irrtum voneinander unterschieden werden könnten. Damit ist die literarische Form, die Tieck wählt, klüger als die Moral, mit er die Erzählung enden lässt. Nicht: All unser Wissen in dieser Welt ist ein Irrtum. Sondern: All unser Wissen in dieser Welt ist perspektivisch gebunden.

Es ist ein kleiner und zugleich großer Schritt aus der Aufklärung in die Romantik. Jemand wie Nicolai, in dessen Auftrag Tieck seine *Straußenfedern*-Erzählungen schreibt, sieht zwar – vor dem Hintergrund einer unantastbaren Wahrheit – all die Irrtümer seiner Zeit. Doch erst jemand wie Tieck, dessen ambivalente Botschaften Nicolai ungewollt verbreitet, sieht nur noch divergierende Perspektiven. Die Unterscheidung von Wahrheit und Irrtum verliert da ihren Sinn.

Wenn wir uns nun schon nicht darauf einigen können, wie es um die Welt beschaffen ist, weil wir immer in unserer eigenen Sicht auf die Welt feststecken, dann bleibt doch vielleicht zumindest der dritte vorhin genannte Trostgrund bestehen, wenn auch in leicht abgewandelter Form: Ich habe eine Perspektive, also bin ich. Oder etwas allgemeiner formuliert: Wenn ich schon die Welt nicht erkennen kann, dann kann ich zumindest versuchen, mich selbst zu erkennen. Und auch dies gehört zum guten Ton humanistischer Bildung der Spätaufklärung: »nosce te ipsum« – »erkenne dich selbst«. Oder noch lieber auf

Altgriechisch: »Gnothi seauton«. So lautet auch der Titel eines epochemachenden Journals, das der Schriftsteller, Philosoph und Kunsttheoretiker Karl Phillip Moritz zwischen 1783 und 1793 herausgibt: *ΓΝΩΘΙ ΣΑΥΤΟΝ oder Magazin zur Erfahrungsseelenkunde als ein Lesebuch für Gelehrte und Ungelehrte.* Moritz legt das *Magazin* als eine Sammlung psychologischer Fallgeschichten an, die ihm von psychologisch Interessierten zugetragen werden. In den 10 Bänden und insgesamt über 2000 Seiten kommt einiges zusammen, vom Skurrilen über das Merkwürdige bis zum Tragischen, als »Traum«, als »Gemütsgeschichte«, als »Selbstgeständnis«: eine »Sonderbare hypochondrische Grille«, »Eine wahnwitzige Passionspredigt«, »Erinnerungen aus den ersten Jahren der Kindheit«, »Geschichte des Kindermörders J. F. D. Seybell«, »Geschichte eines Selbstmörders aus Verlangen selig zu werden«. Eine Flut von Geschichten, die von der inneren Verfassung des Menschen erzählen; zahllose Leser und Leserinnen, die diese Geschichten mit ihrer eigenen Verfassung abgleichen; eine große Gruppe an auskunftswilligen Beiträgern – und alle vereint im Willen zur Selbsterkenntnis.

Schon als Schüler besucht Tieck zusammen mit seinem Freund Wackenroder in Berlin Moritz' Vorlesungen zur Ästhetik. Er kennt und bewundert dessen Kunsttheorie, aber auch seine literarischen Texte und ganz besonders dessen Beitrag zur Erfahrungsseelenkunde, zur sich gerade erst etablierenden Psychologie. Tieck geht zu vielen der kunsttheoretischen Positionen, die Moritz formuliert, bald auf kritische Distanz, zu sehr bedienen sie klassizistische Argumente. An der Erfahrungsseelenkunde aber hält Tieck weiter fest; er wäre wohl selbst gerne Beiträger für das *Magazin* geworden. Doch 1793 stirbt Moritz, und das *Magazin* wird eingestellt. In die *Straußenfedern* nimmt Tieck dann 1796 eine Geschichte auf, die nicht nur von einem psychologischen Fall berichtet, sondern auch von einem Sammler psychologischer Fälle: Nosce te ipsum!

Der Psycholog

Zwei Freunde reisten mit einander; der eine bloß um zu reisen, der andre um Bemerkungen, statistische und philosophische, besonders aber psychologische, einzusammeln. Er besuchte daher alle Irrenanstalten, Zuchthäuser und dergleichen Orte, die als eben so viele Satiren auf den Menschen aufgestellt sind. Jetzt war ihm das Fach der Stillmelancholischen besonders interessant geworden; er hatte einige so seltsame Exemplare angetroffen, dass er sie mit einem ganz besondern Eifer aufsuchte. Der simple Reisende musste immer so viele seiner Bemerkungen anhören, dass er sich beinahe auch darüber in einen psychologischen Reisenden verwandelt hätte.

Sie kamen in eine Stadt, in der sie ein paar Tage zu bleiben beschlossen. Indes der Reisende spazieren ging, suchte der Psycholog Bekanntschaften aufzutreiben. Er hatte einige Briefe abzugeben, und bei dieser Gelegenheit lernte er einen andern Psychologen kennen; denn sie sind jetzt nicht mehr so selten, wie ehedem. Sie kamen sogleich auf ihr Lieblingsgespräch, und Winkler versprach unserm Psychologen zu einer äußerst interessanten Bekanntschaft zu verhelfen. Es lebe nämlich ein Mann in der Stadt, der in einem gewissen Grade toll zu nennen sei, und doch übrigens dabei so vernünftig, wie alle andre Menschen.

Sie besuchten ihn noch an demselben Tage. Der Tolle saß und arbeitete; denn er war ein Geschäftsmann, und es hätte sich keiner dürfen merken lassen, dass man ihn für einen Tollen ansah. Er stand auf und bewillkommte die Eintretenden, und ließ sich den Psychologen vorstellen: denn Winkler war sein guter Freund und besuchte ihn häufig. Man setzte sich, und der Tolle sprach so gesetzt und vernünftig, dass der Psycholog beinah eingeschlafen wäre.

Winkler suchte wie ein geschickter Steuermann die Unterredung zu lenken, und es gelang ihm endlich, den Tollen auf den Punkt zu bringen, auf dem er wirklich toll erschien.

Ich will Ihnen die wunderbare Geschichte erzählen, sagte der Tolle, und stellte zwei Stühle vor sich hin; er maß es sehr genau ab, wie sie nebeneinander stehn mussten, und der Psycholog, der den Zusammenhang der Stühle mit der Erzählung nicht begreifen konnte, fing an, sich eine reiche Ernte von Beobachtungen zu versprechen.

Es war im Herbst, fing der Tolle an, jetzt mögen es ungefähr zehn Jahre sein, dass ich Briefe erhielt, dass einer meiner besten Freunde, der dreißig Meilen von hier wohnte, sehr gefährlich krank liege, dass man an seinem Aufkommen fast verzweifle.

Ich war Tag und Nacht bekümmert, und fürchtete an jedem Posttage, die Nachricht seines Todes zu erhalten. Die Briefe blieben wieder aus, und wie es den Menschen oft geht, über dringende Geschäfte vergaß ich meinen Freund etwas mehr.

An einem Morgen pochte es an meiner Tür; sie öffnete sich, und mein krank geglaubter Freund trat herein, frisch und gesund. Ich eile ihm in die Arme, ich weiß mich vor Freuden nicht zu lassen, und er tut kalt und befremdet; er gibt mir einen Brief und verlässt mich bald darauf, weil er weiterreisen müsse. Ich konnte ihn und mich nicht begreifen; als er fort ist, eröffne ich den Brief – und nun denken Sie sich mein Entsetzen – er enthielt nichts anders, als die Nachricht, dass eben dieser Mensch endlich nach einer langwierigen Krankheit gestorben sei. Ich wusste mich durchaus nicht zu fassen, ich war betäubt, und alle meine Ideen verwirrten sich. Ein Schwindel nach dem andern zog durch meinen Kopf.

Mein Bedienter war ausgegangen und kam zurück; er hatte natürlicherweise Niemand gesehn, keiner im Hause hatte jemand bemerkt, der zu mir gekommen; der Briefträger wollte von keinem Briefe wissen, den er mir gebracht hätte, denn ich fiel darauf, dass alles Übrige, außer dem Briefe, den ich immer in der Hand hielt, nur meine Imagination sein könne.

Sehn Sie, hier stand der Stuhl, auf dem ich gesessen habe, so neben mir saß mein Freund. Ich wusste recht gut, dass ich die Stühle in meiner Stube sonst nie so stelle, weil nichts das Gemüt so verwirrt, als ein unordentliches Zimmer; am Morgen war zwar der Barbier da gewesen, der den Stuhl auch so neben mich gestellt hatte, aber er hatte ihn wieder auf die Seite gesetzt, wie er gewöhnlich zu tun pflegt.

Konnte er es an diesem Tage nicht vergessen haben?, fiel der Psychologe ein.

Ich glaubte es auch, antwortete der Tolle; allein wie kam der Brief in meine Hand? Ich will Ihnen alles zugeben und diese Frage bleibt immer noch unbeantwortet. Sie glauben nicht, wie ich alles Mögliche aufgeboten habe, um mich zu beruhigen; aber es war umsonst, so, dass ich gezwungen bin, zu glauben, ich habe damals ein Gespenst gesehn.

Ich würde noch immer zweifeln, sagte der Psycholog. Das tue ich auch, antwortete der Tolle, und das ist eben das Quälendste bei der Sache, so oft ich daran zurückdenke, denn wäre ich vollkommen überzeugt, so wäre ich ruhig; allein dies ewige Schwanken hin und her, dieses unaufhörliche Zweifeln versetzt mich zuweilen in einen Zustand, der der Verrücktheit nicht unähnlich ist.

Man trennte sich, und der Psycholog ging nach Hause. Wie bescheiden dieser Mann von sich denkt, sagte er zu sich selber; es ist überhaupt merkwürdig, wie die beiden äußern Enden der Tollheit der gesunden Vernunft so ganz ähnlich sehn, und wie die Tollheit nur in der Mitte eigentlich Tollheit zu nennen ist, und doch kann man auf den Linien die Punkte nicht auffinden, wo man sagen könnte: hier hebt der Wahnsinn an.

Sein Kopf war ganz verwirrt, denn ein Verrückter, der über seinen Zustand so billig gedacht hätte, war ihm noch nicht vorgekommen. Er hätte ihn so gern für vernünftig gehalten, aber die Geschichte mit dem Gespenste, und dass er zu seiner Erzählung immer die beiden Stühle nötig hatte, machte es ihm unmöglich.

Als der Psycholog im Wirtshause ankam, erzählte er den ganzen Vorfall dem Reisenden, der darüber etwas nachdenklich wurde. – Und was sagen Sie dazu?, schloss der Psycholog; es ist doch nicht anders möglich, als dass alles doch nur Imagination gewesen sei.

Er kann den Menschen aber vielleicht wirklich gesehn haben, antwortete der Reisende.

Wie?, rief der Psycholog, und sah seinen Gefährten an, den er nach dieser Äußerung selber für einen würdigen Gegenstand der Beobachtung halten musste.

Lassen Sie mich eine kleine Geschichte erzählen, sagte der Reisende. Es sind zehn Jahre, als ich durch diese Stadt reiste, auf der letzten Station erhielt ich von einem Unbekannten einen Brief, den ich hier abgeben sollte; er hatte selbst gedacht, hierher zu reisen, aber ein Zufall nötigte ihn, seinen Weg zu verändern. Ich frage den Mann aus, an den der Brief adressiert ist, denn ich hatte

Eil, weil ich gleich weiter musste; ich öffne die Tür und ich sehe einen ganz fremden Menschen; aber er eilt sogleich auf mich zu und umarmt mich herzlich, er freut sich unendlich und wir setzen uns. Ich war in der peinlichsten Lage, weil ich glauben musste, mich bei einem tollen Menschen zu befinden; ich eile fort; er will mich nicht fortlassen, und ich bin froh, als ich das Haus erst wieder hinter mir sehe.

Wenn Sie dem Gestorbenen ähnlich sehn, rief der Psycholog, so ist Niemand anders, als Sie das Gespenst!

Allerdings, sagte jener.

Eine Auflösung, die die Psychologie niemals zu Stande bringen könnte, merkte der Psycholog an.

Beide Reisenden gingen zu Herrn Winkler, man besuchte den Tollen noch einmal; alles klärte sich so auf, wie es der Reisende vermutet hatte. Der Tolle gestand, dass der Reisende seinem gestorbnen Freunde noch jetzt sehr ähnlich sehe. –

Der Psycholog setzte sich nieder, diese Geschichte aufzuzeichnen, verlor das Blatt auf einer Station, und so fiel es in meine Hände.

Ein »Toller«, der einem Toten begegnet; ein »Psycholog«, der dessen Geschichte aufzeichnet; und ein Herausgeber, in dessen »Hände« diese Aufzeichnungen fallen: Tieck baut damit die Konstellation des *Magazins zur Erfahrungsseelenkunde* vollständig nach. Da sind zunächst die psychologischen Fälle selbst. Unter der Überschrift »Eine fürchterliche Art von Ahnungsvermögen« wird im zweiten Band des *Magazins* etwa die Geschichte eines Mannes erzählt, der »es einem Menschen aus dem Gesicht lesen kann, ob er bald und plötzlich sterben werde (…). Die Leute, versichert er ferner, an denen er bisher seine Erfahrungen gemacht, kommen seinen Augen völlig so vor, als ob sie schon ein paar Tage im Grabe gelegen, gelb und totenblass, und wenn sie auch für jeden andern wie Rosen blühen.« Da sind sodann diejenigen, die diese Fälle aufzeichnen, etwa der nur mit seinem Nachnamen überlieferte »Liphardt«, der in einem Brief von dem grausigen Ahnungsvermögen berichtet und seine Beobachtung ordentlich datiert: »Stettin, den 15ten Jenner 1784«. Und da ist schließlich Moritz, der den Brief in seinem *Magazin* herausgibt und ihn mit dem Titel versieht: »Eine fürchterliche Art von Ahnungsvermögen«.

Tieck baut diese Konstellation nun nicht nur vollständig nach, er baut sich auch an allen Positionen selbst in sie ein. Tieck ist zunächst der Tolle selbst. Denn davon, dass man ganz vernünftig über den eigenen Wahnsinn nachdenken kann, handelt ja schon sein Brief an Wackenroder: »Dieser Vorfall hat die Besorgnis, die ich Dir schon ehedem mitgeteilt habe und die mir so fürchterlich ist, dass ich nehmlich *wahnsinnig* werden möchte, um vieles vermehrt, um vieles wahrscheinlicher gemacht.« Tieck ist sodann der Psycholog. Denn er ist es, der die Geschichte des Tollen aufgeschrieben hat. Und Tieck ist schließlich Moritz. Denn er ist es, der sich als Sammler und Herausgeber dieser Geschichte inszeniert, als derjenige, der sie in den *Straußenfedern* herausgibt. Tieck mag also die Gelegenheit verpasst haben, als Autor für Moritz' *Magazin* psychologische Beiträge zu liefern. Aber es gelingt ihm dafür, sich in den *Straußenfedern* selbst als Gegenstand, Autor und Herausgeber psychologischer Fallbeschreibungen zu präsentieren.

Doch ein Unterschied zwischen dem *Magazin* und den *Straußenfedern* bleibt bestehen: Das *Magazin* sammelt Geschichten, die sich wirklich zugetragen haben sollen, es betreibt Erfahrungsseelenkunde. Die *Straußenfedern* hingegen sammeln Geschichten, die erfunden worden sind; sie präsentieren literarische Fiktionen. Wie nah sein *Magazin,* bei aller empirischer Verankerung, trotzdem dem literarischen Erzählen ist, das weiß Moritz selbst sehr genau. Immer wieder kommt er in den zehn Jahren seiner Herausgeberschaft darauf zu sprechen; und im zweiten Band nimmt Moritz sogar eine Passage aus seinem eigenen Roman *Anton Reiser* mit auf. Wegen dieser Nähe zum Literarischen ist das *Magazin* auch ein so mitreißendes Lesevergnügen, nicht umsonst angelegt *als ein Lesebuch für Gelehrte und Ungelehrte.* Doch Tieck geht – mal wieder – einen wilden Schritt weiter, indem er nicht nur die psychologischen Gegenstände, sondern gleich den ganzen Aufschreibeapparat der Erfahrungsseelenkunde literarisiert und dabei auch noch alle Positionen der Konstellation selbst übernimmt. Ein Zufall ist es jedenfalls gewiss nicht, wenn in einer weiteren psychologischen Fallgeschichte aus den *Straußenfedern* der Protagonist den Vornamen Ludwig trägt.

Die Freunde

Es war ein schöner Frühlingsmorgen, als Ludwig Wandel ausging, um auf einem Dorfe, das einige Meilen entfernt war, einen kranken Freund zu besuchen. Dieser hatte ihm geschrieben, dass er gefährlich darniederliege und ihn gern noch einmal zu sehn und zu sprechen wünsche.

Der muntre Sonnenschein glänzte in den hellgrünen Gebüschen; die Vögel zwitscherten und sprangen hin und wieder; die fröhlichen Lerchen sangen über den leichten, vorüberfliegenden Wolken! Düfte kamen von den frischen Wiesen und alle Obstbäume in den Gärten blühten weiß und freundlich.

Ludwigs trunkenes Auge schweifte auf allen Gegenständen umher; seine Seele wollte sich erweitern, aber dann dachte er an seinen kranken Freund und ging wieder in stiller Betrübnis weiter; die Natur hatte sich umsonst so hell und glänzend geschmückt, er sah in seiner Phantasie nur das Krankenbett und seinen leidenden Bruder.

Wie Gesang von jedem Zweige schallt, rief er aus; die Töne der Vögel vermischen sich lieblich mit dem Flüstern der Blätter, und ich höre aus der Ferne doch die Seufzer des Kranken durch das süße Konzert.

Indem kam ein Zug geputzter Bäuerinnen aus dem Dorfe; alle grüßten ihn freundlich und erzählten ihm, wie sie mit munterm Sinne nach einer Hochzeit wallfahrteten, wie die Arbeit für heute ruhen und dem Feste Platz machen müsse. Er hörte ihnen zu, und noch aus der Ferne erschallte ihr Jubel; ihm klangen die Lieder nach, die sie sangen, aber er ward immer betrübter. Im Walde setzte er sich auf einen umgehauenen Baum nieder, zog den schon oft gelesenen Brief aus der Tasche und las noch einmal.

Vielgeliebter Freund!
Ich weiß nicht, warum du mich so ganz vergessen hast, dass ich gar keine Nachrichten von dir erhalte. Darüber verwundere ich mich nicht, dass die Menschen mich verlassen, aber das betrübt mich inniglich, dass auch du dich gar nicht um mich kümmerst. Ich bin gefährlich krank, ein Fieber erschöpft alle meine Kräfte; wenn du noch länger zögerst, mich zu besuchen, so kann ich dir nicht versprechen, ob du mich noch wiedersiehst. Die ganze Natur lebt auf und fühlt sich frisch und kräftig, nur ich sinke ermattet zurück; mich erquickt die neue Wärme nicht, ich sehe die grüne Flur nicht, nur den Baum, der

vor meinem Fenster rauscht und meinen Gedanken lauter Totenlieder singt. Meine Brust ist enge, der Atem wird mir schwer, und manchmal scheint es mir, als würden die Wände meines Zimmers immer dichter zusammenrücken und mich so erdrücken. Ihr übrigen in der Welt feiert jetzt die schönste Zeit des Lebens, und ich muss hier in der Krankenbehausung verschmachten. Ich wollte gern den Frühling aufgeben, wenn ich nur dein liebes Angesicht noch einmal wieder sehn könnte; aber ihr Gesunden denkt nie ernsthaft daran, was es eigentlich zu sagen habe, wenn man krank ist, wie teuer uns dann in der Hülflosigkeit der Besuch des Freundes ist; ihr wisst die kostbaren Minuten des Trostes nicht zu schätzen, weil euch die ganze Welt mit warmer, inniger Freundschaft umfängt. Ach wenn ihr den schrecklichen Tod und das noch schrecklichere Kranksein so kenntet, wie ich! O Ludwig, wie würdest du dann eilen, um diese zerbrechliche Form schnell noch einmal wieder zu erkennen, die du bisher deinen Freund nanntest und die nachher so unbarmherzig in Stücke geschlagen wird. Wenn ich gesund wäre, würd' ich dir entgegeneilen und mir einbilden, du könntest in diesem Augenblicke vielleicht krank liegen. Wenn ich dich nicht wiedersehn sollte, so lebe wohl. –

Welchen sonderbaren Eindruck machte der Schmerz dieses Briefes auf Ludwigs Herz in der fröhlichen Natur, die beglänzt vor seinen Augen so herrlich dalag. Er weinte und stützte das Haupt auf die Hand. Jubiliert nur, ihr Waldbewohner!, dachte er bei sich, denn ihr kennt keine

Klage, ihr führt ein leichtes, poetisches Leben, und dazu sind euch die raschen Schwingen verliehen; o wie glücklich seid ihr, dass ihr nicht trauern dürft! Der warme Sommer ruft euch und ihr wünscht nichts weiter, ihr tanzt ihm entgegen und wenn der Winter kommen will, seid ihr verschwunden. O du leichtbefiedertes, fröhliches Waldleben! wie beneid' ich dich! Warum sind dem armen Menschen so viele schwere Sorgen in sein Herz gelegt? Warum darf er nicht lieben, ohne durch Jammer seine Liebe zu erkaufen? Durch Elend sein Glück? Das Leben rauscht wie eine flüchtige Quelle unter unsern Füßen hinweg, und löscht nicht unsern Durst, unsre heiße Sehnsucht.

Er verlor sich immer mehr in Gedanken, dann stand er auf und setzte seinen Weg durch den dichten Wald fort. Wenn ich ihm nur helfen könnte, rief er aus; wenn mir nur die Natur irgendein Mittel darböte, ihn zu retten; so aber habe ich nichts als das Gefühl meiner Schwäche und den Schmerz über den Verlust meines Freundes. In meiner Kindheit glaubt' ich an Zauberei und an ihre übernatürliche Hülfe; o wär' ich jetzt so glücklich, dass ich so, wie damals, auf sie hoffen könnte.

Er beschleunigte seine Schritte, und unwillkürlich kamen ihm alle Erinnerungen aus seinen frühesten Kinderjahren zurück; er folgte den lieblichen Gestalten, die ihm winkten, und war bald so in einem Labyrinthe verwickelt, dass er die Gegenstände nicht bemerkte, die ihn umgaben. Er hatte vergessen, dass es Frühling war, dass sein Freund krank sei; er horchte auf die wunderbaren Melodien, die zu ihm wie von fernen Ufern herübertönten; das Seltsamste gesellte sich zum Gewöhnlichsten; seine ganze Seele wandte sich um. Aus dem Hintergrunde des Gedächtnisses, aus dem tiefen Abgrunde der Vergangenheit wurden alle die Gestalten hervorgetrieben, die ihn einst entzückt oder geängstigt hatten; aufgestört wurden alle die ungewissen Phantome, die ohne Gestalt herumflattern und oft mit wüstem Gesumse unser Haupt umgeben. Puppen, Kinderspiele und Gespenster tanzten vor ihm her und bedeckten ganz den grünen Rasen, dass er keine Blume zu seinen Füßen gewahr werden konnte. Die erste Liebe umgab ihn mit ihrem dämmernden Morgenschimmer und ließ funkelnde Regenbogen auf die Aue niederfallen; die ersten Schmerzen zogen vorbei und drohten ihm, am Ende des Lebens in eben der Gestalt wiederzukommen. Ludwig suchte alle diese wechselnden Gefühle festzuhalten und in diesem magischen Genusse sich seiner selbst bewusst zu bleiben, aber vergeblich: wie rätselhafte Bücher mit bunten grotesken Figuren, die sich schnell auf einen Augenblick eröffnen und dann plötzlich wieder zugeschlagen werden; so unstet, so flatternd zog alles seiner Seele vorüber.

Der Wald öffnete sich und seitwärts lagen auf dem offenen Felde einige alte Ruinen, mit Warttürmen und Wällen umgeben. Ludwig verwunderte sich, dass er unter seinen Träumen den Weg so schnell zurückgelegt habe. Er schritt aus seiner Schwermut heraus, so wie er aus dem Schatten des Waldes trat; denn oft sind die Gemälde in uns nur Widerscheine von den äußern

Gegenständen. Jetzt ging wie eine Morgensonne die Erinnerung in ihm auf, wie er zuerst den Genuss der Poesie habe kennenlernen, wie er zum ersten Mal den holden Einklang verstanden, den manches Menschenohr niemals vernimmt.

Wie unbegreiflich, sagte er zu sich, flog damals das zusammen, was mir auf ewig durch große Klüfte getrennt schien; die ungewissesten Ahndungen in mir erhielten Form und Umriss, und strahlten Schimmer von sich, in denen ich tausend Nebengestalten erblickte, die ich bis dahin noch niemals wahrgenommen hatte. So ward mir nun das genannt, was ich immer hatte aussprechen wollen; ich empfing nun die schönsten Schätze der Erde, die meine Sehnsucht bis dahin vergeblich gesucht hatte; und wie hab' ich dir seitdem, du göttliche Kraft der Phantasie und Dichtkunst, so alles zu danken! Wie hast du meinen Lebenslauf eben gemacht, der erst so verworren schien! Immer neue Quellen des Genusses und des Glückes hast du mich entdecken lassen, sodass sich mir jetzt nirgends eine dürre Wüste entgegenstreckt; alle Ströme der süßen, wollüstigen Begeisterung haben ihren Lauf durch mein irdisches Herz genommen, ich bin trunken worden, und habe die Himmlischen kennengelernt.

Die Sonne ging unter und Ludwig verwunderte sich darüber, dass es schon Abend sein sollte; er fühlte keine Müdigkeit, er war auch noch weit von dem Ziele entfernt, das er vor der Nacht hatte erreichen wollen. Er stand still und begriff es nicht, wie es komme, dass sich der purpurrote Abend schon über die Wolken ausstreckte; dass so große Schatten fielen und die Nachtigall aus dem dichten Gebüsche ihr klagendes Lied begann. Er sah sich um; die Ruinen lagen weit zurück, ganz mit rotem Glanze übergossen, und er war jetzt zweifelhaft, ob er sich nicht von der geraden, ihm so wohl bekannten Straße entfernt habe.

Jetzt fiel ihm ein Bild aus seiner frühen Kindheit ein, das bis dahin noch nie wieder in seine Seele gekommen war; eine furchtbare weibliche Gestalt, die vor ihm über das einsame Feld hinschlich, ohne sich nach ihm umzusehn, und der er wider seinen Willen folgen musste, die ihn in unbekannte Gegenden nach sich zog, und deren Gewalt er sich durchaus nicht erwehren könne. Ein leiser Schauer schlich über ihn hin, und doch war es ihm unmöglich, sich jener Gestalt deutlicher zu erinnern, oder sich mit der Seele in jenen Zustand zurückzufinden, in welchem dieses Bild zuerst in ihm aufgestiegen war. Er strebte nach, alle diese seltsamen Empfindungen in sich abzusondern, als er sich durch einen Zufall etwas genauer umsah und sich wirklich an einem Orte befand, den er bis dahin, so oft er auch dieses Weges gegangen war, noch nie gesehen hatte. Bin ich bezaubert?, rief er aus, oder haben mich meine Träume und Phantasien verrückt gemacht? Ist es die wunderbare Wirkung der Einsamkeit, dass ich mich selber nicht wieder erkenne, oder schweben Geister und Genien um mich her, die meine Sinne gefangen halten? Wahrlich, wenn ich mich nicht aus mir selbst herausreiße, so erwarte ich hier jenes Frauenbild, das mir in meiner Kindheit auf allen wüsten Plätzen vorschwebte.

Er suchte alle Phantasien von sich zu entfernen, um sich im Wege wieder zurecht zu finden; aber seine Erinnerungen wurden immer verwirrter, die Blumen zu seinen Füßen wurden größer, das Abendrot wurde noch glühender und wunderseltsame Wolken hingen tief zur Erde hinunter, wie Vorhänge von einer geheimnisreichen Szene, die sich bald eröffnen würde. Es entstand ein klingendes Sumsen in dem hohen Grase und die Halme neigten sich gegeneinander, als wenn sie ein Gespräch führten und ein leichter warmer Frühlingsregen plätscherte dazwischen, als wenn er alle schlummernde Harmonien in den Wäldern, in den Gebüschen, in den Blumen aufwecken wollte. Nun klang und tönte alles, tausend schöne Stimmen redeten durch einander, Gesänge lockten sich und Töne schlangen sich um Töne, und in dem niedersinkenden Abendrote wiegten sich unzählige blaue Schmetterlinge, auf deren breiten Flügeln der Schein funkelte. Ludwig glaubte im Traume zu liegen, als sich plötzlich die schweren, dunkelroten Wolken wieder aufhoben, und eine weite unabsehlich weite Aussicht öffneten. Im Sonnenschein lag eine prächtige Ebene da und funkelte mit frischen Wäldern und betautem Buschwerk. In der Mitte strahlte ein Palast mit tausend und tausend Farben, wie aus lauter beweglichen Regenbogen und Gold und Edelsteinen zusammengesetzt; ein vorübergehender Fluss warf spielend die mannigfaltigen Schimmer zurück, und eine weiche rötliche Luft umfing das Zauberschloss. Da flogen fremde, nie gesehene Vögel umher, und scherzten mit ihren roten und grünen Flügeln gegen einander, größere Nachtigallen sangen mit lauteren Tönen durch die wiederklingende Natur; Flammen schossen durch das grüne Gras hin, und flatterten bald hier, bald dort, und fuhren dann in Kreisen um das Schloss herum. Ludwig ging näher und hörte holdselige Stimmen folgendes singen:

Wandersmann von unten
geh' uns nicht vorüber,
weile in dem bunten
Zauberpalast lieber.
Hast du Sehnsucht sonst gekannt
nach den fernen Freuden,
wirf ab die Leiden!
und betritt das längstgewünschte Land.

Ohne sich zu bedenken, tritt Ludwig jetzt auf die glänzende Schwelle, und scheute sich nur einen Augenblick, seinen Fuß auf das blanke Gestein zu setzen; dann ging er hinein. Die Türen schlossen sich hinter ihm zu.

Hierher! Hierher!, riefen ungesehene Stimmen, wie aus dem innersten Palaste, und er folgte dem Klange mit lautklopfendem Herzen. Alle seine Sorgen, alle seine ehemaligen Erinnerungen waren abgeschüttelt; sein Inneres tönte von den Gesängen wider, die ihn äußerlich umgaben; alle Sehnsucht war gestillt; alle gekannten und ungekannten Wünsche in ihm waren befriedigt. Die rufenden Stimmen wurden so stark, dass das ganze Gebäude erschallte, und er konnte sie immer noch nicht finden, ob er gleich schon längst im Mittelpunkte des Palastes zu stehn glaubte.

Ein rotwangiger Knabe trat ihm endlich entgegen und begrüßte den fremden Gast; er führte ihn durch prächtige Zimmer voller Glanz und Gesang, und trat endlich mit ihm in den Garten, wo Ludwig, wie er sagte, erwartet würde. Er folgte betäubt seinem Führer, und der schönste Duft von tausend Blumen quoll ihm entgegen. Große beschattete Gänge empfingen sie; Ludwigs schwindelnder Blick konnte kaum die Wipfel der uralten hohen Bäume erreichen; auf den Zweigen saßen buntfarbige Vögel, Kinder spielten in den Bäumen auf Gitarren und sie und die Vögel sangen dazu. Springbrunnen erhoben sich, in denen das reine Morgenrot zu spielen schien; die Blumen waren hoch wie Stauden, und ließen den Wanderer unter sich hinweggehen. Er hatte bis dahin noch keine so heilige Empfindung gekannt, als ihn jetzt durchglühte; noch kein so reiner himmlischer Genuss hatte sich ihm offenbaret; er war überglückselig.

Helle Glocken tönten durch die Bäume und alle Wipfel neigten sich, die Vögel schwiegen so wie die Kinder mit ihren Gitarren, die Rosenknospen entfalteten sich und der Knabe brachte jetzt den Fremden in eine glänzende Versammlung.

Auf schönen Rasenbänken saßen erhabene Weibergestalten, die ernstlich mit einander redeten. Sie waren größer als die gewöhnlichen Menschen, und hatten in ihrer überirdischen Schönheit zugleich etwas Furchtbares, das jedes Herz zurückschreckte. Ludwig wagte es nicht, ihr

Gespräch zu unterbrechen; es war ihm, als sei er unter die homerischen Göttergestalten versetzt, als dürfe von keinen Gedanken die Rede sein, mit denen sich die Sterblichen unterhalten. Kleine possierliche Geister standen als Diener umher und warteten aufmerksam auf den ersten Wink, um plötzlich ihre ruhige Stellung zu verlassen; sie betrachteten den Fremdling, und sahen sich dann untereinander mit spöttischen, bedeutungsvollen Mienen an. Die Frauen hörten endlich auf zu sprechen, und winkten Ludwig zu sich heran, der noch immer verlegen dastand; er näherte sich zitternd.

Sei unbesorgt!, sagte die Schönste von ihnen, du bist uns hier willkommen und wir haben dich schon seit lange erwartet; du hast dich immer in unsre Wohnung gewünscht, bist du nun zufrieden?

O wie unaussprechlich glücklich bin ich!, rief Ludwig aus, alle meine kühnsten Träume sind in Erfüllung gegangen, meine frechsten Wünsche stehn jetzt vor mir, ja ich bin, ich lebe in ihnen. Wie es zugegangen ist, kann ich selber noch nicht begreifen, aber genug, dass es so ist; warum soll ich über dieses Rätselhafte schon eine neue Klage führen, da kaum meine ehemaligen Klagen geendigt sind!

Ist dieses Leben, fragte die Dame, sehr von deinem vorigen verschieden?

Des vorigen Lebens, sagte Ludwig, kann ich mich kaum noch erinnern. Ist mir doch dieses jetzige goldene Dasein geworden! nach dem alle meine Sinne, alle meine Ahndungen so brünstig strebten, wonach alle Wünsche flogen, was ich mit meiner Phantasie erfassen wollte, mit meinen innersten Gedanken erringen; aber immer blieb das Bild fremde stehen, wie in Nebel eingehüllt. Und es ist mir nun endlich doch gelungen? Hab' ich dies neue Dasein gewonnen und hält es mich umfangen? – O verzeiht mir, ich weiß in der Trunkenheit nicht, was ich spreche, und sollte meine Worte freilich in einer solchen Versammlung genauer abwägen.

Die Dame winkte und alle Diener waren sogleich geschäftig; auf allen Bäumen regte es sich, allenthalben lief es und kam, und in weniger als einem Augenblicke stand eine Mahlzeit schöner Früchte und süßduftender Weine vor Ludwig da. Er setzte sich wieder und Musik erklang von neuem, und um ihn drehten sich in schöngeschlungenen Reihen Jünglinge und Mädchen, und ungestaltete Kobolde belebten den Tanz und erweckten mit ihren Possen lautes Gelächter. Ludwig gab auf jeden Ton, auf jede Gebärde Acht; er fühlte sich neugeboren, da er in dieses freudenvolle Leben eingeweiht ward. Warum, dachte er bei sich, werden nur unsre Träume und Hoffnungen so oft verlacht, da sie sich doch weit früher erfüllen, als man jemals vermuten konnte? Wo steht denn nun die Grenzsäule zwischen Wahrheit und Irrtum, die die Sterblichen immer mit so verwegenen Händen aufrichten wollen? O ich hätte in meinem ehemaligen Leben nur noch öfter irren sollen, so wäre ich vielleicht früher für diese Seligkeit reif geworden.

Die Tänze verschwanden, die Sonne ging unter, die ehrwürdigen Frauen erhoben sich. Ludwig stand ebenfalls auf und begleitete sie auf ihrem Spaziergange durch den stillen Garten. Die Nachtigallen klagten mit gedämpfter Stimme und ein wunderbarer Mond zog herauf. Die Blüten taten sich dem silbernen Scheine auf und alle Blätter wurden vom Mondglanze angezündet, die weiten Gänge erglühten und warfen seltsame grüne Schatten, rote Wolken schliefen auf den fernen Gefilden im grünen Grase, die Springbrunnen waren golden und spielten hoch in den klaren Himmel hinein.

Jetzt wirst du schlafen wollen, sagte die schönste unter den Frauen, und wies dem entzückten Wanderer eine dunkle Laube, die mit bequemen Rasen und weichen Polstern belegt war. Dann verließen sie ihn und er blieb allein.

Er setzte sich nieder und bemerkte den magischen Dämmerschein, der sich durch das dichtverschlungene Laub brach. Wie wunderlich!, sagte er zu sich selber, dass ich jetzt vielleicht nur schlafe und es mir dann träumen kann, ich schliefe zum zweiten Male ein, und hätte einen Traum im Traume, bis er so in die Unendlichkeit fortginge und keine menschliche Gewalt mich nachher munter machen könnte. Aber, ich Ungläubiger! die schöne Wirklichkeit ist es, die mich beseligt, und mein voriger Zustand ist vielleicht nur ein schwermütiger Traum gewesen.

Er legte sich nieder und Lüftchen spielten um ihn; Wohlgerüche gaukelten und kleine Vögel sangen Schlaflieder. Im Traume dünkte ihm, als sei der Garten umher verändert, die großen Bäume waren abgestorben, der goldene Mond war aus dem Himmel herausgefallen und hatte eine trübe Lücke zurückgelassen; aus den Springbrunnen sprudelten statt des Wasserstrahls kleine Genien hervor, die sich in der Luft übereinanderwarfen und die seltsamsten Stellungen bildeten; statt der Gesänge durchschnitten Jammertöne die Luft, und jede Spur des glückseligen Aufenthalts war verschwunden. Ludwig erwachte unter bangen Empfindungen und schalt auf sich selbst, dass seine Phantasie noch die verkehrte Gewohnheit der Erdbewohner habe, alle empfangenen Gestalten barock und wild zu vermischen und sie uns so im Traume wieder vorzuführen.

Ein lieblicher Morgen zog herauf und die Frauen begrüßten ihn wieder. Er sprach mit ihnen beherzter und war heut mehr gestimmt, fröhlich zu sein, weil ihn die umgebende Welt nicht mehr so sehr in Erstaunen setzte. Er betrachtete den Garten und den Palast, und sättigte sich mit der Pracht und dem Wunderbaren, das er dort antraf. So lebte er mehrere Tage glücklich, und glaubte, dass sein Glück nie höher steigen könne.

Zuweilen war es, als wenn ein Hahnengeschrei in der Nähe erschallte, dann erzitterte der ganze Palast und seine Begleiterinnen wurden bleich; es geschah gewöhnlich des Abends und man legte sich bald darauf schlafen. Dann kam wohl ein Gedanke an die vergessene Erde in die Seele Ludwigs, dann lehnte er sich manchmal weit aus den Fenstern des glänzenden Palastes heraus, um die flüchtigen Erinnerungen festzuhalten, um die Landstraße wieder zu finden, die nach seinen Gedanken dort vorübergehn musste. In dieser Stimmung war er an einem Nachmittage allein, und bedachte, wie es ihm jetzt ebenso unmöglich falle, sich der Welt deutlich zu entsinnen, als er ehemals diesen poetischen Aufenthalt habe erahnden können, da war es, als wenn ein Posthorn in der Ferne ertönte, als wenn er die rasselnde Bewegung eines Wagens vernähme. Wie sonderbar, sagte er zu sich, fällt jetzt ein Schimmer, eine leise Erinnerung der Erde in meine Freuden hinein, die mich wehmütig macht. Fehlt mir denn hier etwas? Ist mein Glück noch unvollendet?

Die Frauen kamen zurück. Was wünschest du dir?, fragten sie besorgt, du scheinst betrübt. Ihr werdet lachen, antwortete Ludwig, allein gewährt mir dennoch meine Bitte. Ich hatte in jenem Leben einen Freund, dessen ich mich kaum noch dunkel erinnere; er ist krank, soviel ich weiß. Macht ihn durch Eure Kunst gesund. – Dein Wunsch ist schon erfüllt, sagten sie.

Aber, sagte Ludwig, vergönnt mir noch zwei Fragen.

Rede.

Fällt kein Schimmer der Liebe in diese wundervolle Welt hinein? Geht keine Freundschaft unter diesen Lauben? Ich dachte, jenes Morgenrot der Frühlingsliebe würde hier ewig dauern, das in jenem Leben nur gar zu schnell erlischt, und von dem die Menschen dann nachher als wie von einem Fabelwerke sprechen. Dass ich es euch gestehe, ich fühle nach diesen Empfindungen eine unbeschreibliche Sehnsucht.

Du sehnst dich also nach der Erde zurück?

Nimmermehr!, rief Ludwig aus; denn schon in jener kalten Erde sehnte ich mich nach Freundschaft und Liebe, und sie kamen mir nicht näher. Der Wunsch nach diesen Gefühlen musste mir die Gefühle selber ersetzen, und darum trachtete ich darnach, hier zu landen, um hier alles in der schönsten Vereinigung anzutreffen.

Tor!, sagte die ehrwürdige Frau, so hast du dich ja auf der Erde nach der Erde gesehnt, und nicht gewusst, was du tatest, da du dich hierher wünschtest; du hast deine Wünsche überschrien und deinen menschlichen Empfindungen Phantasien untergeschoben.

Aber wer seid Ihr?, rief Ludwig bestürzt.

Wir sind die alten Feen, sagten jene, von denen du schon seit lange wirst gehört haben. Sehnst du dich heftig in die Erde zurück, so wirst du dorthin zurückkommen. Unser Reich blüht empor, wenn die Sterblichen ihre Nacht bekommen, ihr Tag ist unsre Nacht. Unsre Herrschaft ist seit lange und wird noch lange bleiben; sie steht unsichtbar unter den Menschen; nur dir ward es vergönnt, uns mit Augen zu sehn.

Sie wandte sich um, und Ludwig erinnerte sich, dass es dieselbe Gestalt war, die ihn unwiderstehlich in der frühen Jugend nachgezogen hatte, und vor der er ein heimliches Entsetzen hegte. Er folgte ihr auch jetzt und rief: Nein! ich will nicht zur Erde zurück! ich will hierbleiben! – So erriet ich also, sagte er zu sich selber, schon in meiner Kindheit diese hohe Gestalt? So mag die Auflösung zu manchem Rätsel noch in uns liegen, das wir zu erforschen zu träge sind.

Er ging viel weiter, als er gewöhnlich zu tun pflegte, sodass der Feengarten schon weit hinter ihm lag. Er stand in einem romantischen Gebirge, wo Efeu wild und lockig die Felsenwände hinaufgewachsen war; Klippen waren auf Klippen getürmt und Furchtbarkeit und Größe schienen dieses Reich zu beherrschen. Da kam ein fremder Wandrer auf ihn zu und grüßte ihn freundlich und redete ihn so an: Es ist mir lieb, dass ich dich nun doch wieder sehe. – Ich kenne dich nicht, sagte Ludwig. – Das kann wohl sein, antwortete jener, aber du glaubtest mich sonst einmal recht gut zu kennen. Ich bin dein krankgewesener Freund.

Unmöglich! Du bist mir ganz fremde!

Bloß deswegen, sagte der Fremde, weil du mich heut zum ersten Mal in meiner wahren Gestalt siehst: bisher fandest du nur dich selber in mir wieder. Du tust auch darum Recht, hierzubleiben, denn es gibt keine Freundschaft, es gibt keine Liebe, hier nicht, wo alle Täuschung niederfällt.

Ludwig setzte sich nieder und weinte.

Was ist dir?, fragte der Fremde.

Dass du der Freund meiner Jugend sein sollst, antwortete Ludwig, ist das nicht kläglich genug? O komm mit mir zu unsrer lieben, lieben Erde zurück, wo wir uns unter täuschenden Formen wieder erkennen, wo es den Aberglauben der Freundschaft gibt. Was soll ich hier?

Was hilft es?, antwortete der Fremde. Du wirst doch sogleich wieder zurückwollen, die Erde ist dir nun nicht glänzend genug, die Blumen sind dir zu klein, die

Gesänge zu unterdrückt. Die Farben können sich aus den Schatten nicht so hell hervorarbeiten, die Blumen gewähren nur kleinen Trost und verwelken schnell, die Singvögel denken an ihren Tod und singen bescheiden: hier aber geht alles in's Große.

O ich will mich zufrieden stellen, rief Ludwig unter heftigen Tränengüssen aus, nur komm wieder mit mir zurück und sei mein voriger Freund, lass uns diese Wüste, dieses glänzende Elend verlassen.

Indem schlug er die Augen auf, weil ihn jemand heftig rüttelte. Neben ihn neigte sich das freundliche, aber blasse Angesicht seines kranken Freundes. – Bist du doch gestorben?, rief Ludwig aus.

Gesund geworden bin ich, du böser Schläfer, antwortete jener. Besuchst du so deine kranken Freunde? Komm mit mir, mein Wagen hält dort und es zieht ein Gewitter herauf.

Ludwig richtete sich empor. Er war im Schlafe von dem Baumstamm heruntergesunken, der aufgeschlagene Brief seines Freundes lag neben ihm.

So bin ich wirklich wieder auf der Erde?, rief er freudig aus; wirklich? und es ist kein neuer Traum?

Du wirst ihr nicht entgehn, antwortete der Kranke lächelnd, und beide schlossen sich herzlich in die Arme. Wie glücklich bin ich, sagte Ludwig, dass ich dich wieder habe, dass ich empfinde wie sonst, und dass du wieder gesund bist.

Plötzlich, antwortete der kranke Freund, ward ich krank, und ebenso plötzlich wieder gesund; ich wollte daher den Schrecken, den dir mein Brief muss gemacht haben, wieder vergüten und zu dir reisen; auf dem halben Wege finde ich dich hier schlafend.

Ach! ich verdiene deine Liebe gar nicht, sagte Ludwig.

Warum?

Weil ich so eben an deiner Freundschaft zweifelte.

Doch nur im Schlafe.

Es wäre wunderlich genug, sagte Ludwig, wenn es am Ende doch wirklich Feen gäbe.

Sie sind gewiss, antwortete jener, aber das sind nur Erdichtungen, dass sie ihre Freude daran haben, die Menschen glücklich zu machen. Sie legen uns jene Wünsche in's Herz, die wir selber nicht kennen, jene übertriebene Forderungen, jene übermenschliche Lüsternheit nach übermenschlichen Gütern, dass wir nachher in einem schwermütigen Rausche die schöne Erde mit ihren herrlichen Gaben verachten.

Ludwig antwortete mit einem Händedruck. –

Traumerzählungen finden sich im *Magazin zur Erfahrungsseelenkunde* in großer Zahl, begleitet von theoretischen Überlegungen zur Psychodynamik des Träumens. Ein besonderes Interesse gilt dabei dem Grenzbereich zwischen dem Psychologischen und dem Parapsychologischen. »Ein schwer zu erklärender Traum« etwa berichtet von einer Frau, die träumend den weit entfernten, gewaltsamen Tod ihres Mannes miterlebt. Moritz' Ziel ist es indes stets, den parapsychologischen Anschein in eine psychologische Plausibilität zu überführen. So liest die Frau etwa kurz vor dem Einschlafen einen Brief ihres Mannes, in dem eigens betont wird, »dass er sich vollkommen wohl befände, und es nicht das Ansehen hätte, als würde er Gefahr laufen.« Moritz kommentiert dies sofort, schon fast erleichtert, in einer Fußnote: »Aus diesem Umstande erhellet, dass doch eine Gefahr, z. B. herumstreifende Diebe oder Mörder, vorhanden war. Wie natürlich war es daher nicht, dass sich das zärtliche Weib aus ängstlicher Besorgnis so etwas vorstellen konnte, wovon sie hernach träumte.« Träume sind für Moritz und die aufklärerische Erfahrungsseelenkunde keine Vorgriffe auf Künftiges, sondern assoziative Effekte von Vergangenem. In diesem Sinn lässt sich auch Ludwigs Traum auflösen: Ludwig träumt seine eigene ängstliche Besorgnis; und ganz wie das zärtliche Weib im *Magazin* ist auch bei ihm der unmittelbare Ausgangspunkt des Traums ein Brief.

Nun interessiert sich Tieck neben der psychologischen Struktur des Traumes auch für dessen poetisches Potential. Ausführlich kommt er darauf schon in seinem frühen Essay über *Shakespeare's Behandlung des Wunderbaren* aus dem Jahr 1793 zu sprechen:

> Der Psychologe und der Dichter können ganz ohne Zweifel ihre Erfahrungen sehr erweitern, wenn sie dem Gange der Träume nachforschen: hier lässt sich gewiss oft der Grund entdecken, warum manche Ideenkombi-

nationen so heftig auf die Gemüter wirken; der Dichter kann hier am leichtesten bemerken, wie sich eine Menge von Vorstellungen an einanderreihen, um eine wunderbare, unerwartete Wirkung hervorzubringen. Jedermann von lebhafter Phantasie wird gewiss schon oft gelitten, oder sich glücklich gefühlt haben, indem ihn ein Traum in das Reich der Gespenster und Ungeheuer, oder in die reizende Feenwelt versetzte. Mitten im Traume ist die Seele sehr oft im Begriff, den Phantomen selbst nicht zu glauben, sich von der Täuschung loszureißen, und alles nur für betrügerische Traumgestalten zu erklären. In solchen Augenblicken, wo der Geist gleichsam mit sich selber zankt, ist der Schlafende immer dem Erwachen nahe; denn die Phantasien verlieren an ihrer täuschenden Wirklichkeit, die Urteilskraft sondert sich ab, und der ganze Zauber ist im Begriff zu verschwinden. Träumt man aber weiter, so entsteht die Nicht-Unterbrechung der Illusion jedes Mal von der unendlichen Menge neuer magischen Gestalten, die die Phantasie unerschöpflich hervorbringt. Wir sind nun in einer bezauberten Welt festgehalten: wohin wir uns wenden, tritt uns ein Wunder entgegen; alles, was wir anrühren, ist von einer fremdartigen Natur; jeder Ton, der uns antwortet, erschallt aus einem übernatürlichen Wesen. Wir verlieren in einer unaufhörlichen Verwirrung den Maßstab, nach dem wir sonst die Wahrheit zu messen pflegen; eben, weil nichts Wirkliches unsre Aufmerksamkeit auf sich heftet, verlieren wir in der ununterbrochenen Beschäftigung unsrer Phantasie, die Erinnerung an die Wirklichkeit; der Faden

ist hinter uns abgerissen, der uns durch das rätselhafte Labyrinth leitete; und wir geben uns am Ende völlig den Unbegreiflichkeiten preis. Das Wunderbare wird uns itzt gewöhnlich und natürlich: weil wir von der wirklichen Welt gänzlich abgeschnitten sind, so verliert sich unser Misstrauen gegen die fremdartigen Wesen, und nur erst beim Erwachen werden wir überzeugt, dass sie Täuschung waren.
Die ganze Welt von Wunderbarem ist es, die unsre Phantasie in manchen Träumen so lange beschäftiget, wo wir auf eine Zeit lang ganz die Analogie unsrer Begriffe verlieren, und uns eine neue erschaffen, und wo alles diesen neuerworbenen Begriffen entspricht. – Alles dieses, was die Phantasie im Traume beobachtet, hat Shakespeare im Sturm durchgeführt.

Darauf kommt es Tieck an: auf die strukturelle Ähnlichkeit zwischen dem Traum und einem literarischen Werk wie Shakespeares *The Tempest*. Es geht ihm dabei nicht allein darum, dass ein Traum in einem literarischen Werk dargestellt wird. Es geht vor allem darum, dass dieses Werk selbst traumhafte Züge bekommt. Im Fall von Ludwig geschieht dieses Übergreifen des Trauminhalts auf die literarische Form dort, wo sein Traum beginnt, und dort, wo er endet. Denn der Beginn seines Traumes ist zunächst unklar. Sicher: Der Augenblick des Einschlafens lässt sich zurückblätternd rekonstruieren (bitte zurückblättern!). Aber wem ist schon beim ersten Lesen aufgefallen, welches genau der erste Traumsatz war (bitte melden!)? Und mit dem Ende des Traums ist es auch so eine Sache, denn es gab ja schon einmal ein Traum-Ende, das sich dann allerdings als das Ende eines Traums im Traum erwiesen hat. Und das heißt: Wenn wir erwachen, woher sollen wir wissen, dass wir nicht nur wieder in einen anderen Traum hinein erwachen (bitte *Inception* von Christopher Nolan anschauen oder *La vida es sueño* von Pedro Calderón lesen!)? Vielleicht gibt es in dieser Erzählung gar kein Außerhalb des Traums.

Das wäre dann der Schritt vom literarischen Traum zur traumatischen Literatur. Nun ist das Feenreich, von dem Ludwig träumt, viel zu erfreulich, um wirklich traumatische Wirkung zu entfalten. Aber das Spektrum der psychologischen Fälle – sowohl des *Magazins* als auch der *Straußenfedern* – ist weit und kennt auch weniger behagliche Fälle.

Der Fremde

Wenn sich Jemand die Mühe gibt, irgendeine Geschichte ernsthaft zu erzählen, so ist es die Pflicht der Zuhörer aufmerksam zu sein, und wenigstens nach dem Schein seinen Erzählungen Glauben beizumessen. Aber bei jeder Geschichte, die sich nur etwas über das Alltägliche erhebt, auszurufen: credat Judaeus apella! mit der Zweifelsucht den Verfasser quer über den Weg zu laufen, ist äußerst unartig; wenn der Leser alles besser weiß, so sollte er, meines Bedünkens nach, gar nicht mehr lesen. Ich flehe daher die Gutherzigkeit aller an, die diese Erzählung aufschlagen, mir doch ja auf mein Wort zu glauben, nicht die Belege aus Akten zu fordern, und einem Schriftsteller so viel Ehrgefühl zuzutrauen, dass er nicht eine ganze hochansehnliche Versammlung vorsätzlich mit Lügen wird hintergehen wollen. Ich hoffe, der Verfasser des Genius und der Memoir's des Grafen von G … hat nicht den Schriftstellerglauben so sehr durchlöchert, dass nicht noch mancher derbere Leser in dem Netze sollte stecken bleiben.

Sind Sie aber in einer sehr ungläubigen Stimmung, so machen Sie Feuer im Kamin, setzen Sie sich dicht umher, und löschen Sie das Licht aus. Lassen Sie die Feuerbrände ihr mattes auf- und niederschießendes Licht im Zimmer verbreiten, und dann nehmen Sie das Buch und fangen Sie an zu lesen: ich habe immer gefunden, dass ein Kaminfeuer die Phantasie erhebt, und den vorlauten Verstand etwas zum Schweigen bringt, und damit in nachfolgender Erzählung ja nicht zu viel Verstand hineingeraten möchte, schreibe ich sie vorsorglicherweise ebenfalls beim Kaminfeuer.

Es gab eine Zeit, da sich viele von den beliebtesten Historien anfingen: »Es war einmal ein Mann« u. s. w. Es sollte mir nicht viel Mühe und Scharfsinn kosten um zu beweisen, dass dies die wahre Art sei, eine Erzählung anzufangen; ich will aus diesem Anfange gewiss eben so viel herausbringen, als manche Kommentatoren aus den ersten Versen des Homer demonstriert haben. Die Aufmerksamkeit wird sogleich unmittelbar auf den Hauptgegenstand gelenkt, mit dessen Lage und Beschaffenheit man sogleich bekannt gemacht wird. Zu diesem Mittelpunkte drängen sich dann alle Teile der Geschichte, und man steht unvermerkt mitten in der Verwickelung. – Also:

Es war einmal ein Mann, der war jung, schön und reich. Er liebte ein Mädchen und ward von ihr wieder geliebt. Seine Aussicht in die Zukunft war die heiterste.

Seine Liebe war nicht die Wirkung einer plötzlichen Laune, die immer ebenso schnell verblüht, als sie entsteht, sondern ein vertrauter freundschaftlicher Umgang hatte seit Jahren diese Liebe gegründet. Friedrich Löwenstein und Amalie Willmann waren im Blütenalter des Lebens, sie empfanden das reine Glück einer unschuldigen ungestörten Liebe, sie überließen sich ruhig der wechselnden Zeit, die für sie nur ein breiter glänzender Strom des Vergnügens war. Beider Eltern hatten von Jugend auf ihre Liebe begünstigt, man setzte schon den Tag zur Verlobung fest, als das Ziel ihrer Wünsche noch weiter zurückgerückt ward.

Löwenstein musste abreisen, um in einer entlegenen Gegend eine Erbschaft zu heben, deren Überlieferung man sich dort widersetzte. Er nahm von Amalien zärtlichen Abschied, beide trösteten sich mit dem Gedanken, dass sie sich sehr bald wiedersehen würden. Löwenstein reiste ab.

In seinem ersten Briefe meldete er sogleich, dass die

Schwierigkeiten größer wären, als er sie sich vorgestellt habe, dass ihm ein Prozess drohe, bei welchem er gegenwärtig sein müsse, und dass er leider nur durch Schrift zu seiner Geliebten sprechen könne. Amalie war betrübt, und tröstete sich nur durch die häufigen Briefe, die sie schrieb und empfing.

Der junge Lindner kam jetzt von seinen Reisen zurück, ein Mensch, mit dem Amalie schon in der Jugend bekannt gewesen war. Seine Familie war eine von den angesehensten in der Provinzialstadt in welcher Amalie wohnte; man besuchte sich gegenseitig, und Lindner zeichnete sehr bald Amalien von allen übrigen Freundinnen aus. Er war ein schöner Mann, der sich völlig auf der Reise gebildet hatte, er erzählte mit vielem Interesse von den Gegenständen, die er gesehen, und von den kleinen Abenteuern, die er bestanden hatte. Da er sehr lebhaft und geistreich war, verstand er die Kunst, auch das Uninteressanteste anziehend zu machen. Aber Amalie suchte sehr bald seine Gesellschaft zu vermeiden, denn seine Auszeichnung setzte sie in Verlegenheit, und der feurige Blick, der zuweilen ihrem Auge begegnete, machte sie erröten.

Lindner bemerkte dieses Zurückziehen, und um so eifriger drängte er sich ihr auf, alle seine Bemühungen waren nur nach ihr gerichtet, sein Witz strebte nur nach ihrem belohnenden Lächeln. Er war in einem unaufhörlichen Zweikampf mit Amaliens Blicken begriffen, ihr Auge machte ihn verlegen, und doch tat es ihm wohl, wenn es auf ihm ruhte.

So vergingen Tage und Wochen, und Lindner bemerkte endlich, dass er Amalien liebe; eine Entdeckung, die ihn außerordentlich niederschlug, weil er wusste, dass sie mit Löwenstein versprochen sei. Er zwang sich seine Leidenschaft zu unterdrücken, aber seine Vernunft war schwächer als seine Liebe, er verlor Schlaf und Munterkeit, und der blühende Jüngling ging bleich und abgezehrt wie ein Schwindsüchtiger umher. –

Er entdeckte sich seinem Vater, der alles für seinen einzigen Sohn anzuwenden versprach. Er ging auch wirklich und stellte die ganze Lage der Sachen den Eltern Amaliens in das hellste Licht; er sprach mit dem Mädchen selber, aber er kam ohne Trost zu seinem Sohne zurück.

Dieser überließ sich nun gänzlich seiner Schwermut; die heftige Liebe ist zu eigensinnig, um den Vorstellungen und Bitten der Freunde und Verwandten Gehör zu geben. Er war jetzt immer allein, sein liebster Aufenthalt war der Kirchhof, wo er unaufhörlich vor dem Erbbegräbnis seiner Familie auf und niederging, und den Stamm einer Linde mit seinen Tränen benetzte, in welchen Amalie einst auf einem ihrer Spaziergänge zum Scherz ihren Namen geschnitten hatte. Es währte nicht lange, so zog ihm die zu große Spannung der Seele ein hitziges Fieber zu, an welchem er starb.

Seine Eltern sahen ihn schweigend und weinend in die Gruft setzen, in welcher sie vor ihrem Sohne hatten ruhen wollen. Der Vorhang fiel rauschend vor der Bühne ihres Lebens und ihrer Hoffnungen nieder, sie hatten jetzt in der Welt nichts weiter zu tun, als ihren Sohn zu beweinen und zu sterben.

Amalie war über diesen unglücklichen Vorfall äußerst betrübt, sie schrieb ihrem Geliebten alle Umstände dieser traurigen Begebenheit, der ihr dafür die erfreuliche Nachricht gab, dass er nun die frohe Aussicht habe, in wenigen Wochen seine verdrießlichen Geschäfte zu beendigen, und dann auf den Flügeln der Liebe zu ihr zurückzueilen.

Mit Sehnsucht erwartete Amalie die Ankunft Löwensteins; dieser eilte so sehr es nur möglich war, um den höchsten Freuden des Lebens in die Arme zu fliegen.

Alles war geendigt, Löwenstein rasselte über die Chausseen nach seiner Heimat zurück, seine Liebe erschien ihm bei seiner langen Abwesenheit in einem ganz neuen Gewande, er nahm sich nicht die Mühe die Gegenstände um sich her anzublicken, denn Amaliens Bildnis füllte einzig seine Seele und seine Augen, sodass er sie allenthalben wandeln sahe, in jedem grünen Busche, auf jedem Fußsteige, zwischen den Kornfeldern; in dem vor ihm fahrenden Wagen konnte Niemand anders als Amalie sitzen, und er ließ dann so schnell fahren, als wenn ihm seine Geliebte entfliehen wollte, um in den fremden Wagen hineinzusehen und sich betrogen zu finden. – Der fremde Boden eilte unter ihm hinweg, und er begrüßte freudig die Grenze seines Vaterlandes. Jedes Dorf und jeder Baum kam ihm hier schon so vertraut und freundschaftlich vor, er versenkte oft seinen Blick in den kühlen Schatten der Gebüsche, und sprach wie im Traume nur von ihr, er redete sie schon an und fragte, was sie mache, und horchte dann auf das Gesäusel der Baumwipfel über sich, um sich aus den unverständlichen Akzenten eine süße Antwort herauszuhören.

Das freundlichste Abendrot stand auf den Hügeln, als er nur noch ohngefähr eine Meile von seinem Wohnorte entfernt war; er bildete sich ein, in der roten Glut schon die Spitzen der vaterstädtischen Türme zu entdecken, als durch einen Stoß das Rad von der gebrochenen Achse ablief, und der Wagen im Felde stehen bleiben musste. Löwensteins Unruhe war zu heftig, um die Ausbesserung des Wagens abzuwarten. Er übertrug dem Bedienten die Aufsicht über das Gepäck, und eilte fort, um noch zu Fuße vor dem Einbruch der Nacht seine Vaterstadt zu erreichen.

Der Weg führte durch einen dichten Eichenwald, der sich bis nahe vor die Tore der Stadt erstreckte. Man ging über kleine Hügel und durch anmutige Täler; oft schien sich der Weg, der sich plötzlich wandte, in das Dickicht des Waldes zu verlieren, und dann lag wieder eine frische grüne Wiese da, rings von hohen Waldbäumen umkränzt. Löwenstein eilte, und überließ sich ganz dem wunderbaren Spiele seiner Phantasie. Er war als Knabe manchmal auf diesen Fußsteigen gegangen, war nachher lange nicht in diese Gegend gekommen, und bemühte sich nun die dunkeln und verworrenen Erinnerungen festzuhalten, die ihm zuweilen wie schwarze Wolken vorüberfuhren. Ein Abendwind ging durch die rauschenden Gebüsche hinter ihm her, graue Wolken flatterten um die Kronen einzelner schlanker Fichten, ein rätselhafter Wiederschein des Abendrotes stand mitten im dunkeln Walde, und äugelte durch die grüne Finsternis. Mit seinen Knabenjahren fielen ihm manche Ängstlichkeiten dieses Alters ein, er erinnerte sich lebhaft, wie er manchmal beim einsamen Widerhall seiner Fußtritte kalt und bleich geworden war, und er horchte jetzt unwillkürlich auch auf das Echo seines Ganges, das in den dicht gepflanzten Eichen wie sein Genius in der Ferne wandelte; er fuhr zusammen, und eilte noch schneller, um diese Furcht von sich abzuschütteln.

In diesen dämmernden Abendstunden, von Wäldern und stummer Einsamkeit umgeben, erscheint uns das gewühlvolle menschliche Leben gewöhnlich trübselig und freudenleer, eine unbekannte Furcht vor unbekannten Gegenständen nimmt uns bei der Hand, und wie mit einem neu geschaffenen Blicke sehen wir in die Welt hinein, die alle ihre bunten Farben verloren hat, und in einer monotonen Trübheit daliegt. Löwensteins Phantasie war gespannt, und es ist nicht zu verwundern, wenn er jeden Atemzug des Windes aufmerksamer behorchte, und zuweilen hinunter in die zitternde Dämmerung sah, die hinter ihm lag.

Die Finsternis hängte noch dichtere Schleier zwischen die Bäume, als er wirklich einen deutlichen Fußtritt hinter sich zu hören glaubte. Ungewiss stand er still und wartete auf das Näherkommen. Ein blauer Mantel wogte und wühlte sich aus den übereinanderliegenden Schatten hervor, ein Mensch näherte sich ihm langsam, als wie in tiefen Gedanken versunken. Mit einem kleinen Schauder grüßte Löwenstein zuerst, und eine freundliche Stimme dankte ihm, und bat ihn um seine Begleitung durch den dunkeln und einsamen Wald.

Es war ein junger Mensch, der auch nach der Stadt wollte, und Löwenstein schüttelte plötzlich seine Furcht und alle seine drückenden Gefühle von sich, und zog die Luft des Himmels mit großen freien Zügen ein, die er eben erst wie Kerkerdünste durch die Zähne eingeatmet hatte. Das Gespräch lenkte sich bald auf die Stadt und ihre Bewohner, und der junge Unbekannte schien in den meisten Familien sehr zu Hause zu sein. Löwenstein unterhielt sich an manchen Anekdoten und unbedeutenden Stadtneuigkeiten, die ihm der Fremde mitteilte; ein lebhaftes Gespräch machte, dass er die Länge des Weges und die Dunkelheit gar nicht bemerkte.

Ich bin diesen Weg noch nicht oft gegangen, begann der Unbekannte, darum geh' ich in der Finsternis gern in Gesellschaft, um mich in den kreuzenden Fußsteigen nicht zu verirren, oder, wenn ich falsch gehe, wenigstens nicht allein zu sein, denn ich muss Ihnen meine Schwachheit gestehen, ich fürchte mich leicht in der Nacht.

Löwenstein. Ich habe diese Kinderei heute auch zum ersten Male an mir bemerkt. – Die Phantasie spielt uns oft seltsame Streiche.

Der Fremde. Die Finsternis erscheint unserm Geiste als ein feindseliges Wesen, das die Umrisse aller sichtbaren Gegenstände verwandelt und verwirret, und uns so in eine fremde bis dahin unbegreifliche Welt versetzt. Es schneidet dann eine Ahnung ja durch unser Gemüt, wie wenn all' unser Wissen, all' unser Glück nur ein leeres taubes Chaos wäre, und dies macht uns betrübt und wirft unsern stolzen Geist darnieder.

Löwenstein. Wir vernehmen dann gleichsam in jedem vorübergehenden Laute eine Stimme, die uns aus unserm kläglichen Schlafe zu wecken strebt.

Der Fremde. Der Wald fängt schon vor uns an licht zu werden; wir sind nicht mehr weit von der Stadt.

Löwenstein. O Himmel! sehn Sie, sehn Sie dort – ich sehe schon die zerstreuten Lichter, die mir durch den Nebel entgegenblicken! Ich werde sie wiedersehn!

Der Fremde. Sie sind sehr vergnügt.

Löwenstein. Ach Freund, ich eile einem Mädchen in die Arme, das ich so innig, so einzig liebe, und dessen Gegenliebe mich zum glücklichsten Menschen macht.

Der Fremde. Bemerken Sie, wie das, was wir unsern Geist nennen, von den äußern Gegenständen abhängt. Jetzt da wir im freien Felde stehen, die Stadt mit ihren Lichtern wie ein Sternamphitheater vor uns sehen, ist alles das in Ihrer Seele erloschen, was Sie eben so schön und bedeutungsvoll sagten.

Löwenstein. Ach Freund, die Liebe stärkt unser Auge, auch in der trübsten Verworrenheit ein reizendes harmonisches Ganzes zu finden.

Der Fremde. Die Liebe? – Ach ja, in Ihren Jahren dachte ich gerade so.

Löwenstein. Sie scheinen doch, soviel ich sehen kann, nicht viel älter als ich zu sein.

Der Fremde. Ich zweifle selbst. – Aber glauben Sie mir, ein einziger Tag, eine einzige Stunde können den Jüngling in einen Greis verwandeln.

Löwenstein. Sie sind melancholisch und ich beklage Sie. –

Der Fremde. Dass die Menschen doch so gern damit zufrieden sind, wenn sie einem fremdartigen Wesen einen Namen geben; mit einem Worte ist alles in Richtigkeit gebracht, und sie glauben die Erscheinung zu verstehen, die ihnen unbegreiflich ist. –

Löwenstein. Sie sind vielleicht in der Liebe unglücklich gewesen.

Der Fremde. Liebe ist auch nur ein Name; ach! die Menschen wissen nicht, was sie wollen. – Warum lieben sie und streben nach Gegenliebe? Ich glaube die einzige Ursache, warum wir leben, ist um zu sterben.

Löwenstein. Welch ein trübseliger Gedanke! – Aber Sie denken ihn jetzt nur, das Morgenrot oder das künftige Jahr wird ihn aus Ihrer Seele nehmen, und dann haben Sie doch immer Unrecht gehabt.

Der Fremde. Unrecht? und deswegen, weil kein Gedanke und keine Stimmung im Menschen die letzte bleibt?

Löwenstein. Ich bitte Sie, besuchen Sie mich zuweilen, ich will es versuchen, Sie heiterer zu machen.

Er nannte ihm seinen Namen und seine Wohnung.

Der Fremde. Ich will Sie besuchen; wenn Sie sich nur

nicht verheirateten. Sie wären mir dann noch einmal so teuer!

Löwenstein. Sind Sie ein Weiberfeind?

Der Fremde. Ich kann sie nicht lieben. –

Löwenstein. Ich wette, man hat Ihnen Streiche gespielt; aber Sie werden sich gewiss mit dem Geschlechte wieder versöhnen.

Der Fremde. Ich zweifle.

Löwenstein. Lernen Sie mein Mädchen kennen, und Sie werden es. – Ich bitte Sie hiermit zu meiner Hochzeit.

Der Fremde. Ich danke Ihnen, und ich werde ohnfehlbar kommen.

Der Unbekannte stand jetzt vor einem kleinen Gebäude stille. – Wir müssen Abschied nehmen, sagte er, denn hier ist meine Wohnung.

Löwenstein. So klein und eng? – Ist es Ihnen nicht unbequem? – Zwar die Aussicht und das Leben im Freien ersetzt das wieder.

Der Fremde. Der Mensch braucht wenig, und Raum am allerwenigsten, wenn er mit sich selbst zufrieden ist. – Leben Sie wohl, an Ihrem Hochzeittage seh' ich Sie.

Löwenstein reichte ihm die Hand, und aus dem Mantel reichte ihm der Fremdling die seinige. Löwenstein drückte sie warm und herzlich, und schrie auf, als er ein kaltes dürres Totenbein fühlte. – Der Unbekannte verschwand hinter eine Tür.

Mit Grausen und Angst kämpfend blieb Löwenstein lange wie festgewurzelt; hinter ihm stand eine große

Linde, ein Alter ging vorbei, den er zitternd fragte, wem die kleine Wohnung gehöre.

Der Alte schüttelte bedenklich den Kopf, und sagte ihm, dass es das Lindnersche Erbbegräbnis sei.

Schneidend kamen alle Erinnerungen zu Löwenstein zurück, er kannte jetzt den Kirchhof recht gut, der vor dem Tore lag; mit zitternden Füßen wankte er in die Stadt.

Sie begrüßte ihn nicht so herzlich und patriarchalisch, als er erwartet hatte, alle Häuser kamen ihm vor wie große steinerne Särge; mit einem kalten Entsetzen ging er durch die Straßen, wie er es als Knabe empfunden hatte, wenn er die Geschichte jener Stadt las, deren Einwohner in Steine verwandelt wurden.

Amalie und ihre Eltern kannten den Bleichen, vor Frost Zitternden, nicht wieder, seine Phantasie war zu sehr zerrüttet, er erzählte ihnen den ganzen Vorfall. Amalie ward still und trübsinnig, alle Freuden des Wiedersehens blieben aus. Der Vater gab sich Mühe, die ganze Sache philosophisch zu erklären; Löwenstein habe die Geschichte Lindners im Sinne gehabt, sei plötzlich auf den Kirchhof geraten, und seine Phantasie habe ihm alle Begebenheiten untergeschoben.

Löwenstein war einige Tage bettlägerig; er erinnerte sich jetzt, was der bleiche Unbekannte über die Freuden des Lebens gesagt hatte, und fand alles so wahr und passend. – Besuche, alle Arten von Zerstreuungen stellten ihn nach und nach wieder her; er dachte nur an die Erscheinung, wenn er allein war; so nahte sich der

Tag, der zur Hochzeit bestimmt war; der Priester legte die Hände der Liebenden ineinander, und beide waren unaussprechlich glücklich.

In der Gesellschaft der Fröhlichen wird auch der Trübsinnige heiter, aber der Glückliche findet sich selig. Löwenstein war auf dem höchsten Gipfel seiner Wonne, Musik und Wein begeisterten ihn so sehr, dass er beinahe in eine frohe Laune verfiel, die an den Wahnsinn grenzte. Ein Bedienter rief ihn hinaus, weil ihn vor der Tür jemand sprechen wollte. – Ein Gepolter – Geschrei – Löwenstein wird blutend in den Saal gebracht, vom Wein betäubt war er die Treppe hinuntergestürzt; der Arzt, der geholt ward, sprach ihm das Leben ab. – Er sagte während der Todeszuckungen mit schwacher Stimme, dass Lindner auf der Mitte der Treppe gestanden, und ihn mit derselben Totenhand hinuntergewinkt habe.

Amalie stieß einen lauten Schrei aus als er starb, sie sprach wahnsinnig und zeigte den Gästen den gestorbenen Lindner, der an der Saaltüre stehe, und sie starr betrachte. –

Sie starb nach einigen Wochen in den heftigsten Ausbrüchen des Wahnwitzes.

Dass eine literarische Figur ›wirklich wahnsinnig‹ wird und dass ihr Wahnsinn ansteckend auch noch die nächste Figur erfasst, ist schon ziemlich grässlich. Aber es ist auch noch einfach *gothic:* der gewöhnliche Horror der Schauerliteratur, aus dessen Arsenal sich Tieck bedient. Beunruhigender als dieser Schrecken ist eine andere Ungewissheit – die Ungewissheit darüber, wo genau die Wahrnehmung endet und die Phantasie einsetzt; die Unentscheidbarkeit, wo genau der Wahnsinn beginnt:

> Unsere Urteilskraft wird so verwirrt, dass wir die Kennzeichen vergessen, nach denen wir sonst das Wahre beurteilen, wir finden nichts, worauf wir unser Auge fixieren könnten; die Seele wird in eine Art von Schwindel versetzt, in welchem sie sich am Ende gezwungen der Täuschung überlässt, da sie alle Kennzeichen der Wahrheit oder des Irrtums verloren hat.
> Alles Unbegreifliche, alles, wo wir eine Wirkung ohne eine Ursache wahrnehmen, ist es vorzüglich, was uns mit Schrecken und Grauen erfüllt: – ein Schatten, von dem wir keinen Körper sehen, eine Hand, die aus der Mauer tritt, und unverständliche Charaktere an die Wand schreibt, ein unbekanntes Wesen, das plötzlich vor mir steht, und eben so plötzlich wieder verschwindet. Die Seele erstarrt bei diesen fremdartigen Erscheinungen, die allen ihren bisherigen Erfahrungen widersprechen; die Phantasie durchläuft in einer wunderbaren Schnelligkeit tausend und tausend Gegenstände, um endlich die Ur-

> sache der unbegreiflichen Wirkung herauszubringen, sie findet keine befriedigende, und kehrt noch ermüdeter zum Gegenstande des Schreckens selbst zurück. Auf diese Art entsteht der Schauder, und jenes heimliche Grausen, das uns im Macbeth und Hamlet befällt: ein Schauder, den ich einen Schwindel der Seele nennen möchte, so wie der körperliche Schwindel durch eine schnelle Betrachtung von vielen Gegenständen entstehen kann, indem das Auge auf keinem verweilt und ausruht.

»Der Schwindel der Seele« und »der körperliche Schwindel«: Darauf zielt Tieck in seiner Auseinandersetzung mit *Shakespeare's Behandlung des Wunderbaren.* In nuce wird in diesen Gedanken der eigentümliche Beginn der Romantik formuliert. Verwegen vollführt Tieck am Ende der avanciertesten Aufklärung – und in der Radikalisierung wesentlicher Forderungen, vor allem des »Erkenne Dich selbst« – eine gewaltige literarische, ästhetische Zäsur, eine fortan sich nicht mehr beruhigende Irritation, selber wild und schwindelerregend, nicht bloß für die Zeitgenossen: Die Vertigo, der Schwindel, zuvor Gegenstand tiefgehender Ängste, wird plötzlich und vorsätzlich Parole. Eine Parole zudem, die sich nicht einmal auf das Ästhetische und Literarische bescheiden will.

Alles dreht sich, ganz plötzlich. Hier erfindet sich versuchsweise eine höchst paradoxe Literatur, die, folgt man dem jungen Tieck, nur noch eines sein will: »Vernichtung«, »Zerstörung«, »furchtbares Chaos«. Das hat nichts mehr mit dem zu tun, was selbst die großen

Eigensinnigen der Aufklärung unter Kritik, Polemik etc. verstanden. Hier vor allem liegt die Ruptur: in dieser plötzlich verrückten Einstellung. Eine prekäre, moderne Gewalt bricht durch, geht ein in den neuen literarischen Anlauf. Es reicht nicht hin, sich für nichts mehr einnehmen zu lassen. Geboten ist vielmehr, sich aktiv gegen alles zu wenden, noch gegen sich selbst. »Der Krieg muss auch einmal zur Sprache kommen und zwar ganz anders, als er bis jetzt angefangen hat«, so die ausdrückliche Forderung. Zur Sprache kommen, das heißt: Der »Krieg« soll Literatur werden, und dies nicht als ihr Thema, sondern als ihr Vorgehen, ihr Effekt, ihre – einer der wichtigsten Begriffe Tiecks – »Wirkung«. »Literarischer Terrorismus« heißt die Losung dann ausdrücklich:

> Wie würde es vollends mit allen den rechtlichen Menschen aussehen, wenn der Poesiegeist vielleicht bald irgendwo hervordringt, um die leeren Wörter Wahnsinn und Raserei zu erfüllen, sie nun merken müßten, dass alles zusammenzubrechen drohte, dass es wie ein wandelndes Gebirge auf sie zuschritte, um ihr Eigentum, ihre Gartenumzäunungen, Bibliothek und alles zu verschlingen?

Eine regelrechte Poetik des Schwindels ist es, die Tieck auf diese Weise in seinem frühen Aufsatz *Über Shakespeare's Behandlung des Wunderbaren* skizziert. Ihr entspricht in den wilden Geschichten, die nun folgen, eine ausgefeilte Poesie des Schwindels. Die von Nicolai gesetzten Grenzen der *Straußenfedern* werden damit endgültig überschritten. Nicolai und Tieck beenden ihre Zusammenarbeit. Von nun an schreibt Tieck ganz auf eigene Rechnung.

Der Blonde Eckbert

In einer Gegend des Harzes wohnte ein Ritter, den man gewöhnlich nur den blonden Eckbert nannte. Er war ohngefähr vierzig Jahr alt, kaum von mittler Größe, und kurze hellblonde Haare lagen schlicht und dicht an seinem blassen eingefallenen Gesichte. Er lebte sehr ruhig für sich und war niemals in den Fehden seiner Nachbarn verwickelt, auch sah man ihn nur selten außerhalb den Ringmauern seines kleinen Schlosses. Sein Weib liebte die Einsamkeit eben so sehr, und beide schienen sich von Herzen zu lieben, nur klagten sie gewöhnlich darüber, dass der Himmel ihre Ehe mit keinen Kindern segnen wolle.

Nur selten wurde Eckbert von Gästen besucht, und wenn es auch geschah, so wurde ihretwegen fast nichts in dem gewöhnlichen Gange des Lebens geändert, die Mäßigkeit wohnte dort, und die Sparsamkeit selbst schien alles anzuordnen. Eckbert war alsdann heiter und aufgeräumt, nur wenn er allein war bemerkte man an ihm eine gewisse Verschlossenheit, eine stille zurückhaltende Melancholie.

Niemand kam so häufig auf die Burg als Philipp Walther, ein Mann, an welchen sich Eckbert geschlossen hatte, weil er an ihm ohngefähr dieselbe Art zu denken fand, der auch er am meisten zugetan war. Dieser wohnte eigentlich in Franken, hielt sich aber oft über ein halbes Jahr in der Nähe von Eckberts Burg auf, sammelte Kräuter und Steine, und beschäftigte sich damit, sie in Ordnung zu bringen, er lebte von einem kleinen Vermögen und war von Niemand abhängig. Eckbert begleitete ihn oft auf seinen einsamen Spaziergängen, und mit jedem Jahre entspann sich zwischen ihnen eine innigere Freundschaft.

Es gibt Stunden, in denen es den Menschen ängstigt, wenn er vor seinem Freunde ein Geheimnis haben soll, was er bis dahin oft mit vieler Sorgfalt verborgen hat, die Seele fühlt dann einen unwiderstehlichen Trieb, sich ganz mitzuteilen, dem Freunde auch das Innerste aufzuschließen, damit er umso mehr unser Freund werde. In diesen Augenblicken geben sich die zarten Seelen einander zu erkennen, und zuweilen geschieht es wohl auch, dass einer vor der Bekanntschaft des andern zurückschreckt.

Es war schon im Herbst, als Eckbert an einem neblichten Abend mit seinem Freunde und seinem Weibe Bertha um das Feuer eines Kamines saß. Die Flamme warf einen hellen Schein durch das Gemach und spielte oben an der Decke, die Nacht sah schwarz zu den Fenstern herein, und die Bäume draußen schüttelten sich vor nasser Kälte. Walther klagte über den weiten Rückweg den er habe, und Eckbert schlug ihm vor, bei ihm zu bleiben, die halbe Nacht unter traulichen Gesprächen hinzubringen, und dann noch in einem Gemache des Hauses bis am Morgen zu schlafen. Walther ging den Vorschlag ein, und nun ward Wein und die Abendmahlzeit herein gebracht, das Feuer durch Holz vermehrt, und das Gespräch der Freunde heitrer und vertraulicher.

Als das Abendessen abgetragen war, und sich die Knechte wieder entfernt hatten, nahm Eckbert die Hand Walthers und sagte: Freund, Ihr solltet euch einmal von meiner Frau die Geschichte ihrer Jugend erzählen lassen, die seltsam genug ist. – Gern, sagte Walther, und man setzte sich wieder um den Kamin.

Es war jetzt gerade Mitternacht, der Mond sah abwechselnd durch die vorüber flatternden Wolken. Ihr müsst mich nicht für zudringlich halten, fing Bertha an, mein Mann sagt, dass Ihr so edel denkt, dass es unrecht sei, euch etwas zu verhehlen. Nur haltet meine Erzählung für kein Märchen, so sonderbar sie auch klingen mag.

Ich bin in einem Dorfe geboren, mein Vater war ein armer Hirte. Die Haushaltung bei meinen Eltern war nicht zum besten bestellt, sie wussten sehr oft nicht, wo sie das Brot hernehmen sollten. Was mich aber noch weit mehr jammerte, war, dass mein Vater und meine Mutter sich oft über ihre Armut entzweiten, und einer dem andern dann bittere Vorwürfe machte. Sonst hört' ich beständig von mir, dass ich ein einfältiges dummes Kind sei, das nicht das unbedeutendste Geschäft auszurichten wisse, und wirklich war ich äußerst ungeschickt und unbeholfen, ich ließ alles aus den Händen fallen, ich lernte weder nähen noch spinnen, ich konnte nichts in der Wirtschaft helfen, nur die Not meiner Eltern verstand ich außerordentlich gut. Oft saß ich dann im Winkel und füllte meine Vorstellungen damit an, wie ich ihnen helfen wollte, wenn ich plötzlich reich würde, wie ich sie mit Gold und Silber überschütten und mich an ihrem Erstaunen laben möchte, dann sah ich Geister herauf schweben, die mir unterirdische Schätze entdeckten, oder mir kleine Kiesel gaben, die sich in Edelsteine verwandelten, kurz, die wunderbarsten Phantasien beschäftigten mich, und wenn ich nun aufstehn musste, um irgendetwas zu helfen, oder zu tragen, so zeigte ich mich noch viel ungeschickter, weil mir der Kopf von allen den seltsamen Vorstellungen schwindelte.

Mein Vater war immer sehr ergrimmt auf mich, dass ich eine so ganz unnütze Last des Hauswesens sei, er behandelte mich daher oft ziemlich grausam, und es war selten, dass ich ein freundliches Wort von ihm vernahm. So war ich ungefähr acht Jahr alt geworden, und es wurden nun ernstliche Anstalten gemacht, dass ich etwas tun, oder lernen sollte. Mein Vater glaubte, es wäre nur Eigensinn oder Trägheit von mir, um meine Tage in Müßiggang hinzubringen, genug, er setzte mir mit Drohungen unbeschreiblich zu, da diese aber doch nichts fruchteten, züchtigte er mich auf die grausamste Art, und fügte hinzu, dass diese Strafe mit jedem Tage wiederkehren sollte, weil ich doch nur ein unnützes Geschöpf sei.

Die ganze Nacht hindurch weint' ich herzlich, ich fühlte mich so außerordentlich verlassen, ich hatte ein solches Mitleid mit mir selber, dass ich zu sterben wünschte. Ich fürchtete den Anbruch des Tages, ich wusste durchaus nicht, was ich anfangen sollte, ich wünschte mir alle mögliche Geschicklichkeit und konnte gar nicht begreifen, warum ich einfältiger sei, als die übrigen Kinder meiner Bekanntschaft. Ich war der Verzweiflung nahe.

Als der Tag graute, stand ich auf und eröffnete, fast ohne dass ich es wusste, die Tür unsrer kleinen Hütte. Ich stand auf dem freien Felde, bald darauf war ich in einem Walde, in den der Tag fast noch nicht hineinblickte. Ich lief immerfort, ohne mich umzusehn, ich fühlte keine Müdigkeit, denn ich glaubte immer mein Vater würde mich noch wieder einholen, und durch meine Flucht gereizt mich noch grausamer behandeln.

Als ich aus dem Walde wieder heraus trat, stand die Sonne schon ziemlich hoch, ich sah jetzt etwas dunkles vor mir liegen, welches ein dichter Nebel bedeckte. Bald musste ich über Hügel klettern, bald durch einen zwischen Felsen gewundenen Weg gehn, und ich erriet nun, dass ich mich wohl in dem benachbarten Gebirge befinden müsse, worüber ich anfing mich in der Einsamkeit zu fürchten. Denn ich hatte in der Ebene noch keine Berge gesehn, und das bloße Wort Gebirge, wenn ich davon hatte reden hören, war meinem kindischen Ohr ein fürchterlicher Ton gewesen. Ich hatte nicht das Herz zurückzugehn, sondern eben meine Angst trieb mich vorwärts; oft sah ich mich erschrocken um, wenn der Wind über mir weg durch die Bäume fuhr, oder ein ferner Holzschlag weit durch den stillen Morgen hintönte. Als mir Köhler und Bergleute endlich begegneten und ich eine fremde Aussprache hörte, wäre ich vor Entsetzen fast in Ohnmacht gesunken.

Ich kam durch mehrere Dörfer und bettelte, weil ich jetzt Hunger und Durst empfand, ich half mir so ziemlich mit meinen Antworten durch, wenn ich gefragt wurde. So war ich ohngefähr vier Tage fortgewandert, als ich auf einen kleinen Fußsteig geriet, der mich von der großen Straße immer mehr entfernte. Die Felsen um mich her gewannen jetzt eine andre, weit seltsamere Gestalt. Es waren Klippen, so aufeinandergepackt, dass es das Ansehn hatte, als wenn sie der erste Windstoß durcheinanderwerfen würde. Ich wusste nicht, ob ich weitergehn sollte. Ich hatte des Nachts immer im Walde geschlafen, denn es war gerade zur schönsten Jahrszeit, oder in abgelegenen Schäferhütten; hier traf ich aber gar keine menschliche Wohnung und konnte auch nicht vermuten in dieser Wildnis auf eine zu stoßen; die Felsen wurden immer furchtbarer, ich musste oft dicht an schwindlichten Abgründen vorbeigehn, und endlich hörte sogar der Weg unter meinen Füßen auf. Ich war ganz trostlos, ich weinte und schrie, und in den Felsentälern hallte meine Stimme auf eine schreckliche Art zurück. Nun brach die Nacht herein, und ich suchte mir eine Moosstelle aus, um dort zu ruhn. Ich konnte nicht schlafen; in der Nacht hörte ich die seltsamsten Töne, bald hielt ich es für wilde Tiere, bald für den Wind, der durch die Felsen klagte, bald für fremde Vögel. Ich betete, und schlief nur spät gegen Morgen ein.

Ich erwachte, als mir der Tag ins Gesicht schien. Vor mir war ein steiler Felsen, ich kletterte in der Hoffnung hinauf, von dort den Ausgang aus der Wildnis zu entdecken, und vielleicht Wohnungen oder Menschen gewahr zu werden. Als ich aber oben stand, war alles, so weit nur mein Auge reichte, eben so, wie um mich her, alles war mit einem neblichten Dufte überzogen, der Tag war grau und trübe, und keinen Baum, keine Wiese, selbst kein Gebüsch konnte mein Auge entdecken, einzelne Sträucher ausgenommen, die einsam und betrübt in engen Felsenritzen empor geschossen waren. Es ist unbeschreiblich, welche Sehnsucht ich empfand, nur eines Menschen ansichtig zu werden, wäre es auch, dass ich mich vor ihm hätte fürchten müssen. Zugleich empfand ich einen peinigenden Hunger, ich setzte mich nieder und beschloss zu sterben. Aber nach einiger Zeit trug die Lust zu leben dennoch den Sieg davon, ich raffte mich auf und ging unter Tränen, unter abgebrochenen Seufzern den ganzen Tag hindurch; am Ende war ich mir meiner kaum noch bewusst, ich war müde und erschöpft, ich wünschte kaum noch zu leben, und fürchtete doch den Tod.

Gegen Abend schien die Gegend umher etwas freundlicher zu werden, meine Gedanken, meine Wünsche lebten wieder auf, die Lust zum Leben erwachte in allen meinen Adern. Ich glaubte jetzt das Gesause einer Mühle aus der Ferne zu hören, ich verdoppelte meine Schritte, und wie wohl, wie leicht ward mir, als ich endlich wirklich die Grenzen der öden Felsen erreichte, ich sah Wälder und Wiesen mit fernen angenehmen Bergen wieder vor mir liegen. Mir war, als wenn ich aus der Hölle in ein Paradies getreten wäre, die Einsamkeit und meine Hülflosigkeit schienen mir nun gar nicht fürchterlich.

Statt der gehofften Mühle stieß ich auf einen Wasserfall, der meine Freude freilich um vieles minderte; ich schöpfte mit der Hand einen Trunk aus dem Bache, als mir plötzlich war, als höre ich in einiger Entfernung ein leises Husten. Nie bin ich so angenehm überrascht worden, als in diesem Augenblick, ich ging näher und ward an der Ecke des Waldes eine alte Frau gewahr, die auszuruhen schien. Sie war fast ganz schwarz gekleidet und eine schwarze Kappe bedeckte ihren Kopf und einen großen Teil des Gesichtes, in der Hand hielt sie einen Krückenstock.

Ich näherte mich ihr und hat um ihre Hülfe, sie ließ mich neben sich niedersitzen und gab mir Brot und etwas Wein. Indem ich aß, sang sie mit kreischendem Ton ein geistliches Lied. Als sie geendet hatte, sagte sie mir, ich möchte ihr folgen.

Ich war über diesen Antrag sehr erfreut, so wunderlich mir auch die Stimme und das Wesen der Alten vorkam. Mit ihrem Krückenstocke ging sie ziemlich behände, und bei jedem Schritte verzog sie ihr Gesicht so, dass ich im Anfange darüber lachen musste. Die wilden Felsen traten immer weiter hinter uns zurück, wir gingen über eine angenehme Wiese, und dann durch einen ziemlich langen Wald. Als wir heraus traten, ging die Sonne gerade unter, und ich werde den Anblick und die Empfindung dieses Abends nie vergessen. In das sanfteste Rot und Gold war alles verschmolzen, die Bäume standen mit ihren Wipfeln in der Abendröte, und über den Feldern lag der entzückende Schein, die Wälder und die Blätter der Bäume standen still, der reine Himmel sah aus wie ein aufgeschlossenes Paradies, und das Rieseln der Quellen und von Zeit zu Zeit das Flüstern der Bäume tönte durch die heitre Stille wie in wehmütiger Freude. Meine junge Seele bekam jetzt zuerst eine Ahndung von der Welt und ihren Begebenheiten. Ich vergaß mich und meine Führerin, mein Geist und meine Augen schwärmten nur zwischen den goldnen Wolken.

Wir stiegen nun einen Hügel hinan, der mit Birken bepflanzt war, von oben sah man in ein grünes Tal voller Birken hinein, und unten mitten in den Bäumen lag eine kleine Hütte. Ein munteres Bellen kam uns entgegen, und bald sprang ein kleiner behänder Hund die Alte an, und wedelte, dann kam er zu mir, besah mich von allen Seiten, und kehrte mit freundlichen Gebärden zur Alten zurück.

Als wir vom Flügel hinunter gingen, hörte ich einen wunderbaren Gesang, der aus der Hütte zu kommen schien, wie von einem Vogel, es sang also:

Waldeinsamkeit
Die mich erfreut,
So morgen wie heut
In ewger Zeit,
O wie mich freut
Waldeinsamkeit.

Diese wenigen Worte wurden beständig wiederholt, wenn ich es beschreiben soll, so war es fast, als wenn Waldhorn und Schalmein ganz in der Ferne durcheinanderspielen.

Meine Neugier war außerordentlich gespannt; ohne dass ich auf den Befehl der Alten wartete, trat ich mit in die Hütte. Die Dämmerung war schon eingebrochen, alles war ordentlich aufgeräumt, einige Becher standen auf einem Wandschranke, fremdartige Gefäße auf einem Tische, in einem glänzenden Käfig hing ein Vogel am Fenster, und er war es wirklich, der die Worte sang. Die Alte keichte und hustete, sie schien sich gar nicht wieder erholen zu können, bald streichelte sie den kleinen Hund, bald sprach sie mit dem Vogel, der ihr nur mit seinem gewöhnlichen Liede Antwort gab; übrigens tat sie gar nicht, als wenn ich zugegen wäre. Indem ich sie so betrachtete, überlief mich mancher Schauer, denn ihr Gesicht war in einer ewigen Bewegung, indem sie dazu wie vor Alter mit dem Kopfe schüttelte, sodass ich durchaus nicht wissen konnte, wie ihr eigentliches Aussehn beschaffen war.

Als sie sich erholt hatte, zündete sie Licht an, deckte einen ganz kleinen Tisch und trug das Abendessen auf.

Jetzt sah sie sich nach mir um, und hieß mir einen von den geflochtenen Rohrstühlen nehmen. So saß ich ihr nun dicht gegenüber und das Licht stand zwischen uns. Sie faltete ihre knöchernen Hände und betete laut, indem sie ihre Gesichtsverzerrungen machte, sodass es mich beinahe wieder zum Lachen gebracht hätte; aber ich nahm mich sehr in Acht, um sie nicht boshaft zu machen.

Nach dem Abendessen betete sie wieder, und dann wies sie mir in einer niedrigen und engen Kammer ein Bett an; sie schlief in der Stube. Ich blieb nicht lange munter, ich war halb betäubt, aber in der Nacht wachte ich einige Mal auf, und dann hörte ich die Alte husten und mit dem Hunde sprechen, und den Vogel dazwischen, der im Traum zu sein schien, und immer nur einzelne Worte von seinem Liede sang. Das machte mit den Birken, die vor dem Fenster rauschten und mit dem Gesang einer entfernten Nachtigall ein so wunderbares Gemisch, dass es mir immer nicht war, als sei ich erwacht, sondern als fiele ich nur in einen andern noch seltsamern Traum.

Am Morgen weckte mich die Alte, und wies mich bald nachher zur Arbeit an. Ich musste spinnen, und ich begriff es nun auch bald, dabei hatte ich noch für den Hund und für den Vogel zu sorgen. Ich lernte mich schnell in die Wirtschaft finden, und alle Gegenstände umher wurden mir bekannt; nun war mir, als müsste alles so sein, ich dachte gar nicht mehr daran, dass die Alte etwas Seltsames an sich habe, dass die Wohnung abenteuerlich und von allen Menschen entfernt liege, und dass an dem

Vogel etwas Außerordentliches sei. Seine Schönheit fiel mir zwar immer auf, denn seine Federn glänzten mit allen möglichen Farben, das schönste Hellblau und das brennendste Rot wechselten an seinem Halse und Leibe, und wenn er sang, blähte er sich stolz auf, sodass sich seine Federn noch prächtiger zeigten.

Oft ging die Alte aus und kam erst am Abend zurück, ich ging ihr dann mit dem Hunde entgegen, und sie nannte mich Kind und Tochter. Ich ward ihr endlich von Herzen gut, wie sich unser Sinn denn an alles, besonders in der Kindheit, gewöhnt. In den Abendstunden lehrte sie mich lesen, ich begriff es bald, und es ward nachher in meiner Einsamkeit eine Quelle von unendlichem Vergnügen, denn sie hatte einige alte geschriebene Bücher, die wunderbare Geschichten enthielten.

Die Erinnerung an meine damalige Lebensart ist mir noch bis jetzt immer seltsam: von keinem menschlichen Geschöpfe besucht, nur in einem so kleinen Familienzirkel einheimisch, denn der Hund und der Vogel machten denselben Eindruck auf mich, den sonst nur längst gekannte Freunde hervor bringen. Ich habe mich immer nicht wieder auf den seltsamen Namen des Hundes besinnen können, so oft ich ihn auch damals nannte.

Vier Jahre hatte ich so mit der Alten gelebt, und ich mochte ohngefähr zwölf Jahre alt sein, als sie mir endlich mehr vertraute, und mir ein Geheimnis entdeckte. Der Vogel legte nämlich an jedem Tage ein Ei, in dem sich eine Perl oder ein Edelstein befand. Ich hatte schon immer bemerkt, dass sie heimlich in dem Käfige wirtschafte, mich aber nie genauer darum bekümmert. Sie trug mir jetzt das Geschäft auf, in ihrer Abwesenheit diese Eier zu nehmen und in den fremdartigen Gefäßen wohl zu verwahren. Sie ließ mir meine Nahrung zurück und blieb nun länger aus, Wochen, Monate; mein Rädchen schnurrte, der Hund bellte, der wunderbare Vogel sang und dabei war alles so still in der Gegend umher, dass ich mich in der ganzen Zeit keines Sturmwindes, keines Gewitters erinnere. Kein Mensch verirrte sich dorthin, kein Wild kam unserer Behausung nahe, ich war zufrieden und arbeitete mich von einem Tage zum andern hinüber. – Der Mensch wäre vielleicht recht glücklich, wenn er so ungestört sein Leben bis ans Ende fortführen könnte.

Aus dem wenigen, was ich las, bildete ich mir ganz wunderliche Vorstellungen von der Welt und den Menschen, alles war von mir und meiner Gesellschaft hergenommen: wenn von lustigen Leuten die Rede war, konnte ich sie mir nicht anders vorstellen, wie den kleinen Spitz, prächtige Damen sahen immer wie der Vogel aus, alle alte Frauen wie meine wunderliche Alte. Ich hatte auch von Liebe etwas gelesen, und spielte nun in meiner Phantasie seltsame Geschichten mit mir selber. Ich dachte mir den schönsten Ritter von der Welt, ich schmückte ihn mit allen Vortrefflichkeiten aus, ohne eigentlich zu wissen, wie er nun nach allen meinen Bemühungen aussah: aber ich konnte ein rechtes Mitleid mit mir selber haben, wenn er mich nicht wieder liebte; dann sagte ich lange rührende Reden in Gedanken her, zuweilen auch wohl laut, um ihn nur zu gewinnen. –

Ihr lächelt! wir sind jetzt freilich alle über diese Zeit der Jugend hinüber.

Es war mir jetzt lieber, wenn ich allein war, denn alsdann war ich selbst die Gebieterin im Hause. Der Hund liebte mich sehr und tat alles was ich wollte, der Vogel antwortete mir mit seinem Liede auf alle meine Fragen, mein Rädchen drehte sich immer munter, und so fühlte ich im Grunde nie einen Wunsch nach Veränderung. Wenn die Alte von ihren langen Wanderungen zurückkam, lobte sie meine Aufmerksamkeit, sie sagte, dass ihre Haushaltung, seit ich dazu gehöre, weit ordentlicher geführt werde, sie freute sich über mein Wachstum und mein gesundes Aussehn, kurz, sie ging ganz mit mir wie mit einer Tochter um.

Du bist brav, mein Kind!, sagte sie einst zu mir mit einem schnarrenden Tone; wenn du so fort fährst, wird es dir auch immer gut gehn: aber nie gedeiht es, wenn man von der rechten Bahn abweicht, die Strafe folgt nach, wenn auch noch so spät. – Indem sie das sagte, achtete ich eben nicht sehr darauf, denn ich war in allen meinen Bewegungen und meinem ganzen Wesen sehr lebhaft; aber in der Nacht fiel es mir wieder ein, und ich konnte nicht begreifen, was sie damit hatte sagen wollen. Ich überlegte alle Worte genau, ich hatte wohl von Reichtümern gelesen, und am Ende fiel mir ein, dass ihre Perlen und Edelsteine wohl etwas Kostbares sein könnten. Dieser Gedanke wurde mir bald noch deutlicher. Aber was konnte sie mit der rechten Bahn meinen? Ganz konnte ich den Sinn ihrer Worte noch immer nicht fassen.

Ich war jetzt vierzehn Jahr alt, und es ist ein Unglück für den Menschen, dass er seinen Verstand nur darum bekömmt, um die Unschuld seiner Seele zu verlieren. Ich begriff nämlich wohl, dass es nur auf mich ankomme, in der Abwesenheit der Alten den Vogel und die Kleinodien zu nehmen, und damit die Welt, von der ich gelesen hatte, aufzusuchen. Zugleich war es mir dann vielleicht möglich, den überaus schönen Ritter anzutreffen, der mir immer noch im Gedächtnisse lag.

Im Anfange war dieser Gedanke nichts weiter als jeder andere Gedanke, aber wenn ich so an meinem Rade saß, so kam er mir immer wider Willen zurück, und ich verlor mich so in ihm, dass ich mich schon herrlich geschmückt sah, und Ritter und Prinzen um mich her. Wenn ich mich so vergessen hatte, konnte ich ordentlich betrübt werden, wenn ich wieder aufschaute, und mich in der kleinen Wohnung antraf. Übrigens, wenn ich meine Geschäfte tat, bekümmerte sich die Alte nicht weiter um mein Wesen.

An einem Tage ging meine Wirtin wieder fort, und sagte mir, dass sie diesmal länger als gewöhnlich ausbleiben werde, ich solle ja auf alles ordentlich Acht geben und mir die Zeit nicht lang werden lassen. Ich nahm mit einer gewissen Bangigkeit von ihr Abschied, denn es war mir, als würde ich sie nicht wieder sehn. Ich sah ihr lange nach und wusste selbst nicht, warum ich so beängstigt war; es war fast, als wenn mein Vorhaben schon vor mir stände, ohne dessen deutlich mir bewusst zu sein.

Nie hab' ich des Hundes und des Vogels mit einer solchen Emsigkeit gepflegt, sie lagen mir näher am Herzen als sonst. Die Alte war schon einige Tage abwesend, als ich mit dem festen Vorsatze aufstand, mit dem Vogel die Hütte zu verlassen, und die so genannte Welt aufzusuchen. Es war mir enge und bedrängt zu Sinne, ich wünschte wieder da zu bleiben, und doch war mir der Gedanke widerwärtig; es war ein seltsamer Kampf in meiner Seele, wie ein Streiten von zwei widerspenstigen Geistern in mir. In einem Augenblicke kam mir die ruhige Einsamkeit so schön vor, dann entzückte mich wieder die Vorstellung einer neuen Welt, mit allen ihren wunderbaren Mannigfaltigkeiten.

Ich wusste nicht, was ich aus mir selber machen sollte, der Hund sprang mich unaufhörlich an, der Sonnenschein breitete sich munter über die Felder aus, die grünen Birken funkelten: ich hatte die Empfindung, als wenn ich etwas sehr Eiliges zu tun hätte, ich griff also den kleinen Hund, band ihn in der Stube fest, und nahm dann den Käfig mit dem Vogel unter den Arm. Der Hund krümmte sich und winselte über diese ungewohnte Behandlung, er sah mich mit bittenden Augen an, aber ich fürchtete mich ihn mit mir zu nehmen. Noch nahm ich eins von den Gefäßen, das mit Edelsteinen angefüllt war, und steckte es zu mir, die übrigen ließ ich stehn.

Der Vogel drehte den Kopf auf eine wunderliche Weise, als ich mit ihm zur Tür hinaustrat, der Hund strengte sich sehr an, mir nachzukommen, aber er musste zurückbleiben.

Ich vermied den Weg nach den wilden Felsen und ging nach der entgegengesetzten Seite. Der Hund bellte und winselte immerfort, und es rührte mich recht inniglich; der Vogel wollte einige Mal zu singen anfangen, aber da er getragen ward, musste es ihm wohl unbequem fallen.

So wie ich weiter ging, hörte ich das Bellen immer schwächer, und endlich hörte es ganz auf. Ich weinte und wäre beinahe wieder umgekehrt, aber die Sucht etwas Neues zu sehn, trieb mich vorwärts.

Schon war ich über Berge und durch einige Wälder gekommen, als es Abend ward, und ich in einem Dorfe einkehren musste. Ich war sehr blöde als ich in die Schenke trat, man wies mir eine Stube und ein Bette an, ich schlief ziemlich ruhig, nur dass ich von der Alten träumte, die mir drohte.

Meine Reise war ziemlich einförmig, aber je weiter ich ging, je mehr ängstigte mich die Vorstellung von der Alten und dem kleinen Hunde; ich dachte daran, dass er wahrscheinlich ohne meine Hülfe verhungern müsse, im Walde glaubt' ich oft die Alte würde mir plötzlich entgegen treten. So legte ich unter Tränen und Seufzern den Weg zurück; so oft ich ruhte, und den Käfig auf den Boden stellte, sang der Vogel sein wunderliches Lied, und ich erinnerte mich dabei recht lebhaft des schönen verlassenen Aufenthalts. Wie die menschliche Natur vergesslich ist, so glaubt' ich jetzt, meine vormalige Reise in der Kindheit sei nicht so trübselig gewesen als meine jetzige; ich wünschte mich wieder in derselben Lage zu sein.

Ich hatte einige Edelsteine verkauft, und kam nun nach einer Wanderschaft von vielen Tagen in einem Dorfe an. Schon beim Eintritt ward mir wundersam zu Mute, ich erschrak und wusste nicht worüber; aber bald erkannt' ich mich, denn es war dasselbe Dorf, in welchem ich geboren war. Wie ward ich überrascht! Wie liefen mir vor Freuden, wegen tausend seltsamer Erinnerungen, die Tränen von den Wangen! Vieles war verändert, es waren neue Häuser entstanden, andre die man damals erst errichtet hatte, waren jetzt verfallen, ich traf auch Brandstellen; alles war weit kleiner, gedrängter als ich erwartet hatte. Unendlich freute ich mich darauf, meine Eltern nun nach so manchen Jahren wieder zu sehn; ich fand das kleine Haus, die wohl bekannte Schwelle, der Griff der Tür war noch ganz so wie damals, es war mir, als hätte ich sie nur gestern erst angelehnt; mein Herz klopfte ungestüm, ich öffnete sie hastig, aber ganz fremde Gesichter saßen in der Stube umher und stierten mich an. Ich fragte nach dem Schäfer Martin, und man sagte mir, er sei schon seit drei Jahren mit seiner Frau gestorben. – Ich trat schnell zurück, und ging laut weinend aus dem Dorfe hinaus.

Ich hatte es mir so schön gedacht, sie mit meinem Reichtume zu überraschen; durch den seltsamsten Zufall war das nun wirklich geworden, was ich in der Kindheit immer nur träumte, – und jetzt war alles umsonst, sie konnten sich nicht mit mir freuen, und das, worauf ich am meisten immer im Leben gehofft hatte, war für mich auf ewig verloren.

In einer angenehmen Stadt mietete ich mir ein kleines Haus mit einem Garten, und nahm eine Aufwärterin zu mir. So wunderbar, als ich es vermutet hatte, kam mir die Welt nicht vor, aber ich vergaß die Alte und meinen ehemaligen Aufenthalt etwas mehr, und so lebt' ich im Ganzen recht zufrieden.

Der Vogel hatte schon seit lange nicht mehr gesungen; ich erschrak daher nicht wenig, als er in einer Nacht plötzlich wieder anfing, und zwar mit einem veränderten Liede. Er sang:

Waldeinsamkeit
Wie liegst du weit!
O dich gereut
Einst mit der Zeit. –
Ach einzge Freud
Waldeinsamkeit!

Ich konnte die Nacht hindurch nicht schlafen, alles fiel mir von neuem in die Gedanken, und mehr als jemals fühlt' ich, dass ich Unrecht getan hatte. Als ich aufstand, war mir der Anblick des Vogels ordentlich zuwider, er sah immer nach mir hin, und seine Gegenwart ängstigte mich. Er hörte nun mit seinem Liede gar nicht wieder auf, und er sang es lauter und schallender, als er es sonst gewohnt gewesen war. Je mehr ich ihn betrachtete, je bänger machte er mich; ich öffnete endlich den Käfig, steckte die Hand hinein und fasste seinen Hals, herzhaft drückte ich die Finger zusammen, er sah mich bittend an, ich ließ los, aber er war schon gestorben. – Ich begrub ihn im Garten.

Jetzt wandelte mich oft eine Furcht vor meiner Aufwärterin an, ich dachte an mich selbst zurück, und glaubte, dass sie mich auch einst berauben oder wohl gar ermorden könne. – Schon lange kannt' ich einen jungen Ritter, der mir überaus gefiel, ich gab ihm meine Hand, – und hiermit, Herr Walther, ist meine Geschichte geendigt.

Ihr hättet sie damals sehn sollen, fiel Eckbert hastig ein, ihre Jugend, ihre Schönheit, und welch einen unbegreiflichen Reiz ihr ihre einsame Erziehung gegeben hatte. Sie kam mir vor wie ein Wunder, und ich liebte sie ganz unbeschreiblich. Ich hatte kein Vermögen, aber durch ihre Liebe kam ich in diesen Wohlstand; wir zogen hieher, und unsre Verbindung hat uns bis jetzt noch keinen Augenblick gereut. –

Aber über unser Schwatzen, fing Bertha wieder an, ist es schon tief in die Nacht geworden, – wir wollen uns schlafen legen.

Sie stand auf und ging nach ihrer Kammer. Walther wünschte ihr mit einem Handkusse eine gute Nacht, und sagte: Edle Frau, ich danke euch, ich kann mir euch recht vorstellen, mit dem seltsamen Vogel, und wie Ihr den kleinen Strohmian füttert.

Auch Walther legte sich schlafen, nur Eckbert ging noch unruhig im Saale auf und ab. – Ist der Mensch nicht ein Tor?, fing er endlich an; ich bin erst die Veranlassung, dass meine Frau ihre Geschichte erzählt, und jetzt gereut mich diese Vertraulichkeit! – Wird er sie nicht missbrauchen? Wird er sie nicht andern mitteilen? Wird er nicht vielleicht, denn das ist die Natur des Menschen, eine unselige Habsucht nach unsern Edelgesteinen empfinden, und deswegen Plane anlegen und sich verstellen?

Es fiel ihm ein, dass Walther nicht so herzlich von ihm Abschied genommen hatte, als es nach einer solchen Vertraulichkeit wohl natürlich gewesen wäre. Wenn die Seele erst einmal zum Argwohn gespannt ist, so trifft sie auch in allen Kleinigkeiten Bestätigungen an. Dann warf sich Eckbert wieder sein unedles Misstrauen gegen seinen wackern Freund vor, und konnte doch nicht davon zurückkehren. Er schlug sich die ganze Nacht mit diesen Vorstellungen herum, und schlief nur wenig.

Bertha war krank und konnte nicht zum Frühstück erscheinen; Walther schien sich nicht viel darum zu kümmern, und verließ auch den Ritter ziemlich gleichgültig. Eckbert konnte sein Betragen nicht begreifen; er besuchte seine Gattin, sie lag in einer Fieberhitze und sagte, die Erzählung in der Nacht müsse sie auf diese Art gespannt haben.

Seit diesem Abend besuchte Walther nur selten die Burg seines Freundes, und wenn er auch kam, ging er nach einigen unbedeutenden Worten wieder weg. Eckbert ward durch dieses Betragen im äußersten Grade gepeinigt; er ließ sich zwar gegen Bertha und Walther nichts davon merken, aber jeder musste doch seine innerliche Unruhe an ihm gewahr werden.

Mit Berthas Krankheit ward es immer bedenklicher; der Arzt ward ängstlich, die Röte von ihren Wangen war verschwunden, und ihre Augen wurden immer glühender. – An einem Morgen ließ sie ihren Mann an ihr Bette rufen, die Mägde mussten sich entfernen.

Lieber Mann, fing sie an, ich muss dir etwas entdecken, das mich fast um meinen Verstand gebracht hat, das meine Gesundheit zerrüttet, so eine unbedeutende Kleinigkeit es auch an sich scheinen möchte. – Du weißt, dass ich mich immer nicht, so oft ich von meiner Kindheit sprach, trotz aller angewandten Mühe auf den Namen des kleinen Hundes besinnen konnte, mit welchem ich so lange umging; an jenem Abend sagte Walther beim Abschiede plötzlich zu mir: ich kann mir euch recht vorstellen, wir Ihr den kleinen Strohmian füttert. Ist das Zufall? Hat er den Namen erraten, weiß er ihn und hat er ihn mit Vorsatz genannt? Und wie hängt dieser Mensch dann mit meinem Schicksale zusammen? Zuweilen kämpfe ich mit mir, als ob ich mir diese Seltsamkeit nur einbilde, aber es ist gewiss, nur zu gewiss. Ein gewaltiges Entsetzen befiel mich, als mir ein fremder Mensch so zu meinen Erinnerungen half. Was sagst du, Eckbert?

Eckbert sah seine leidende Gattin mit einem tiefen Gefühle an, er schwieg und dachte bei sich nach, dann sagte er ihr einige tröstende Worte und verließ sie. In einem abgelegenen Gemache ging er in unbeschreiblicher Unruhe auf und ab. Walther war seit vielen Jahren sein einziger Umgang gewesen, und doch war dieser Mensch jetzt der einzige in der Welt, dessen Dasein ihn drückte und peinigte. Es schien ihm, als würde ihm froh und leicht sein, wenn nur dieses einzige Wesen aus seinem Wege gerückt werden könnte. Er nahm seine Armbrust, um sich zu zerstreuen und auf die Jagd zu gehn.

Es war ein rauer stürmischer Wintertag, tiefer Schnee lag auf den Bergen und bog die Zweige der Bäume nieder. Er streifte umher, der Schweiß stand ihm auf der Stirne, er traf auf kein Wild, und das vermehrte seinen Unmut. Plötzlich sah er sich etwas in der Ferne bewegen, es war Walther, der Moos von den Bäumen sammelte; ohne zu wissen was er tat legte er an, Walther sah sich um, und drohte mit einer stummen Gebärde, aber indem flog der Bolzen ab, und Walther stürzte nieder.

Eckbert fühlte sich leicht und beruhigt, und doch trieb ihn ein Schauder nach seiner Burg zurück; er hatte einen großen Weg zu machen, denn er war weit hinein in die Wälder verirrt. – Als er ankam, war Bertha schon gestorben; sie hatte vor ihrem Tode noch viel von Walther und der Alten gesprochen.

Eckbert lebte nun eine lange Zeit in der größten Einsamkeit; er war schon sonst immer schwermütig gewesen, weil ihn die seltsame Geschichte seiner Gattin beunruhigte, und er irgend einen unglücklichen Vorfall, der sich ereignen könnte, befürchtete: aber jetzt war er ganz mit sich zerfallen. Die Ermordung seines Freundes stand ihm unaufhörlich vor Augen, er lebte unter ewigen innern Vorwürfen.

Um sich zu zerstreuen, begab er sich zuweilen nach der nächsten großen Stadt, wo er Gesellschaften und

Feste besuchte. Er wünschte durch irgend einen Freund die Leere in seiner Seele auszufüllen, und wenn er dann wieder an Walther zurückdachte, so erschrak er vor dem Gedanken, einen Freund zu finden, denn er war überzeugt, dass er nur unglücklich mit jedwedem Freunde sein könne. Er hatte so lange mit Bertha in einer schönen Ruhe gelebt, die Freundschaft Walthers hatte ihn so manches Jahr hindurch beglückt, und jetzt waren beide so plötzlich dahin gerafft, dass ihm sein Leben in manchen Augenblicken mehr wie ein seltsames Märchen, als wie ein wirklicher Lebenslauf erschien.

Ein junger Ritter, Hugo, schloss sich an den stillen betrübten Eckbert, und schien eine wahrhafte Zuneigung gegen ihn zu empfinden. Eckbert fand sich auf eine wunderbare Art überrascht, er kam der Freundschaft des Ritters um so schneller entgegen, je weniger er sie vermutet hatte. Beide waren nun häufig beisammen, der Fremde erzeigte Eckbert alle möglichen Gefälligkeiten, einer ritt fast nicht mehr ohne den andern aus, in allen Gesellschaften trafen sie sich, kurz, sie schienen unzertrennlich.

Eckbert war immer nur auf kurze Augenblicke froh, denn er fühlte es deutlich, dass ihn Hugo nur aus einem Irrtume liebe; jener kannte ihn nicht, wusste seine Geschichte nicht, und er fühlte wieder denselben Drang, sich ihm ganz mitzuteilen, damit er versichert sein könne, ob jener auch wahrhaft sein Freund sei. Dann hielten ihn wieder Bedenklichkeiten und die Furcht verabscheut zu werden, zurück. In manchen Stunden war er so sehr von seiner Nichtswürdigkeit überzeugt, dass er glaubte, kein

Mensch könne ihn seiner Achtung würdigen, für den er nicht ein völliger Fremdling sei. Aber dennoch konnte er sich nicht widerstehn; auf einem einsamen Spazierritte entdeckte er seinem Freunde seine ganze Geschichte, und fragte ihn dann, oh er wohl einen Mörder lieben könne. Hugo war gerührt, und suchte ihn zu trösten; Eckbert folgte ihm mit leichterm Herzen zur Stadt.

Es schien aber seine Verdammnis zu sein, gerade in der Stunde des Vertrauens Argwohn zu schöpfen, denn kaum waren sie in den Saal getreten, als ihm beim Schein der vielen Lichter die Mienen seines Freundes nicht gefielen. Er glaubte ein hämisches Lächeln zu bemerken, es fiel ihm auf, dass er nur wenig mit ihm spreche, dass er mit den Anwesenden viel rede, und seiner gar nicht zu achten scheine. Ein alter Ritter war in der Gesellschaft, der sich immer als den Gegner Eckberts gezeigt, und sich oft nach seinem Reichtum und seiner Frau auf eine eigne Weise erkundigt hatte; zu diesem gesellte sich Hugo, und beide sprachen eine Zeit lang heimlich, indem sie nach Eckbert hindeuteten. Dieser sah jetzt seinen Argwohn bestätigt, er glaubte sich verraten, und eine schreckliche Wut bemeisterte sich seiner. Indem er noch immer hinstarrte, sah er plötzlich Walthers Gesicht, alle seine Mienen, die ganze, ihm so wohl bekannte Gestalt, er sah noch immer hin und ward überzeugt, dass Niemand als Walther mit dem Alten spreche. – Sein Entsetzen war unbeschreiblich; außer sich stürzte er hinaus, verließ noch in der Nacht die Stadt, und kehrte nach vielen Irrwegen auf seine Burg zurück.

Wie ein unruhiger Geist eilte er jetzt von Gemach zu Gemach, kein Gedanke hielt ihm Stand, er verfiel von entsetzlichen Vorstellungen auf noch entsetzlichere, und kein Schlaf kam in seine Augen. Oft dachte er, dass er wahnsinnig sei, und sich nur selber durch seine Einbildung alles erschaffe; dann erinnerte er sich wieder der Züge Walthers, und alles ward ihm immer mehr ein Rätsel. Er beschloss eine Reise zu machen, um seine Vorstellungen wieder zu ordnen; den Gedanken an Freundschaft, den Wunsch nach Umgang hatte er nun auf ewig aufgegeben.

Er zog fort, ohne sich einen bestimmten Weg vorzusetzen, ja er betrachtete die Gegenden nur wenig, die vor ihm lagen. Als er im stärksten Trabe seines Pferdes einige Tage so fort geeilt war, sah er sich plötzlich in einem Gewinde von Felsen verirrt, in denen sich nirgend ein Ausweg entdecken ließ. Endlich traf er auf einen alten Bauer, der ihm einen Pfad, einem Wasserfall vorüber, zeigte: er wollte ihm zur Danksagung einige Münzen geben, der Bauer aber schlug sie aus. – Was gilts, sagte Eckbert zu sich selber, ich könnte mir wieder einbilden, dass dies Niemand anders als Walther sei? – Und indem sah er sich noch einmal um, und es war Niemand anders als Walther. – Eckbert spornte sein Ross so schnell es nur laufen konnte, durch Wiesen und Wälder, bis es erschöpft unter ihm zusammenstürzte. – Unbekümmert darüber setzte er nun seine Reise zu Fuß fort.

Er stieg träumend einen Hügel hinan; es war, als wenn er ein nahes munteres Bellen vernahm, Birken säuselten dazwischen, und er hörte mit wunderlichen Tönen ein Lied singen:

Waldeinsamkeit
Mich wieder freut,
Mir geschieht kein Leid,
Hier wohnt kein Neid,
Von neuem mich freut
Waldeinsamkeit.

Jetzt war es um das Bewusstsein, um die Sinne Eckberts geschehn; er konnte sich nicht aus dem Rätsel heraus finden, ob er jetzt träume, oder ehemals von einem Weibe Bertha geträumt habe; das Wunderbarste vermischte sich mit dem Gewöhnlichsten, die Welt um ihn her war verzaubert, und er keines Gedankens, keiner Erinnerung mächtig.

Eine krummgebückte Alte schlich hustend mit einer Krücke den Hügel heran. Bringst du mir meinen Vogel? Meine Perlen? Meinen Hund?, schrie sie ihm entgegen. Siehe, das Unrecht bestraft sich selbst: Niemand als ich war dein Freund Walther, dein Hugo. –

Gott im Himmel!, sagte Eckbert stille vor sich hin, – in welcher entsetzlichen Einsamkeit hab' ich dann mein Leben hingebracht! –

Und Bertha war deine Schwester.

Eckbert fiel zu Boden.

Warum verließ sie mich tückisch? Sonst hätte sich alles gut und schön geendet, ihre Probezeit war ja schon vorüber. Sie war die Tochter eines Ritters, die er bei einem Hirten erziehn ließ, die Tochter deines Vaters.

Warum hab' ich diesen schrecklichen Gedanken immer geahndet?, rief Eckbert aus.

Weil du in früher Jugend deinen Vater einst davon erzählen hörtest; er durfte seiner Frau wegen diese Tochter nicht bei sich erziehn lassen, denn sie war von einem andern Weibe.

Eckbert lag wahnsinnig und verscheidend auf dem Boden; dumpf und verworren hörte er die Alte sprechen, den Hund bellen, und den Vogel sein Lied wiederholen.

Die romantische Poesie und Poetik des Schwindels zeigen sich nirgends intensiver als in Tiecks *Der Blonde Eckbert.* Die Rede vom ›Schwindel‹ meint damit deutlich mehr als das vage Gefühl eines verlorenen Gleichgewichts. Denn der Begriff markiert im Verständnis der damaligen Zeit eine besondere Form des Wahnsinns, genauer: einen sehr bestimmten Defekt der Einbildungskraft bzw. der Phantasie. Das genau ist der Kontext, dem er entstammt: »Krankheit der Einbildungskraft«, so heißt ein Beitrag in Moritz' *Magazin zur Erfahrungsseelenkunde,* »Beitrag zur Geschichte der Visionen und der Ausschweifungen menschlicher Einbildungskraft«, so der Titel eines weiteren Beitrags im *Magazin.* Tiecks Interesse konzentriert sich zunächst auf einen bestimmten Zustand der Phantasie, der in verschiedenen Formen des Wahnsinns enden kann, wenn sie nämlich »aufs äußerste beunruhigt«, »auf einen hohen Grad erhitzt ist«. Der Defekt, um den es geht, steigert diese Beunruhigungen, er potenziert die Störungen der Einbildungskraft. Diese »unaufhörliche Verwirrung« führt zur restlosen Dysfunktion der Phantasie, zum Zusammenbruch ihrer epistemologischen und auch ihrer ästhetischen Funktionen. Ebendieser Defekt wird medizinisch, erfahrungsseelenkundlich, philosophisch und ästhetisch in Hinblick auf eine Theorie der Einbildungskraft im späten 18. Jahrhundert als »Schwindel« oder »Taumel« definiert.

1786 publiziert der philosophische Arzt Marcus Herz seinen *Versuch über den Schwindel,* Auszüge davon erscheinen in Moritz' *Magazin:*

> Jede einzelne Vorstellung verliert ihre Klarheit und Lebhaftigkeit, und wegen ihrer zu geschwinden Folge fallen sie alle ineinander: die Seele unterscheidet sie nicht mehr deutlich, sondern stellt sie sich als ein verworrenes Ganzes vor, in dem sie weder Ordnung noch fassliche Abstechung der Teile sich findet; und endlich gerät sie selbst in den Zustand der Verwirrung: einen Zustand, der eigentlich den Schwindel ausmacht.

Eine gar tödliche Gefahr. Bei Tieck heißt es, wie schon zitiert: »Unsre Urteilskraft wird so verwirrt (…), wir finden nichts, worauf wir unser Auge fixieren könnten; die Seele wird in eine Art von Schwindel versetzt …« Die »Vorstellungen«, so beschreibt Moritz den Schwindel, sind nicht mehr »von einander [zu] unterscheiden«; sie »flossen entweder in eins zusammen, verdrängten sich einander, oder verwirrten sich untereinander«. Plötzlich, schreckhaft und gänzlich willkürlich bewegen sie sich. »Beständig« wird die Phantasie von der einen Vorstellung »zur andern herumgetrieben, gleichsam ein Marionettenspiel des Zufalls«, »von der einen Associationsart zur andern leicht überspringend«, heißt es bei dem Kantianer Salomon Maimon im *Magazin:* Sie »fallen ineinander«, verlieren gegeneinander das Distinkte, »durchkreuzen sich« und »wechseln ständig«.

Immanuel Kant entfaltet deshalb eine Kritik des Schwindels als »einen schnell (...) die Fassungskraft übersteigenden Wechsel vieler ungleichartiger« Vorstellungen und Empfindungen bis zur »Ohnmacht«. Die »regellose« Phantasie, schreibt Kant, »nähert sich dem Wahnsinn, wo (...) der Unglückliche den Lauf seiner Vorstellungen gar nicht in seiner Gewalt hat«. Sie bringt, so führt Kant aus, »in ihrer gesetzlosen Freiheit nichts als Unsinn hervor«, oder, in einer noch schlimmeren Variante: »Sinnleere«, »Verrückungen«. Schwindel ist im Sinne dieser Definition die besondere Form des Wahnsinns, in der die Einbildungskraft und der Verstand nicht mehr in Einklang stehen. Die Einbildungskraft ist frei, das weiß und will auch Kant, und sie muss frei sein, damit überhaupt Wahrnehmung und Erkenntnis möglich bleiben. Aber sie darf nicht – jedenfalls nicht für Kant – die Grenzen, die ihr von der »Gesetzmäßigkeit des Verstandes« vorgegeben sind, überschreiten. Ohne diese Zucht der »gesetzlosen Freiheit« der Phantasie sind für Kant auch das Schöne, die ästhetischen Ideen und ihr unendlicher Sinn unmöglich.

Der Schwindel wird damit zu einer wilden Bedrohung des Subjekts: Im Schwindel ist die Urteilskraft, also das Vermögen, die schnell und unregelmäßig produzierten Vorstellungen »dem Verstande anzupassen«, gründlich zerstört. Zum Zusammenbruch gebracht wird im Schwindel die »spontane« Einbildungskraft selbst. Sie verliert ihre originäre transzendentale Funktion, Einheit in das Mannigfaltige der Anschauung zu bringen, Sinnlichkeit und Verstand zu vermitteln. Was Kant fürchtet, das sucht Tieck gezielt auf.

Der Runenberg

Ein junger Jäger saß im innersten Gebürge nachdenkend bei einem Vogelherde, indem das Rauschen der Gewässer und des Waldes in der Einsamkeit tönte. Er bedachte sein Schicksal, wie er so jung sei, und Vater und Mutter, die wohl bekannte Heimat, und alle Befreundeten seines Dorfes verlassen hatte, um eine fremde Umgebung zu suchen, um sich aus dem Kreise der wiederkehrenden Gewöhnlichkeit zu entfernen, und er blickte mit einer Art von Verwunderung auf, dass er sich nun in diesem Tale, in dieser Beschäftigung wieder fand. Große Wolken zogen durch den Himmel und verloren sich hinter den Bergen, Vögel sangen aus den Gebüschen und ein Widerschall antwortete ihnen. Er stieg langsam den Berg hinunter, und setzte sich an den Rand eines Baches nieder, der über vorragendes Gestein schäumend murmelte. Er hörte auf die wechselnde Melodie des Wassers, und es schien, als wenn ihm die Wogen in unverständlichen Worten tausend Dinge sagten, die ihm so wichtig waren, und er musste sich innig betrüben, dass er ihre Reden nicht verstehen konnte. Wieder sah er dann umher und ihm dünkte, er sei froh und glücklich; so fasste er wieder neuen Mut und sang mit lauter Stimme einen Jägergesang.

Froh und lustig zwischen Steinen
Geht der Jüngling auf die Jagd,
Seine Beute muss erscheinen
In den grünlebendgen Hainen,
Sucht' er auch bis in die Nacht.

Seine treuen Hunde bellen
Durch die schöne Einsamkeit,
Durch den Wald die Hörner gellen,
Dass die Herzen mutig schwellen:
O du schöne Jägerzeit!

Seine Heimat sind die Klüfte,
Alle Bäume grüßen ihn,
Rauschen strenge Herbsteslüfte
Find't er Hirsch und Reh, die Schlüfte
Muss er jauchzend dann durchziehn.

Lass dem Landmann seine Mühen
Und dem Schiffer nur sein Meer
Keiner sieht in Morgens Frühen
So Aurora's Augen glühen,
Hängt der Tau am Grase schwer,

Als wer Jagd, Wild, Wälder kennet
Und Diana lacht ihn an,
Einst das schönste Bild entbrennet
Die er seine Liebste nennet:
O beglückter Jägersmann!

Während dieses Gesanges war die Sonne tiefer gesunken und breite Schatten fielen durch das enge Tal. Eine kühlende Dämmerung schlich über den Boden weg, und nur noch die Wipfel der Bäume, wie die runden Bergspitzen waren vom Schein des Abends vergoldet. Christians Gemüt ward immer trübseliger, er mochte nicht nach seinem Vogelherde zurückkehren, und dennoch mochte er nicht bleiben; es dünkte ihm so einsam und er sehnte sich nach Menschen. Jetzt wünschte er sich die alten Bücher, die er sonst bei seinem Vater gesehn, und die er niemals lesen mögen, so oft ihn auch der Vater dazu angetrieben hatte; es fielen ihm die Szenen seiner Kindheit ein, die Spiele mit der Jugend des Dorfes, seine Bekanntschaften unter den Kindern, die Schule, die ihm so drückend gewesen war, und er sehnte sich in alle diese Umgebungen zurück, die er freiwillig verlassen hatte, um sein Glück in unbekannten Gegenden, in Bergen, unter fremden Menschen, in einer neuen Beschäftigung zu finden. Indem es finstrer wurde, und der Bach lauter rauschte, und das Geflügel der Nacht seine irre Wanderung mit umschweifendem Fluge begann, saß er noch immer missvergnügt und in sich versunken; er hätte weinen mögen, und er war durchaus unentschlossen, was er tun und vornehmen solle. Gedankenlos zog er eine hervorragende Wurzel aus der Erde, und plötzlich hörte er schreckend ein dumpfes Winseln im Boden, das sich unterirdisch in klagenden Tönen fortzog, und erst in der Ferne wehmütig verscholl. Der Ton durchdrang sein innerstes Herz, er ergriff ihn, als wenn er unvermutet die Wunde berührt habe, an der der sterbende Leichnam der Natur in Schmerzen verscheiden wolle. Er sprang auf und wollte entfliehen, denn er hatte wohl ehemals von der seltsamen Alrunenwurzel gehört, die beim Ausreißen so herzdurchschneidende Klagetöne von sich gebe, dass der Mensch von ihrem Gewinsel wahnsinnig werden müsse. Indem er fortgehen wollte, stand ein fremder Mann hinter ihm, welcher ihn freundlich ansah und fragte, wohin er wolle. Christian hatte sich Gesellschaft gewünscht, und doch erschrak er von neuem vor dieser freundlichen Gegenwart. Wohin so eilig?, fragte der Fremde noch einmal. Der junge Jäger suchte sich zu sammeln und erzählte, wie ihm plötzlich die Einsamkeit so schrecklich vorgekommen sei, dass er sich habe retten wollen, der Abend sei so dunkel, die grünen Schatten des Waldes so traurig, der Bach spreche in lauter Klagen, die Wolken des Himmels zögen seine Sehnsucht jenseit den

Bergen hinüber. Ihr seid noch jung, sagte der Fremde, und könnt wohl die Strenge der Einsamkeit noch nicht ertragen, ich will euch begleiten, denn Ihr findet doch kein Haus oder Dorf im Umkreis einer Meile, wir mögen unterwegs etwas sprechen und uns erzählen, so verliert Ihr die trüben Gedanken; in einer Stunde kommt der Mond hinter den Bergen hervor, sein Licht wird dann wohl auch Eure Seele lichter machen.

Sie gingen fort, und der Fremde dünkte dem Jünglinge bald ein alter Bekannter zu sein. Wie seid Ihr in dieses Gebürge gekommen, fragte jener, Ihr seid hier, Eurer Sprache nach, nicht einheimisch. – Ach darüber, sagte der Jüngling, ließe sich viel sagen, und doch ist es wieder keiner Rede, keiner Erzählung wert; es hat mich wie mit fremder Gewalt aus dem Kreise meiner Eltern und Verwandten hinweg genommen, mein Geist war seiner selbst nicht mächtig, wie ein Vogel, der in einem Netz gefangen ist und sich vergeblich sträubt, so verstrickt war meine Seele in seltsamen Vorstellungen und Wünschen. Wir wohnten weit von hier in einer Ebene, in der man rund umher keinen Berg, kaum eine Anhöhe erblickte; wenige Bäume schmückten den grünen Plan, aber Wiesen, fruchtbare Kornfelder und Gärten zogen sich hin, so weit das Auge reichen konnte, ein großer Fluss glänzte wie ein mächtiger Geist an den Wiesen und Feldern vorbei. Mein Vater war Gärtner im Schloss und hatte vor, mich ebenfalls zu seiner Beschäftigung zu erziehen; er liebte die Pflanzen und Blumen über alles und konnte sich tagelang unermüdet mit ihrer Wartung und Pflege abgeben. Ja er ging so weit, dass er behauptete, er könne fast mit ihnen sprechen; er lerne von ihrem Wachstum und Gedeihen, so wie von der verschiedenen Gestalt und Farbe ihrer Blätter. Mir war die Gartenarbeit zuwider, umso mehr, als mein Vater mir zuredete, oder gar mit Drohungen mich zu zwingen versuchte. Ich wollte Fischer werden, und machte den Versuch, allein das Leben auf dem Wasser stand mir auch nicht an; ich wurde dann zu einem Handelsmann in die Stadt gegeben, und kam auch von ihm bald in das väterliche Haus zurück. Auf einmal hörte ich meinen Vater von Gebürgen erzählen, die er in seiner Jugend bereiset hatte, von den unterirdischen Bergwerken und ihren Arbeitern, von Jägern und ihrer Beschäftigung, und plötzlich erwachte in mir der bestimmteste Trieb, das Gefühl, dass ich nun die für mich bestimmte Lebensweise gefunden habe. Tag und Nacht sann ich und stellte mir hohe Berge, Klüfte und Tannenwälder vor; meine Einbildung erschuf sich ungeheure Felsen, ich hörte in Gedanken das Getöse der Jagd, die Hörner, und das Geschrei der Hunde und des Wildes; alle meine Träume waren damit angefüllt und darüber hatte ich nun weder Rast noch Ruhe mehr. Die Ebene, das Schloss, der kleine beschränkte Garten meines Vaters mit den geordneten Blumenbeeten, die enge Wohnung, der weite Himmel, der sich ringsum so traurig ausdehnte, und keine Höhe, keinen erhabenen Berg umarmte, alles ward mir noch betrübter und verhasster. Es schien mir, als wenn alle Menschen um mich her in der bejammernswürdigsten Unwissenheit lebten, und dass alle eben so denken und empfinden würden, wie ich, wenn ihnen dieses Gefühl ihres Elendes nur ein einziges mal in ihrer Seele aufginge. So trieb ich mich um, bis ich an einem Morgen den Entschluss fasste, das Haus meiner Eltern auf immer zu verlassen. Ich hatte in einem Buche Nachrichten vom nächsten großen Gebirge gefunden, Abbildungen einiger Gegenden, und darnach richtete ich meinen Weg ein. Es war im ersten Frühlinge und ich fühlte mich durchaus froh und leicht. Ich eilte, um nur recht bald das Ebene zu verlassen, und an einem Abende sah ich in der Ferne die dunkeln Umrisse des Gebirges vor mir liegen. Ich konnte in der Herberge kaum schlafen, so ungeduldig war ich, die Gegend zu betreten, die ich für meine Heimat ansah; mit dem Frühesten war ich munter und wieder auf der Reise. Nachmittags befand ich mich schon unter den vielgeliebten Bergen, und wie ein Trunkner ging ich, stand dann eine Weile, schaute rückwärts, und berauschte mich in allen mir fremden und doch so wohl bekannten Gegenständen. Bald verlor ich die Ebene hinter mir aus dem Gesichte, die Waldströme rauschten mir entgegen, Buchen und Eichen brausten mit bewegtem Laube von steilen Abhängen herunter; mein Weg führte mich schwindlichten Abgründen vorüber, blaue Berge standen groß und ehrwürdig im Hintergrunde. Eine neue Welt war mir aufgeschlossen, ich wurde nicht müde. So kam ich nach einigen Tagen, indem ich einen großen Teil des Gebirges durchstreift hatte, zu einem alten Förster, der mich auf mein inständiges Bitten zu sich nahm, um mich in der Kunst der Jägerei zu unterrichten. Jetzt bin ich seit drei Monaten in seinen Diensten. Ich nahm von der Gegend, in der ich meinen Aufenthalt hatte, wie von einem Königreiche Besitz; ich lernte jede Klippe, jede Schluft des Gebirges kennen, ich war in meiner Beschäftigung, wenn wir am frühen Morgen nach dem Walde zogen, wenn wir Bäume im Forste fällten, wenn ich mein Auge und meine Büchse übte, und die treuen Gefährten, die Hunde zu ihren Geschicklichkeiten abrichtete, überaus glücklich. Jetzt sitze ich seit acht Tagen hier oben auf dem Vogelherde, im einsamsten Gebirge, und am Abend wurde mir heut so traurig zu Sinne, wie noch niemals in meinem Leben, ich kam mir so verloren, so ganz unglückselig vor, und noch kann ich mich nicht von dieser trüben Stimmung erholen.

Der fremde Mann hatte aufmerksam zugehört, indem beide durch einen dunkeln Gang des Waldes gewandert waren. Jetzt traten sie ins Freie, und das Licht des Mondes, der oben mit seinen Hörnern über der Bergspitze stand, begrüßte sie freundlich: in unkenntlichen Formen und vielen gesonderten Massen, die der bleiche Schimmer wieder rätselhaft vereinigte, lag das gespaltene Gebirge vor ihnen, im Hintergrunde ein steiler Berg, auf welchem uralte verwitterte Ruinen schauerlich im weißen Lichte sich zeigten. Unser Weg trennt sich hier, sagte der Fremde, ich gehe in diese Tiefe hinunter, dort, bei jenem alten Schacht ist meine Wohnung: die Erze sind meine Nachbarn, die Berggewässer erzählen mir Wunderdinge in der Nacht, dahin kannst du mir doch nicht folgen. Aber siehe dort den Runenberg mit seinem schroffen Mauerwerke, wie schön und anlockend das alte Gestein zu uns herblickt! Bist du niemals dorten gewesen? Niemals, sagte der junge Christian, ich hörte einmal meinen alten Förster wundersame Dinge von diesem Berge erzählen, die ich töricht genug wieder vergessen habe, aber ich erinnere mich, dass mir an jenem Abend grauenhaft zu Mute war. Ich möchte wohl einmal die Höhe besteigen, denn die Lichter sind dort am schönsten, das Gras muss dorten recht grün sein, die Welt umher recht seltsam, auch mag sichs wohl treffen, dass man noch manch Wunder aus der alten Zeit da oben fände.

Es kann fast nicht fehlen, sagte jener, wer nur zu suchen versteht, wessen Herz recht innerlich hingezogen wird, der findet uralte Freunde dort und Herrlichkeiten, alles, was er am eifrigsten wünscht. – Mit diesen Worten stieg der Fremde schnell hinunter, ohne seinem Gefährten Lebewohl zu sagen, bald war er im Dickicht des Gebüsches verschwunden, und kurz nachher verhallte auch der Tritt seiner Füße. Der junge Jäger war nicht verwundert, er verdoppelte nur seine Schritte nach dem Runenberge zu, alles winkte ihm dorthin, die Sterne schienen dorthin zu leuchten, der Mond wies mit einer hellen Straße nach den Trümmern, lichte Wolken zogen hinauf, und aus der Tiefe redeten ihm Gewässer und rauschende Wälder zu und sprachen ihm Mut ein. Seine Schritte waren wie beflügelt, sein Herz klopfte, er fühlte eine so große Freudigkeit in seinem Innern, dass sie zu einer Angst empor wuchs. – Er kam in Gegenden, in denen er nie gewesen war, die Felsen wurden steiler, das Grün verlor sich, die kahlen Wände riefen ihn wie mit zürnenden Stimmen an, und ein einsam klagender Wind jagte ihn vor sich her. So eilte er ohne Stillstand fort, und kam spät nach Mitternacht auf einen schmalen Fußsteig, der hart an einem Abgrunde hinlief. Er achtete nicht auf die Tiefe, die unter ihm gähnte und ihn zu verschlingen drohte, so sehr spornten ihn irre Vorstellungen und unverständliche Wünsche. Jetzt zog ihn der gefährliche Weg neben eine hohe Mauer hin, die sich in den Wolken zu verlieren schien; der Steig ward mit jedem Schritte schmaler, und der Jüngling musste sich an vorragenden Steinen festhalten, um nicht hinunter zu stürzen. Endlich konnte er nicht weiter, der Pfad endigte unter einem Fenster, er musste still stehen und wusste jetzt nicht, ob er umkehren, ob er bleiben solle. Plötzlich sah er ein Licht, das sich hinter dem alten Gemäuer zu bewegen schien. Er sah dem Scheine nach, und entdeckte, dass er in einen alten geräumigen Saal blicken konnte, der wunderlich verziert von mancherlei Gesteinen und Kristallen in vielfältigen Schimmern funkelte, die sich geheimnisvoll von dem wandelnden Lichte durcheinander bewegten, welches eine große weibliche Gestalt trug, die sinnend im Gemache auf und nieder ging. Sie schien nicht den Sterblichen anzugehören, so groß, so mächtig waren ihre Glieder, so streng ihr Gesicht, aber doch dünkte dem entzückten Jünglinge, dass er noch niemals solche Schönheit gesehn oder geahndet habe. Er zitterte und wünschte doch heimlich, dass sie zum Fenster treten und ihn wahrnehmen möchte. Endlich stand sie still, setzte das Licht auf einen kristallenen Tisch nieder, schaute in die Höhe und sang mit durchdringlicher Stimme:

Wo die Alten weilen,
Dass sie nicht erscheinen?
Die Kristallen weinen,
Von demantnen Säulen
Fließen Tränenquellen,
Töne klingen drein;
In den klaren hellen
Schön durchsichtgen Wellen
Bildet sich der Schein,
Der die Seelen ziehet,
Dem das Herz erglühet.
Kommt ihr Geister alle
Zu der goldnen Halle,
Hebt aus tiefen Dunkeln
Häupter, welche funkeln!
Macht der Herzen und der Geister,
Die so durstig sind im Sehnen,
Mit den leuchtend schönen Tränen
Allgewaltig euch zum Meister!

Als sie geendigt hatte, fing sie an sich zu entkleiden, und ihre Gewänder in einen kostbaren Wandschrank zu legen. Erst nahm sie einen goldenen Schleier vom Haupte, und ein langes schwarzes Haar floss in geringelter Fülle bis über die Hüften hinab; dann löste sie das

Gewand des Busens, und der Jüngling vergaß sich und die Welt im Anschauen der überirdischen Schönheit. Er wagte kaum zu atmen, als sie nach und nach alle Hüllen löste; nackt schritt sie endlich im Saale auf und nieder, und ihre schweren schwebenden Locken bildeten um sie her ein dunkel wogendes Meer, aus dem wie Marmor die glänzenden Formen des reinen Leibes abwechselnd hervor strahlten. Nach geraumer Zeit näherte sie sich einem andern goldenen Schranke, nahm eine Tafel heraus, die von vielen eingelegten Steinen, Rubinen, Diamanten und allen Juwelen glänzte, und betrachtete sie lange prüfend. Die Tafel schien eine wunderlich unverständliche Figur mit ihren unterschiedlichen Farben und Linien zu bilden; zuweilen war, nachdem der Schimmer ihm entgegen spiegelte, der Jüngling schmerzhaft geblendet, dann wieder besänftigten grüne und blau spielende Scheine sein Auge: er aber stand, die Gegenstände mit seinen Blicken verschlingend, und zugleich tief in sich selbst versunken. In seinem Innern hatte sich ein Abgrund von Gestalten und Wohllaut, von Sehnsucht und Wollust aufgetan, Scharen von beflügelten Tönen und wehmütigen und freudigen Melodien zogen durch sein Gemüt, das bis auf den Grund bewegt war: er sah eine Welt von Schmerz und Hoffnung in sich aufgehen, mächtige Wunderfelsen von Vertrauen und trotzender Zuversicht, große Wasserströme, wie voll Wehmut fließend. Er kannte sich nicht wieder, und erschrak, als die Schöne das Fenster öffnete, ihm die magische steinerne Tafel reichte und die wenigen Worte sprach: Nimm dieses zu meinem Angedenken! Er fasste die Tafel und fühlte die Figur, die unsichtbar sogleich in sein Inneres überging, und das Licht und die mächtige Schönheit und der seltsame Saal waren verschwunden. Wie eine dunkele Nacht mit Wolkenvorhängen fiel es in sein Inneres hinein, er suchte nach seinen vorigen Gefühlen, nach jener Begeisterung und unbegreiflichen Liebe, er beschaute die kostbare Tafel, in welcher sich der untersinkende Mond schwach und bläulich spiegelte.

Noch hielt er die Tafel fest in seine Hände gepresst, als der Morgen graute und er erschöpft, schwindelnd und halb schlafend die steile Höhe hinunter stürzte. –

Die Sonne schien dem betäubten Schläfer auf sein Gesicht, der sich erwachend auf einem anmutigen Hügel wieder fand. Er sah umher, und erblickte weit hinter sich und kaum noch kennbar am äußersten Horizont die Trümmer des Runenberges: er suchte nach jener Tafel, und fand sie nirgend. Erstaunt und verwirrt wollte er sich sammeln und seine Erinnerungen anknüpfen, aber sein Gedächtnis war wie mit einem wüsten Nebel angefüllt, in welchem sich formlose Gestalten wild und unkenntlich durcheinander bewegten. Sein ganzes voriges Leben lag wie in einer tiefen Ferne hinter ihm; das Seltsamste und das Gewöhnliche war so ineinander vermischt, dass er es unmöglich sondern konnte. Nach langem Streite mit sich selbst glaubte er endlich, ein Traum oder ein plötzlicher Wahnsinn habe ihn in dieser Nacht befallen, nur begriff er immer nicht, wie er sich so weit in eine fremde entlegene Gegend habe verirren können.

Noch fast schlaftrunken stieg er den Hügel hinab, und geriet auf einen gebahnten Weg, der ihn vom Gebirge hinunter in das flache Land führte. Alles war ihm fremd, er glaubte anfangs, er würde in seine Heimat gelangen, aber er sah eine ganz verschiedene Gegend, und vermutete endlich, dass er sich jenseit der südlichen Grenze des Gebirges befinden müsse, welches er im Frühling von Norden her betreten hatte. Gegen Mittag stand er über einem Dorfe, aus dessen Hütten ein friedlicher Rauch in die Höhe stieg, Kinder spielten auf einem grünen Platze festtäglich geputzt, und aus der kleinen Kirche erscholl der Orgelklang und das Singen der Gemeinde. Alles ergriff ihn mit unbeschreiblich süßer Wehmut, alles rührte ihn so herzlich, dass er weinen musste. Die engen Gärten, die kleinen Hütten mit ihren rauchenden Schornsteinen, die gerade abgeteilten Kornfelder erinnerten ihn an die Bedürftigkeit des armen Menschengeschlechts, an seine Abhängigkeit vom freundlichen Erdboden, dessen Milde es sich vertrauen muss; dabei erfüllte der Gesang und der Ton der Orgel sein Herz mit einer nie gefühlten Frömmigkeit. Seine Empfindungen und Wünsche der Nacht erschienen ihm ruchlos und frevelhaft, er wollte sich wieder kindlich, bedürftig und demütig an die Menschen wie an seine Brüder anschließen, und sich von den gottlosen Gefühlen und Vorsätzen entfernen. Reizend und anlockend dünkte ihm die Ebene mit dem kleinen Fluss, der sich in mannigfaltigen Krümmungen um Wiesen und Gärten schmiegte; mit Furcht gedachte er an seinen

Aufenthalt in dem einsamen Gebirge und zwischen den wüsten Steinen, er sehnte sich, in diesem friedlichen Dorfe wohnen zu dürfen, und trat mit diesen Empfindungen in die menschenerfüllte Kirche.

Der Gesang war eben beendigt und der Priester hatte seine Predigt begonnen, von den Wohltaten Gottes in der Ernte: wie seine Güte alles speiset und sättiget was lebt, wie wunderbar im Getreide für die Erhaltung des Menschengeschlechtes gesorgt sei, wie die Liebe Gottes sich unaufhörlich im Brote mitteile und der andächtige Christ so ein unvergängliches Abendmahl gerührt feiern könne. Die Gemeinde war erbaut, des Jägers Blicke ruhten auf dem frommen Redner, und bemerkten dicht neben der Kanzel ein junges Mädchen, das vor allen andern der Andacht und Aufmerksamkeit hingegeben schien. Sie war schlank und blond, ihr blaues Auge glänzte von der durchdringendsten Sanftheit, ihr Antlitz war wie durchsichtig und in den zartesten Farben blühend. Der fremde Jüngling hatte sich und sein Herz noch niemals so empfunden, so voll Liebe und so beruhigt, so den stillsten und erquickendsten Gefühlen hingegeben. Er beugte sich weinend, als der Priester endlich den Segen sprach, er fühlte sich bei den heiligen Worten wie von einer unsichtbaren Gewalt durchdrungen, und das Schattenbild der Nacht in die tiefste Entfernung wie ein Gespenst hinab gerückt. Er verließ die Kirche, verweilte unter einer großen Linde, und dankte Gott in einem inbrünstigen Gebete, dass er ihn ohne sein Verdienst wieder aus den Netzen des bösen Geistes befreit habe.

Das Dorf feierte an diesem Tage das Erntefest und alle Menschen waren fröhlich gestimmt; die geputzten Kinder freuten sich auf die Tänze und Kuchen, die jungen Burschen richteten auf dem Platze im Dorfe, der von jungen Bäumen umgeben war, alles zu ihrer herbstlichen Festlichkeit ein, die Musikanten saßen und probierten ihre Instrumente. Christian ging noch einmal in das Feld hinaus, um sein Gemüt zu sammeln und seinen Betrachtungen nachzuhängen, dann kam er in das Dorf zurück, als sich schon alles zur Fröhlichkeit und zur Begehung des Festes vereiniget hatte. Auch die blonde Elisabeth war mit ihren Eltern zugegen, und der Fremde mischte sich in den frohen Haufen. Elisabeth tanzte, und er hatte unterdes bald mit dem Vater ein Gespräch angesponnen, der ein Pachter war und einer der reichsten Leute im Dorfe. Ihm schien die Jugend und das Gespräch des fremden Gastes zu gefallen, und so wurden sie in kurzer Zeit dahin einig, dass Christian als Gärtner bei ihm einziehen solle. Dieser konnte es unternehmen, denn er hoffte, dass ihm nun die Kenntnisse und Beschäftigungen zu statten kommen würden, die er in seiner Heimat so sehr verachtet hatte.

Jetzt begann ein neues Leben für ihn. Er zog bei dem Pachter ein und ward zu dessen Familie gerechnet; mit seinem Stande veränderte er auch seine Tracht. Er war so gut, so dienstfertig und immer freundlich, er stand seiner Arbeit so fleißig vor, dass ihm bald alle im Hause, vorzüglich aber die Tochter, gewogen wurden. So oft er sie am Sonntage zur Kirche gehn sah, hielt er ihr einen schönen

Blumenstrauß in Bereitschaft, für den sie ihm mit errötender Freundlichkeit dankte; er vermisste sie, wenn er sie an einem Tage nicht sah, dann erzählte sie ihm am Abend Märchen und lustige Geschichten. Sie wurden sich immer notwendiger, und die Alten, welche es bemerkten, schienen nichts dagegen zu haben, denn Christian war der fleißigste und schönste Bursche im Dorfe; sie selbst hatten vom ersten Augenblick einen Zug der Liebe und Freundschaft zu ihm gefühlt. Nach einem halben Jahre war Elisabeth seine Gattin. Es war wieder Frühling, die Schwalben und die Vögel des Gesanges kamen in das Land, der Garten stand in seinem schönsten Schmuck, die Hochzeit wurde mit aller Fröhlichkeit gefeiert, Braut und Bräutigam schienen trunken von ihrem Glücke. Am Abend spät, als sie in die Kammer gingen, sagte der junge Gatte zu seiner Geliebten: Nein, nicht jenes Bild bist du, welches mich einst im Traum entzückte und das ich niemals ganz vergessen kann, aber doch bin ich glücklich in deiner Nähe und selig in deinen Armen.

Wie vergnügt war die Familie, als sie nach einem Jahre durch eine kleine Tochter vermehrt wurde, welche man Leonora nannte. Christian wurde zwar zuweilen etwas ernster, indem er das Kind betrachtete, aber doch kam seine jugendliche Heiterkeit immer wieder zurück. Er gedachte kaum noch seiner vorigen Lebensweise, denn er fühlte sich ganz einheimisch und befriedigt. Nach einigen Monaten fielen ihm aber seine Eltern in die Gedanken, und wie sehr sich besonders sein Vater über sein ruhiges Glück, über seinen Stand als Gärtner und

Landmann freuen würde; es ängstigte ihn, dass er Vater und Mutter seit so langer Zeit ganz hatte vergessen können, sein eigenes Kind erinnerte ihn, welche Freude die Kinder den Eltern sind, und so beschloss er dann endlich, sich auf die Reise zu machen und seine Heimat wieder zu besuchen.

Ungern verließ er seine Gattin; alle wünschten ihm Glück, und er machte sich in der schönen Jahreszeit zu Fuß auf den Weg. Er fühlte schon nach wenigen Stunden, wie ihn das Scheiden peinige, zum ersten Mal empfand er in seinem Leben die Schmerzen der Trennung; die fremden Gegenstände erschienen ihm fast wild, ihm war, als sei er in einer feindseligen Einsamkeit verloren. Da kam ihm der Gedanke, dass seine Jugend vorüber sei, dass er eine Heimat gefunden, zu der er gehöre, in die sein Herz Wurzel geschlagen habe; er war fast im Begriff den verlornen Leichtsinn der vorigen Jahre zu beklagen, und es war ihm äußerst trübselig zu Mute, als er für die Nacht auf einem Dorfe in dem Wirtshause einkehren musste. Er begriff nicht, warum er sich von seiner freundlichen Gattin und den erworbenen Eltern entfernt habe, und verdrießlich und murrend machte er sich am Morgen auf den Weg, um seine Reise fortzusetzen.

Seine Angst nahm zu, indem er sich dem Gebirge näherte, die fernen Ruinen wurden schon sichtbar und traten nach und nach kenntlicher hervor, viele Bergspitzen hoben sich abgeründet aus dem blauen Nebel. Sein Schritt wurde zaghaft, er blieb oft stehen und verwunderte sich über seine Furcht, über die Schauer, die ihm mit jedem Schritte gedrängter nahe kamen. Ich kenne dich Wahnsinn wohl, rief er aus, und dein gefährliches Locken, aber ich will dir männlich widerstehn! Elisabeth ist kein schnöder Traum, ich weiß, dass sie jetzt an mich denkt, dass sie auf mich wartet und liebevoll die Stunden meiner Abwesenheit zählt. Sehe ich nicht schon Wälder wie schwarze Haare vor mir? Schauen nicht aus dem Bache die blitzenden Augen nach mir her? Schreiten die großen Glieder nicht aus den Bergen auf mich zu? – Mit diesen Worten wollte er sich um auszuruhen unter einen Baum nieder werfen, als er im Schatten desselben einen alten Mann sitzen sah, der mit der größten Aufmerksamkeit eine Blume betrachtete, sie bald gegen die Sonne hielt, bald wieder mit seiner Hand beschattete, ihre Blätter zählte, und überhaupt sich bemühte, sie seinem Gedächtnisse genau einzuprägen. Als er näher ging, erschien ihm die Gestalt so bekannt, und bald blieb ihm kein Zweifel übrig, dass der Alte mit der Blume sein Vater sei. Er stürzte ihm mit dem Ausdruck der heftigsten Freude in die Arme; jener war vergnügt, aber nicht überrascht, ihn so plötzlich wiederzusehen. Kömmst du mir schon entgegen, mein Sohn?, sagte der Alte, ich wusste, dass ich dich bald finden würde, aber ich glaubte nicht, dass mir schon am heutigen Tage die Freude widerfahren sollte. – Woher wusstet Ihr, Vater, dass Ihr mich antreffen würdet? – An dieser Blume, sprach der alte Gärtner; seit ich lebe, habe ich mir gewünscht, sie einmal sehen zu können, aber niemals ist es mir so gut geworden, weil sie sehr selten ist, und nur in Gebirgen wächst: ich machte mich auf dich zu suchen, weil deine Mutter gestorben ist und mir zu Hause die Einsamkeit zu drückend und trübselig war. Ich wusste nicht, wohin ich meinen Weg richten sollte, endlich wanderte ich durch das Gebirge, so traurig mir auch die Reise vorkam; ich suchte beiher nach der Blume, konnte sie aber nirgends entdecken, und nun finde ich sie ganz unvermutet hier, wo schon die schöne Ebene sich ausstreckt, daraus wusste ich, dass ich dich bald finden musste, und sieh, wie die liebe Blume mir geweissagt hat! Sie umarmten sich wieder, und Christian beweinte seine Mutter; der Alte aber fasste seine Hand und sagte: lass uns gehen, dass wir die Schatten des Gebirges bald aus den Augen verlieren, mir ist immer noch weh ums Herz von den steilen wilden Gestalten, von dem grässlichen Geklüft, von den schluchzenden Wasserbächen; lass uns das gute, fromme, ebene Land besuchen.

Sie wanderten zurück, und Christian ward wieder froher. Er erzählte seinem Vater von seinem neuen Glücke, von seinem Kinde und seiner Heimat; sein Gespräch machte ihn selbst wie trunken, und er fühlte im Reden erst recht, wie nichts mehr zu seiner Zufriedenheit ermangle. So kamen sie unter Erzählungen, traurigen und fröhlichen, in dem Dorfe an. Alle waren über die frühe Beendigung der Reise vergnügt, am meisten Elisabeth. Der alte Vater zog zu ihnen, und gab sein kleines Vermögen in ihre Wirtschaft; sie bildeten den zufriedensten und einträchtigsten Kreis von Menschen. Der Acker gedieh, der Viehstand mehrte sich, Christians Haus wurde in wenigen Jahren eins der ansehnlichsten im Orte; auch sah er sich bald als den Vater von mehreren Kindern.

Fünf Jahre waren auf diese Weise verflossen, als ein Fremder auf seiner Reise in ihrem Dorfe einkehrte, und in Christians Hause, weil es die ansehnlichste Wohnung war, seinen Aufenthalt nahm. Er war ein freundlicher, gesprächiger Mann, der vieles von seinen Reisen erzählte, der mit den Kindern spielte und ihnen Geschenke machte, und dem in kurzem alle gewogen waren. Es gefiel ihm so wohl in der Gegend, dass er sich einige Tage hier aufhalten wollte; aber aus den Tagen wurden Wochen, und endlich Monate. Keiner wunderte sich über die Verzögerung, denn alle hatten sich schon daran gewöhnt, ihn mit zur Familie zu zählen. Christian saß nur oft nachdenklich, denn es kam ihm vor, als kenne er den Reisenden schon von ehemals, und doch konnte er sich keiner Gelegenheit erinnern, bei welcher er ihn gesehen haben mochte. Nach dreien Monaten nahm der Fremde endlich Abschied und sagte: Lieben Freunde, ein wunderbares Schicksal und seltsame Erwartungen treiben mich in das nächste Gebirge hinein, ein zaubervolles Bild, dem ich nicht widerstehen kann, lockt mich; ich verlasse euch jetzt, und ich weiß nicht, ob ich wieder zu euch zurückkommen werde; ich habe eine Summe Geldes bei mir, die in euren Händen sicherer ist als in den meinigen, und deshalb bitte ich euch, sie zu verwahren; komme ich in Jahresfrist nicht zurück, so behaltet sie, und nehmet sie als einen Dank für eure mir bewiesene Freundschaft an.

So reiste der Fremde ab, und Christian nahm das Geld in Verwahrung. Er verschloss es sorgfältig und sah aus übertriebener Ängstlichkeit zuweilen wieder nach, zählte es über, ob nichts davon fehle, und machte sich viel damit zu tun. Diese Summe könnte uns recht glücklich machen, sagte er einmal zu seinem Vater, wenn der Fremde nicht zurückkommen sollte, für uns und unsre Kinder wäre auf immer gesorgt. Lass das Gold, sagte der Alte, darinne liegt das Glück nicht, uns hat bisher noch gottlob nichts gemangelt, und entschlage dich überhaupt dieser Gedanken.

Oft stand Christian in der Nacht auf, um die Knechte zur Arbeit zu wecken und selbst nach allem zu sehn; der Vater war besorgt, dass er durch übertriebenen Fleiß seiner Jugend und Gesundheit schaden möchte: daher machte er sich in einer Nacht auf, um ihn zu ermahnen, seine übertriebene Tätigkeit einzuschränken, als er ihn zu seinem Erstaunen bei einer kleinen Lampe am Tische sitzend fand, indem er wieder mit der größten Emsigkeit die Goldstücke zählte. Mein Sohn, sagte der Alte mit Schmerzen, soll es dahin mit dir kommen, ist dieses verfluchte Metall nur zu unserm Unglück unter dieses Dach gebracht? Besinne dich, mein Lieber, so muss dir der böse Feind Blut und Leben verzehren. – Ja, sagte Christian, ich verstehe mich selber nicht mehr, weder bei Tage noch in der Nacht lässt es mir Ruhe; seht, wie es mich jetzt wieder anblickt, dass mir der rote Glanz tief in mein Herz hineingeht! Horcht, wie es klingt, dies güldene Blut! das ruft mich, wenn ich schlafe, ich höre es, wenn Musik tönt, wenn der Wind bläst, wenn Leute auf der Gasse sprechen; scheint die Sonne, so sehe ich nur diese gelben Augen, wie es mir zublinzelt, und mir heimlich ein Liebeswort ins Ohr sagen will: so muss ich mich wohl nächtlicher Weise aufmachen, um nur seinem Liebesdrang genug zu tun, und dann fühle ich es innerlich jauchzen und frohlocken, wenn ich es mit meinen Fingern berühre, es wird vor Freude immer röter und herrlicher; schaut nur selbst die Glut der Entzückung an! – Der Greis nahm schaudernd und weinend den Sohn in seine Arme, betete und sprach dann: Christel, du musst dich wieder zum Worte Gottes wenden, du musst fleißiger und andächtiger in die Kirche gehen, sonst wirst du verschmachten und im traurigsten Elende dich verzehren.

Das Geld wurde wieder weggeschlossen, Christian versprach sich zu ändern und in sich zu gehn, und der Alte ward beruhigt. Schon war ein Jahr und mehr vergangen, und man hatte von dem Fremden noch nichts wieder in Erfahrung bringen können; der Alte gab nun endlich den Bitten seines Sohnes nach, und das zurückgelassene Geld wurde in Ländereien und auf andere Weise angelegt. Im Dorfe wurde bald von dem Reichtum des jungen Pachters gesprochen, und Christian schien außerordentlich zufrieden und vergnügt, sodass der Vater sich glücklich pries, ihn so wohl und heiter zu sehn: alle Furcht war jetzt in seiner Seele verschwunden. Wie sehr musste er daher erstaunen, als ihn an einem Abend Elisabeth beiseit nahm und unter Tränen erzählte, wie sie ihren Mann nicht mehr verstehe, er spreche so irre, vorzüglich des Nachts, er träume schwer, gehe oft im Schlafe lange in der Stube herum, ohne es zu wissen, und erzähle wunderbare Dinge, vor denen sie oft schaudern müsse. Am schrecklichsten sei ihr seine Lustigkeit am Tage, denn sein Lachen sei so wild und frech, sein Blick irre und fremd. Der Vater erschrak und die betrübte Gattin fuhr fort: Immer spricht er von dem Fremden, und behauptet, dass er ihn schon sonst gekannt habe, denn dieser fremde Mann sei eigentlich ein wunderschönes Weib; auch will er gar nicht mehr auf das Feld hinausgehn oder im Garten arbeiten, denn er sagt, er höre ein unterirdisches fürchterliches Ächzen, so wie er nur eine Wurzel ausziehe; er fährt zusammen und scheint sich vor allen Pflanzen und Kräutern wie vor Gespenstern zu entsetzen. Allgütiger Gott!, rief der Vater aus, ist der fürchterliche Hunger in ihn schon so fest hineingewachsen, dass es dahin hat kommen können? So ist sein verzaubertes Herz nicht menschlich mehr, sondern von kaltem Metall; wer keine Blume mehr liebt, dem ist alle Liebe und Gottesfurcht verloren.

Am folgenden Tage ging der Vater mit dem Sohne spazieren, und sagte ihm manches wieder, was er von Elisabeth gehört hatte; er ermahnte ihn zur Frömmigkeit, und dass er seinen Geist heiligen Betrachtungen widmen solle. Christian sagte: gern, Vater, auch ist mir oft ganz wohl, und es gelingt mir alles gut; ich kann auf lange Zeit, auf Jahre, die wahre Gestalt meines Innern vergessen, und gleichsam ein fremdes Leben mit Leichtigkeit führen: dann geht aber plötzlich wie ein neuer Mond das regierende Gestirn, welches ich selber bin, in meinem Herzen auf, und besiegt die fremde Macht. Ich könnte ganz froh sein, aber einmal, in einer seltsamen Nacht, ist mir durch die Hand ein geheimnisvolles Zeichen tief in mein Gemüt hinein geprägt; oft schläft und ruht die magische Figur, ich meine sie ist vergangen, aber dann quillt sie wie ein Gift plötzlich wieder hervor, und wiegt sich in allen Linien. Dann kann ich sie nur denken und fühlen, und alles umher ist verwandelt, oder vielmehr von dieser Gestaltung verschlungen worden. Wie der Wahnsinnige beim Anblick des Wassers sich entsetzt, und das empfangene Gift noch giftiger in ihm wird, so geschieht es mir bei allen eckigen Figuren, bei jeder Linie, bei jedem Strahl, alles will dann die inwohnende Gestalt entbinden und zur Geburt befördern, und mein Geist und Körper fühlt die Angst; wie sie das Gemüt durch ein Gefühl von außen empfing, so will es sie dann wieder quälend und ringend zum äußern Gefühl hinaus arbeiten, um ihrer los und ruhig zu werden.

Ein unglückliches Gestirn war es, sprach der Alte, das dich von uns hinweg zog; du warst für ein stilles Leben geboren, dein Sinn neigte sich zur Ruhe und zu den Pflanzen, da führte dich deine Ungeduld hinweg, in die Gesellschaft der verwilderten Steine: die Felsen, die zerrissenen Klippen mit ihren schroffen Gestalten haben dein Gemüt zerrüttet, und den verwüstenden Hunger nach dem Metall in dich gepflanzt. Immer hättest du dich vor dem Anblick des Gebirges hüten und bewahren müssen, und so dachte ich dich auch zu erziehen, aber es hat nicht sein sollen. Deine Demut, deine Ruhe, dein kindlicher Sinn ist von Trotz, Wildheit und Übermut verschüttet.

Nein, sagte der Sohn, ich erinnere mich ganz deutlich, dass mir eine Pflanze zuerst das Unglück der ganzen Erde bekannt gemacht hat, seitdem verstehe ich erst die Seufzer und Klagen, die allenthalben in der ganzen Natur vernehmbar sind, wenn man nur darauf hören will; in den Pflanzen, Kräutern, Blumen und Bäumen regt und bewegt sich schmerzhaft nur eine große Wunde, sie sind der Leichnam vormaliger herrlicher Steinwelten, sie bieten unserm Auge die schrecklichste Verwesung dar. Jetzt verstehe ich es wohl, dass es dies war, was mir jene Wurzel mit ihrem tiefgeholten Ächzen sagen wollte, sie vergaß sich in ihrem Schmerze und verriet mir alles. Darum sind alle grünen Gewächse so erzürnt auf mich, und stehn mir nach dem Leben; sie wollen jene geliebte Figur in meinem Herzen auslöschen, und in jedem Frühling mit ihrer verzerrten Leichenmiene meine Seele gewinnen. Unerlaubt und tückisch ist es, wie sie dich, alter Mann, hintergangen haben, denn von deiner Seele haben sie gänzlich Besitz genommen. Frage nur die Steine, du wirst erstaunen, wenn du sie reden hörst.

Der Vater sah ihn lange an, und konnte ihm nichts mehr antworten. Sie gingen schweigend zurück nach Hause, und der Alte musste sich jetzt ebenfalls vor der Lustigkeit seines Sohnes entsetzen, denn sie dünkte ihm ganz fremdartig, und als wenn ein andres Wesen aus ihm, wie aus einer Maschine, unbeholfen und ungeschickt heraus spiele. –

Das Erntefest sollte wieder gefeiert werden, die Gemeinde ging in die Kirche, und auch Elisabeth zog sich mit den Kindern an, um dem Gottesdienste beizuwohnen; ihr Mann machte auch Anstalten, sie zu begleiten, aber noch vor der Kirchentür kehrte er um, und ging tiefsinnend vor das Dorf hinaus. Er setzte sich auf die Anhöhe und sahe wieder die rauchenden Dächer unter sich, er hörte den Gesang und Orgelton von der Kirche her, geputzte Kinder tanzten und spielten auf dem grünen Rasen. Wie habe ich mein Leben in einem Traume verloren!, sagte er zu sich selbst; Jahre sind verflossen, dass ich von hier hinunterstieg, unter die Kinder hinein; die damals hier spielten, sind heute dort ernsthaft in der Kirche; ich trat auch in das Gebäude, aber heut ist Elisabeth nicht mehr ein blühendes kindliches Mädchen, ihre Jugend ist vorüber, ich kann nicht mit der Sehnsucht wie damals den Blick ihrer Augen aufsuchen: so habe ich mutwillig ein hohes ewiges Glück aus der Acht gelassen, um ein vergängliches und zeitliches zu gewinnen.

Er ging sehnsuchtsvoll nach dem benachbarten Walde, und vertiefte sich in seine dichtesten Schatten. Eine schauerliche Stille umgab ihn, keine Luft rührte sich in den Blättern. Indem sah er einen Mann von ferne auf sich zukommen, den er für den Fremden erkannte; er erschrak, und sein erster Gedanke war, jener würde sein Geld von ihm zurückfordern. Als die Gestalt etwas näher kam, sah er, wie sehr er sich geirrt hatte, denn die Umrisse, welche er wahrzunehmen gewähnt, zerbrachen wie in sich selber; ein altes Weib von der äußersten Hässlichkeit kam auf ihn zu, sie war in schmutzige Lumpen gekleidet, ein zerrissenes Tuch hielt einige greise Haare zusammen, sie hinkte an einer Krücke. Mit fürchterlicher Stimme redete sie Christian an, und fragte nach seinem Namen und Stande, er antwortete ihr umständlich und sagte darauf: aber wer bist du? Man nennt mich das Waldweib, sagte jene, und jedes Kind weiß von mir zu erzählen; hast du mich niemals gekannt? Mit den letzten Worten wandte sie sich um, und Christian glaubte zwischen den Bäumen den goldenen Schleier, den hohen Gang, den mächtigen Bau der Glieder wieder zu erkennen. Er wollte ihr nacheilen, aber seine Augen fanden sie nicht mehr.

Indem zog etwas Glänzendes seine Blicke in das grüne Gras nieder. Er hob es auf, und sahe die magische Tafel mit den farbigen Edelgesteinen, mit der seltsamen Figur wieder, die er vor so manchem Jahr verloren hatte. Die Gestalt und die bunten Lichter drückten mit der plötzlichsten Gewalt auf alle seine Sinne. Er fasste sie recht fest an, um sich zu überzeugen, dass er sie wieder in seinen Händen halte, und eilte dann damit nach dem Dorfe zurück. Der Vater begegnete ihm. Seht, rief er ihm zu, das, wovon ich euch so oft erzählt habe, was ich nur im Traum zu sehn glaubte, ist jetzt gewiss und wahrhaftig mein. Der Alte betrachtete die Tafel lange und sagte: mein Sohn, mir schaudert recht im Herzen, wenn ich die Lineamente dieser Steine betrachte und ahndend den Sinn dieser Wortfügung errate; sieh her, wie kalt sie funkeln, welche grausame Blicke sie von sich geben, blutdürstig, wie das rote Auge des Tigers. Wirf diese Schrift weg, die dich kalt und grausam macht, die dein Herz versteinern muss:

Sieh die zarten Blüten keimen,
Wie sie aus sich selbst erwachen,
Und wie Kinder aus den Träumen
dir entgegen lieblich lachen.

Ihre Farbe ist im Spielen
Zugekehrt der goldnen Sonne,
Deren heißen Kuss zu fühlen,
Das ist ihre höchste Wonne,

An den Küssen zu verschmachten,
Zu vergehn in Lieb' und Wehmut;
Also stehn die eben lachten
Bald verwelkt in stiller Demut.

Das ist ihre höchste Freude,
Im Geliebten sich verzehren,
Sich im Tode zu verklären,
Zu vergehn in süßem Leide.

Dann ergießen sie die Düfte,
Ihre Geister, mit Entzücken,
Es berauschen sich die Lüfte
Im balsamischen Erquicken.

Liebe kommt zum Menschenherzen,
Regt die goldnen Saitenspiele,
Und die Seele spricht: ich fühle
Was das Schönste sei, wonach ich ziele,
Wehmut, Sehnsucht und der Liebe Schmerzen.

Wunderbare, unermessliche Schätze, antwortete der Sohn, muss es noch in den Tiefen der Erde geben. Wer diese ergründen, heben und an sich reißen könnte! Wer die Erde so wie eine geliebte Braut an sich zu drücken vermöchte, dass sie ihm in Angst und Liebe gern ihr Kostbarstes gönnte! Das Waldweib hat mich gerufen, ich gehe sie zu suchen. Hier neben an ist ein alter verfallener Schacht, schon vor Jahrhunderten von einem Bergmanne aufgegraben; vielleicht, dass ich sie dort finde!

Er eilte fort. Vergeblich strebte der Alte, ihn zurückzuhalten, jener war seinen Blicken bald entschwunden. Nach einigen Stunden, nach vieler Anstrengung gelangte der Vater an den alten Schacht; er sah die Fußstapfen im Sande am Eingange eingedrückt, und kehrte weinend um, in der Überzeugung, dass sein Sohn im Wahnsinn hineingegangen, und in alte gesammelte Wässer und Untiefen versunken sei.

Seitdem war er unaufhörlich betrübt und in Tränen. Das ganze Dorf trauerte um den jungen Pachter, Elisabeth war untröstlich, die Kinder jammerten laut. Nach einem halben Jahre war der alte Vater gestorben, Elisabeths Eltern folgten ihm bald nach, und sie musste die große Wirtschaft allein verwalten. Die angehäuften

Geschäfte entfernten sie etwas von ihrem Kummer, die Erziehung der Kinder, die Bewirtschaftung des Gutes ließen ihr für Sorge und Gram keine Zeit übrig. So entschloss sie sich nach zwei Jahren zu einer neuen Heirat, sie gab ihre Hand einem jungen heitern Manne, der sie von Jugend auf geliebt hatte. Aber bald gewann alles im Hause eine andre Gestalt. Das Vieh starb, die Knechte und Mägde waren untreu, Scheuren mit Früchten wurden vom Feuer verzehrt, Leute in der Stadt, bei welchen Summen standen, entwichen mit dem Gelde. Bald sah sich der Wirt genötigt, einige Äcker und Wiesen zu verkaufen; aber ein Misswachs und teures Jahr brachten ihn nur in neue Verlegenheit. Es schien nicht anders, als wenn das so wunderbar erworbene Geld auf allen Wegen eine schleunige Flucht suchte; indessen mehrten sich die Kinder, und Elisabeth sowohl als ihr Mann wurden in der Verzweiflung unachtsam und saumselig; er suchte sich zu zerstreuen, und trank häufigen und starken Wein, der ihn verdrießlich und jähzornig machte, sodass oft Elisabeth mit heißen Zähren ihr Elend beweinte. So wie ihr Glück wich, zogen sich auch die Freunde im Dorfe von ihnen zurück, so dass sie sich nach einigen Jahren ganz verlassen sahn, und sich nur mit Mühe von einer Woche zur andern hinüber fristeten.

Es waren ihnen nur wenige Schafe und eine Kuh übrig geblieben, welche Elisabeth oft selber mit den Kindern hütete. So saß sie einst mit ihrer Arbeit auf dem Anger, Leonore zu ihrer Seite und ein säugendes Kind an der Brust, als sie von ferne herauf eine wunderbare

Gestalt kommen sahen. Es war ein Mann in einem ganz zerrissenen Rocke, barfüßig, sein Gesicht schwarzbraun von der Sonne verbrannt, von einem langen struppigen Bart noch mehr entstellt; er trug keine Bedeckung auf dem Kopf, hatte aber von grünem Laube einen Kranz durch sein Haar geflochten, welcher sein wildes Ansehn noch seltsamer und unbegreiflicher machte. Auf dem Rücken trug er in einem fest geschnürten Sack eine schwere Ladung, im Gehen stützte er sich auf eine junge Fichte.

Als er näher kam, setzte er seine Last nieder, und holte schwer Atem. Er bot der Frau guten Tag, die sich vor seinem Anblick entsetzte, das Mädchen schmiegte sich an ihre Mutter. Als er ein wenig geruht hatte, sagte er: nun komme ich von einer sehr beschwerlichen Wanderschaft aus dem rauesten Gebirge auf Erden, aber ich habe dafür auch endlich die kostbarsten Schätze mitgebracht, die die Einbildung nur denken, oder das Herz sich wünschen kann. Seht hier, und erstaunt! – Er öffnete hierauf seinen Sack und schüttete ihn aus; dieser war voller Kiesel, unter denen große Stücke Quarz, nebst andern Steinen lagen. Es ist nur, fuhr er fort, dass diese Juwelen noch nicht poliert und geschliffen sind, darum fehlt es ihnen noch an Auge und Blick; das äußerliche Feuer mit seinem Glanze ist noch zu sehr in ihrem inwendigen Herzen begraben, aber man muss es nur herausschlagen, dass sie sich fürchten, dass keine Verstellung ihnen mehr nützt, so sieht man wohl, wes Geistes Kind sie sind. – Er nahm mit diesen Worten einen harten Stein und schlug ihn heftig gegen einen andern, sodass die roten Funken heraussprangen. Habt ihr den Glanz gesehen?, rief er aus; so sind sie ganz Feuer und Licht, sie erhellen das Dunkel mit ihrem Lachen, aber noch tun sie es nicht freiwillig. Er packte hierauf alles wieder sorgfältig in seinen Sack, welchen er fest zusammenschnürte. Ich kenne dich recht gut, sagte er dann wehmütig, du bist Elisabeth. – Die Frau erschrak. Wie ist dir doch mein Name bekannt?, fragte sie mit ahndendem Zittern. – Ach, lieber Gott!, sagte der Unglückselige, ich bin ja der Christian, der einst als Jäger zu euch kam, kennst du mich denn nicht mehr?

Sie wusste nicht, was sie im Erschrecken und tiefsten Mitleiden sagen sollte. Er fiel ihr um den Hals, und küsste sie. Elisabeth rief aus: O Gott! mein Mann kommt!

Sei ruhig, sagte er, ich bin dir so gut wie gestorben; dort im Walde wartet schon meine Schöne, die Gewaltige, auf mich, die mit dem goldenen Schleier geschmückt ist. Dieses ist mein liebstes Kind, Leonore. Komm her, mein teures, liebes Herz, und gib mir auch einen Kuss, nur einen einzigen, dass ich einmal wieder deinen Mund auf meinen Lippen fühle, dann will ich euch verlassen.

Leonore weinte; sie schmiegte sich an ihre Mutter, die in Schluchzen und Tränen sie halb zum Wandrer lenkte, halb zog sie dieser zu sich, nahm sie in die Arme, und drückte sie an seine Brust. – Dann ging er still fort, und im Walde sahen sie ihn mit dem entsetzlichen Waldweibe sprechen.

Was ist euch?, fragte der Mann, als er Mutter und Tochter blass und in Tränen aufgelöst fand. Keiner wollte ihm Antwort geben.

Der Unglückliche ward aber seitdem nicht wieder gesehen.

Mit dem Schwindel, dem Defekt der Phantasie, das weiß und verfolgt Tieck, steht alles auf dem Spiel. Die schwindelnde Einbildungskraft reißt alles aus den Fugen, denn, so Tieck, »es ist in ihr keine Realität«. Und mit der ›Realität‹ stehen ›Welt‹, ›Wahrheit‹, ›Subjekt‹ zur Disposition, auch natürlich die Kunst: »Man muss nur wissen«, pointiert August Wilhelm Schlegel, »dass die Fantasie, wodurch uns erst die Welt entsteht, und die wodurch Kunstwerke gebildet werden, dieselbe Kraft ist«. Ein literarischer Text ist also lediglich eine Folge von Einbildungen, die sich in kultivierten Ordnungen oder eben wilden Unordnungen befinden. Tieck wählt die Unordnung:

> In diesen Natur-Mährchen mischt sich das Liebliche mit dem Schrecklichen, das Seltsame mit dem Kindischen, und verwirrt unsre Phantasie bis zum poetischen Wahnsinn, um diesen selbst nur in unserm Innern zu lösen und frei zu machen.

So heißt es im geselligen Gespräch des *Phantasus,* in dem Tieck 1812 seine frühromantischen Werke versammelt und kommentiert. Die *Straußenfedern*-Erzählungen nimmt Tieck nicht in den *Phantasus* auf; doch *Der Blonde Eckbert* und *Der Runenberg* finden hier ihren Ort. Denn der Schwindel, der besondere Wahnsinn, die »tumultuarische« Verrückung sind nun unumwunden die beabsichtigte Wirkung. Poetische Sprache, poetische Textur und Praxis sollen sich so bilden, dass der Vorstellung und in Folge dem Begreifen »nichts« ist, »worauf wir unser Auge fixieren könnten«. Erzeugt wird bloß »unaufhörliche Verwirrung«: »Keine Vorstellung bleibt stehend und fest«, schreibt Tieck im Briefwechsel mit Wackenroder, »eine wälzt sich über die andere«, die »Aufmerksamkeit« wird »beständig zerstreut«, nichts kommt in der »ununterbrochenen Beschäftigung unsrer Phantasie« zur Ruhe, »die Seele wird in eine Art von Schwindel versetzt«.

So führt die Poetik des Schwindels die Lesenden in einen Texttaumel voller Plötzlichkeiten, Umwendungen, Vermischungen: In »unbegreiflich schneller Beweglichkeit« wird erzählt, ständig wechselnd, sich widersprechend, hin und her springend, sich vermischend, gegen alle Sach-, Sprach- und Erzähllogik. Das infiziert die Phantasie der Lesenden, die nun den Schwindel selbst vollbringt. In verwirrender Weise wechselt und vermischt sich auch der Erzähler plötzlich, kehrt sich um, ist selber »nichts, worauf wir unser Auge fixieren könnten« und lässt den ganzen Text zu einem solchen fürchterlichen Nichts werden. Besonders hart trifft das die Lesenden des *Blonden Eckbert:* Unentwegt wird die narrative Konsistenz beschädigt, der Erzähler unternimmt unmögliche, sich selber demontierende erzählerische Operationen, bis er, das Erzählen, der Text, die Phantasie der Lesenden wie die Figuren – so enden *Eckbert* und Eckbert – »wahnsinnig in den letzten Zügen« verscheiden.

Von einer solchen Erfahrung berichtet schon einer der ersten Leser des *Eckbert,* der dänische Romantiker Hinrich Steffens:

> Ich kann es nicht läugnen, dass diese Richtung der Tieck'schen Poesie ein fast gefährlicher Moment meines Daseins geworden ist, und doch zugleich mehr als irgend eine andere dazu gedient hat, mich vor der Tiefe der menschlichen sittlichen Verirrung warnend abzuschrecken. Tage und Nächte verlebte ich, von grauenhaften Träumen verfolgt. Ich habe es nie dahin gebracht, was auf solche Weise mit fast frevelhaftem Grauen in das Innerste des Gemütes hineinwühlte, wie später Tiecks Liebeszauber, mit künstlerischer Gleichgültigkeit und ruhiger Objektivität betrachten zu können. Denn eine ähnliche dunkle Verlockung ruhte in meinem Innersten, und die dämonischen Kräfte, die sich hinter Übermut und Leichtsinn verbargen, traten lockend hervor, waren nur durch anstrengende wiederholte Arbeit zu verscheuchen.

Steffens wird vom Schwindel erfasst und findet nur »durch anstrengende wiederholte Arbeit« wieder aus ihm heraus. Für einen solchen Ausweg interessiert sich Tieck erst einmal nicht. So verfestigt sich auch seine Poetik des Schwindels nie zu einer einfachen Gebrauchsanweisung für die Produktion taumelnder Texte. Eine Poetik des Schwindels ist notwendig immer auch Anti-Poetik. Das tollkühn-wilde Unterfangen einer Selbstvernichtung poetischen Sprechens, einer Selbstvernichtung der Phantasie und damit von ›Wirklichkeit‹, ›Welt‹ und ›Subjekt‹ ist notwendig instabil, ephemer. Für Steffens wird das im *Blonden Eckbert* in besonderer Intensität erfahrbar. Gegenüber dem *Liebeszauber* bewahrt er eine Haltung »ruhiger Objektivität«. Das aber zeugt weniger von der Harmlosigkeit dieser Erzählung als von den harten Nerven des schwindelerprobten Lesers.

Liebeszauber

Tief denkend saß Emil an seinem Tische und erwartete seinen Freund Roderich. Das Licht brannte vor ihm, der Winterabend war kalt, und er wünschte heut seinen Reisegefährten herbei, so gern er wohl sonst dessen Gesellschaft vermied, denn an diesem Abend wollte er ihm ein Geheimnis entdecken und sich Rat von ihm erbitten. Der menschenscheue Emil fand bei allen Geschäften und Vorfällen des Lebens so viele Schwierigkeiten, so unübersteigliche Hindernisse, dass ihm das Schicksal fast in einer ironischen Laune diesen Roderich zugeführt zu haben schien, der in allen Dingen das Gegenteil seines Freundes zu nennen war. Unstet, flatterhaft, von jedem ersten Eindruck bestimmt und begeistert, unternahm er alles, wusste für alles Rat, war ihm keine Unternehmung zu schwierig, konnte ihn kein Hindernis abschrecken: aber im Verlaufe eines Geschäftes ermüdete und erlahmte er eben so schnell, als er anfangs elastisch und begeistert gewesen war, alles was ihn dann hinderte, war für ihn kein Sporn, seinen Eifer zu vermehren, sondern es veranlasste ihn nur, das zu verachten, was er so hitzig unternommen hatte, sodass Roderich alle seine Pläne eben so ohne Ursach liegen ließ und saumselig vergaß, als er sie unbesonnen unternommen hatte. Daher verging kein Tag, dass beide Freunde nicht in Krieg gerieten, der ihrer Freundschaft den Tod zu drohen schien, doch war vielleicht dasjenige, was sie dem Anscheine nach trennte, nur das, was sie am innigsten verband; beide liebten sich herzlich, aber beide fanden eine große Genugtuung darin, dass einer über den andern die gegründetsten Klagen führen konnte.

Emil, ein reicher junger Mann von reizbarem und melancholischem Temperament war nach dem Tode seiner Eltern Herr seines Vermögens; er hatte eine Reise angetreten, um sich auszubilden, befand sich aber nun schon seit einigen Monaten in einer ansehnlichen Stadt, die Freuden des Karnevals zu genießen, um welche er sich niemals bemühte, um bedeutende Verabredungen über sein Vermögen mit Verwandten zu treffen, die er kaum noch besucht hatte. Unterwegs war er auf den unsteten allzubeweglichen Roderich gestoßen, der mit seinen Vormündern in Unfrieden lebte, und um sich ganz von diesen und ihren lästigen Vermahnungen los zu machen, begierig die Gelegenheit ergriff, welche ihm sein neuer Freund anbot, ihn als Gefährten auf seiner Reise mitzunehmen. Auf dem Wege hatten sie sich schon oft wieder trennen wollen, aber beide hatten in jeder Streitigkeit nur um so deutlicher gefühlt, wie unentbehrlich sie sich wären. Kaum waren sie in einer Stadt aus dem Wagen gestiegen, so hatte Roderich schon alle Merkwürdigkeiten des Orts gesehen, um sie am folgenden Tage zu vergessen, während Emil sich eine Woche aus Büchern gründlich vorbereitete, um nichts aus der Acht zu lassen, wovon er doch nachher aus Trägheit vieles seiner Aufmerksamkeit nicht würdigte; Roderich hatte gleich tausend Bekanntschaften gemacht und alle öffentlichern Örter besucht, führte auch nicht selten seine neu erworbenen Freunde auf Emils einsames Zimmer, wo er diesen dann mit ihnen allein ließ, wenn sie anfingen ihm Langeweile zu machen. Eben so oft brachte er den bescheidenen Emil in Verlegenheit, wenn er dessen Verdienste und Kenntnisse gegen Gelehrte und einsichtsvolle Männer über die Gebühr erhob, und diesen zu verstehn gab, wie vieles sie in Sprachen, Altertümern, oder Kunstkenntnissen von seinem Freunde lernen könnten, ob er gleich selbst niemals die Zeit finden konnte, über diese Gegenstände seinen Gefährten anzuhören, wenn sich das Gespräch dahin lenkte. War nun Emil einmal zur Tätigkeit aufgelegt, so konnte er fast darauf rechnen, dass sein schwärmender Freund sich in der Nacht auf einem Balle, oder einer Schlittenfahrt erkältet habe, und das Bett hüten müsse, sodass Emil in Gesellschaft des lebendigsten, unruhigsten und mitteilsamsten aller Menschen in der größten Einsamkeit lebte.

Heute erwartete ihn Emil gewiss, weil er ihm das feierliche Versprechen hatte geben müssen, den Abend mit ihm zuzubringen, um zu erfahren, was schon seit Wochen seinen tiefsinnigen Freund gedrückt und beängstigt habe. Emil schrieb indes folgende Verse nieder.

Wie lieb und hold ist Frühlingsleben,
Wenn alle Nachtigallen singen,
Und wie die Tön' in Bäumen klingen
In Wonne Laub und Blüten beben.

Wie schön im goldnen Mondenscheine
Das Spiel der lauen Abendlüfte,
Die, auf den Flügeln Lindendüfte,
Sich jagen durch die stillen Haine.

Wie herrlich glänzt die Rosenpracht,
Wenn Liebreiz rings die Felder schmücket,
Die Lieb' aus tausend Rosen blicket,
Aus Sternen ihrer Wonne-Nacht.

Doch schöner dünkt mir, holder, lieber,
Des kleinen Lichtleins blass Geflimmer,
Wenn sie sich zeigt im engen Zimmer,
Späh' ich in Nacht zu ihr hinüber,

Wie sie die Flechten löst und bindet,
Wie sie im Schwung der weißen Hand
Anschmiegt dem Leibe hell Gewand,
Und Kränz' in braune Locken windet.

Wie sie die Laute lässt erklingen,
Und Töne, aufgejagt, erwachen,
Berührt von zarten Fingern lachen,
Und scherzend durch die Saiten springen;

Sie einzufangen schickt sie Klänge
Gesanges fort, da flieht mit Scherzen
Der Ton, sucht Schirm in meinem Herzen,
Dahin verfolgen die Gesänge.

O lasst mich doch, ihr Bösen frei!
Sie riegeln sich dort ein und sprechen:
Nicht weichen wir, bis dies wird brechen,
Damit du weißt, was Lieben sei.

Emil stand ungeduldig auf. Es ward finsterer und Roderich kam nicht, dem er seine Liebe zu einer Unbekannten, die ihm gegen über wohnte und ihn tagelang zu Hause, und Nächte hindurch wachend erhielt, bekennen wollte. Jetzt schalken Fußtritte die Treppe herauf, die Tür, ohne dass man anklopfte, eröffnete sich, und herein traten zwei bunte Masken mit widrigen Angesichtern, der eine ein Türke, in roter und blauer Seide gekleidet, der andre ein Spanier, blassgelb und rötlich, mit vielen schwankenden Federn auf dem Hute. Als Emil ungeduldig werden wollte, nahm Roderich die Maske ab, zeigte sein wohl bekanntes lachendes Gesicht und sagte: ei, mein Liebster, welche grämliche Miene! Sieht man so aus zur Karnevalszeit? Ich und unser lieber junger Offizier kommen dich abzuholen, heut ist großer Ball auf dem Maskensaale, und da ich weiß, dass du es verschworen hast, anders, als in deinen schwarzen Kleidern zu gehn, die du täglich trägst, so komm nur so mit, wie du da bist, denn es ist schon ziemlich spät.

Emil war erzürnt und sagte: du hast, wie es scheint, deiner Gewohnheit nach ganz unsre Abrede vergessen; sehr Leid tut es mir, (indem er sich zum Fremden wandte) dass ich Sie unmöglich begleiten kann, mein Freund ist zu voreilig gewesen, es in meinem Namen zu versprechen; ich kann überhaupt nicht ausgehn, da ich etwas Wichtiges mit ihm abzureden habe.

Der Fremde, welcher bescheiden war und Emils Absicht verstand, entfernte sich; Roderich aber nahm höchst gleichgültig die Maske wieder vor, stellte sich vor den Spiegel und sagte: nicht wahr, man sieht eigentlich ganz scheußlich aus? Es ist im Grunde eine geschmacklose widerwärtige Erfindung.

Das ist gar keine Frage, erwiderte Emil im höchsten Unwillen. Dich zur Karikatur machen, und dich betäuben gehört eben zu den Vergnügungen, denen du am liebsten nachjagst.

Weil du nicht tanzen magst, sagte jener, und den Tanz für eine verderbliche Erfindung hältst, so soll auch Niemand anders lustig sein. Wie verdrüsslich, wenn ein Mensch aus lauter Eigenheiten zusammengesetzt ist.

Gewiss, erwiderte der erzürnte Freund, und ich habe Gelegenheit genug, dies an dir zu beobachten; ich glaubte, dass du mir nach unsrer Abrede diesen Abend schenken würdest, aber –

Aber es ist ja Karneval, fuhr jener fort, und alle meine Bekannten und einige Damen erwarten mich auf dem heutigen großen Balle. Bedenke nur, mein Lieber, dass es wahre Krankheit in dir ist, dass dir dergleichen Anstalten so unbillig zuwider sind.

Emil sagte: wer von uns beiden krank zu nennen ist, will ich nicht untersuchen, dein unbegreiflicher Leichtsinn, deine Sucht, dich zu zerstreuen, dein Jagen nach Vergnügungen, die dein Herz leer lassen, scheint mir wenigstens keine Seelengesundheit; auch in gewissen Dingen könntest du wohl meiner Schwachheit, wenn es denn einmal dergleichen sein soll, nachgeben, und es gibt nichts auf der Welt, was mich so durch und durch verstimmt, als ein Ball mit seiner fürchterlichen Musik. Man hat sonst wohl gesagt, die Tanzenden müssten einem Tauben, welcher die Musik nicht vernimmt, als Rasende erscheinen; ich aber meine, dass diese schreckliche Musik selbst, dies Umherwirbeln weniger Töne in widerlicher Schnelligkeit, in jenen vermaledeiten Melodien, die sich unserm Gedächtnisse, ja ich möchte sagen unserm Blut unmittelbar mitteilen, und die man nachher auf lange nicht wieder los werden kann, dass dies die Tollheit und Raserei selbst sei, denn wenn mir das Tanzen noch irgend erträglich sein soll, so müsste es ohne Musik geschehn.

Nun sieh, wie paradox!, antwortete der Maskierte; du kömmst so weit, dass du das Natürlichste, Unschuldigste und Heiterste von der Welt unnatürlich, ja grässlich finden willst.

Ich kann nicht für mein Gefühl, sagte der Ernste, dass mich diese Töne von Kindheit auf unglücklich gemacht, und oft bis zur Verzweiflung getrieben haben: in der Tonwelt sind sie für mich die Gespenster, Larven und Furien, und so flattern sie mir auch ums Haupt, und grinsen mich mit entsetzlichem Lachen an.

Nervenschwäche, sagte jener, so wie dein übertriebener Abscheu gegen Spinnen und manch anderes unschuldiges Gewürm.

Unschuldig nennst du sie, sagte der Verstimmte, weil sie dir nicht zuwider sind. Für denjenigen aber, dem die Empfindung des Ekels und des Abscheus, dasselbe unnennbare Grauen, wie mir, bei ihrem Anblick in der Seele aufgeht und durch sein ganzes Wesen zuckt, sind diese grässlichen Untiere, wie Kröten und Spinnen, oder gar die widerwärtigste aller Kreaturen, die Fledermaus, nicht gleichgültig und unbedeutend, sondern ihr Dasein ist dem seinigen auf das feindlichste entgegen gesetzt. Wahrlich, man möchte über die Ungläubigen lächeln, mit deren Imagination sich Gespenster und grauenhafte Larven, samt jenen Geburten der Nacht nicht vereinigen lassen, die wir in Krankheiten sehn, oder die uns Dantes Gemälde zeigen, da die gewöhnteste Wirklichkeit um uns her die fürchterlichen verzerrten Musterbilder dieser Schrecken uns vorhält. Sollten wir in der Tat das Schöne lieben können, ohne uns vor diesen Fratzen zu entsetzen?

Warum entsetzen?, fragte Roderich, warum soll uns das große Reich der Gewässer und der Meere gerade diese Furchtbarkeit vorhalten, an die sich deine Vorstellung gewöhnt hat, und nicht vielmehr seltsame, unterhaltende und possierliche Verkleidungen, sodass das ganze Gebiet nicht anders, als etwa wie ein komischer Ballsaal anzusehn wäre? Deine Eigenheiten aber gehn noch weiter, denn so wie du die Rose mit einer gewissen Abgötterei liebst, so sind dir andre Blumen eben so lebhaft verhasst; was hat dir nur die gute liebe Feuerlilie getan, wie so manch andres Kind des Sommers? So sind dir manche Farben zuwider, manche Düfte und viele Gedanken, und du tust nichts dazu, dich gegen diese Stimmungen zu verhärten, sondern du gibst ihnen weichlich nach, und am Ende wird eine Sammlung von dergleichen Seltsamkeiten die Stelle einnehmen, die dein Ich besitzen sollte.

Emil war im tiefsten Herzen erzürnt und antwortete nicht. Er hatte es nun schon aufgegeben, sich jenem mitzuteilen, auch schien der leichtsinnige Freund gar keine Begier zu haben, das Geheimnis zu erfahren, welches ihm sein melancholischer Gefährte mit so wichtiger Miene angekündigt hatte; er saß gleichgültig im Lehnsessel, mit seiner Maske spielend, als er plötzlich ausrief: sei doch so gut, Emil, und leih mir deinen großen Mantel.

Wozu?, fragte jener.

Ich höre drüben in der Kirche Musik, antwortete Roderich, und habe schon alle Abend diese Stunde versäumt, heut kommt sie mir recht gelegen, unter deinem Mantel kann ich diese Kleidung verbergen, auch Maske und Turban darunter verstecken, und wenn sie geendigt ist, mich sogleich nach dem Balle begeben.

Murrend suchte Emil den Mantel aus dem Schranke, gab ihn dem Aufgestandenen, und zwang sich zu einem ironischen Lächeln. Da hast du meinen türkischen Dolch, den ich gestern gekauft habe, sagte Roderich, indem er sich einhüllte, heb' ihn auf; es taugt nicht, dergleichen ernsthaftes Zeug als Spielerei bei sich zu haben, man kann denn doch nicht wissen, wozu es gemissbraucht würde, wenn Zank oder anderer Unfug die Gelegenheit herbei führte; morgen sehn wir uns wieder, lebe wohl und bleibe vergnügt. Er wartete auf keine Erwiderung, sondern eilte die Treppe hinunter.

Als Emil allein war, suchte er seinen Zorn zu vergessen und das Betragen seines Freundes von der lächerlichen Seite zu nehmen. Er betrachtete den blanken schön gearbeiteten Dolch, und sagte: wie muss es doch dem Menschen sein, der solch scharfes Eisen in die Brust des Gegners stößt, oder gar einen geliebten Gegenstand damit verletzt? Er schloss ihn ein, lehnte dann behutsam die Läden seines Fensters zurück und sah über die enge Gasse. Aber kein Licht regte sich, es war finster im Hause gegen über; die teure Gestalt, die dort wohnte und sich um diese Zeit bei häuslicher Beschäftigung zu zeigen pflegte, schien entfernt. Vielleicht gar auf dem Balle!, dachte Emil, so wenig es auch ihrer eingezogenen Lebensart ziemte. Plötzlich aber zeigte sich ein Licht, und die Kleine, welche seine unbekannte Geliebte um sich hatte, und mit der sie sich am Tage wie am Abend vielfältig abgab, trug ein Licht durch das Zimmer und lehnte die Fensterläden an. Eine Spalte blieb hell, groß genug, um von Emils Standpunkt einen Teil des kleinen Zimmers zu überschauen, und dort stand oft der Glückliche bis nach Mitternacht wie bezaubert, und beobachtete jede Bewegung der Hand, jede Miene seiner Geliebten; er freute sich, wenn sie dem kleinen Kinde lesen lehrte, oder sie im Nähen und Stricken unterrichtete. Auf seine Erkundigung hatte er erfahren, dass die Kleine eine arme Waise sei, die das schöne Mädchen mitleidig zu sich genommen hatte, um sie zu erziehn. Emils Freunde begriffen nicht, warum er in dieser engen Gasse wohne, in einem unbequemen Hause, weshalb man ihn so wenig in Gesellschaften sehe, und womit er sich beschäftige. Unbeschäftigt, in der Einsamkeit, war er glücklich, nur unzufrieden mit sich und seinem menschenscheuen Charakter, dass er es nicht wage, die nähere Bekanntschaft dieses schönen Wesens zu suchen, so freundlich sie auch einige Mal am Tage gegrüßt und gedankt hatte. Er wusste nicht, dass sie eben so trunken zu ihm hinüber spähte, und ahndete nicht, welche Wünsche sich in ihrem Herzen bildeten, welcher Anstrengung, welcher Opfer sie sich fähig fühlte, um nur zum Besitz seiner Liebe zu gelangen.

Nachdem er einige Mal auf und nieder gegangen war, und das Licht sich mit dem Kinde wieder entfernt hatte, fasste er plötzlich den Entschluss, seiner Neigung und Natur zuwider, auf den Ball zu gehen, weil es ihm einfiel, dass seine Unbekannte eine Ausnahme von ihrer eingezogenen Lebensweise könne gemacht haben, um auch einmal die Welt und ihre Zerstreuungen zu genießen. Die Gassen waren hell erleuchtet, der Schnee knisterte unter seinen Füßen, Wagen rollten ihm vorüber, und Masken in den verschiedensten Trachten pfiffen und zwitscherten an ihm vorbei. Aus vielen Häusern ertönte die ihm so verhasste Tanzmusik, und er konnte es nicht über sich gewinnen, auf dem kürzesten Wege nach dem Saale zu gehn, zu welchem aus allen Richtungen die Menschen strömten und drängten. Er ging um die alte Kirche, beschaute den hohen Turm, der sich ernst in den nächtlichen Himmel erhob, und freute sich der Stille und Einsamkeit des abgelegenen Platzes. In der Vertiefung einer großen Kirchentür, deren mannigfaltiges Bildwerk er immer mit Lust beschaut und sich dabei der alten Kunst und vergangener Zeiten erinnert hatte, nahm er auch jetzo Platz, um sich auf wenige Augenblicke seinen Betrachtungen zu überlassen. Er stand nicht lange, als eine Figur seine Aufmerksamkeit an sich zog, die unruhig auf und nieder ging, und jemand zu erwarten schien. Beim Schein einer Laterne, die vor einem Marienbilde brannte, unterschied er genau das Gesicht, so wie die wunderliche Kleidung. Es war ein altes Weib von der äußersten Hässlichkeit, die umso mehr in die Augen fiel, weil sie gegen ein scharlachrotes Leibchen, das mit Gold besetzt war, höchst abenteuerlich abstach; der Rock, den sie trug, war dunkel, und die Haube ihres Kopfes glänzte ebenfalls von Gold. Emil glaubte anfangs eine geschmacklose Maske zu sehn, die sich hieher verirrt habe, aber bald war er beim hellen Scheine überzeugt, dass das alte braune und runzlichte Gesicht ein wirkliches und kein nachgeahmtes sei. Es währte nicht lange, so erschienen zwei Männer, in Mänteln gehüllt, die sich dem Orte mit behutsamen Schritten zu nähern schienen, indem sie öfter von den Seiten schauten, ob ihnen Niemand folge. Die Alte ging auf sie zu. Habt Ihr die Lichter?, fragte sie hastig und mit einer rauen Stimme. Hier sind sie, sagte der Eine, der Preis ist euch bekannt, macht die Sache gleich richtig. Die Alte schien Geld zu geben, welches der Mann unter seinem Mantel nachzählte. Ich verlasse mich darauf, fing die Alte wieder an, dass sie ganz nach der Vorschrift und Kunst gegossen sind, damit die Wirkung nicht ausbleibt. Seid ohne Sorgen, sagte jener, und entfernte sich schnell. Der andre, welcher zurückgeblieben, war ein junger Mann, er nahm die Alte bei der Hand, und sagte: ist es möglich, Alexia, dass dergleichen Zeremonien und

Formeln, diese seltsamen alten Sagen, an welche ich nie habe glauben können, den freien Willen des Menschen fesseln, und Liebe und Hass erregen könnten? So ist es, sprach das rote Weib, aber eins muss zum andern kommen, nicht bloß diese Lichter, in der Mitternacht des Neumonden gegossen, mit Menschenblut getränkt, nicht die Zauberformeln und Anrufungen allein können es ausrichten, sondern noch manches andre gehört dazu, das der Kunstverständige wohl kennt. So verlass ich mich auf dich, sagte der Fremde. Morgen nach Mitternacht bin ich euch zu Diensten, antwortete die Alte; Ihr werdet ja nicht der erste sein, der mit meiner Kundschaft unzufrieden ist; heute, wie ihr gehört habt, bin ich für jemand anders bestellt, auf dessen Sinn und Verstand unsere Kunst gewiss nachdrücklich wirken soll. Die letzten Worte sagte sie mit halbem Lachen, und beide gingen auseinander und entfernten sich nach verschiedenen Richtungen. Emil trat schaudernd aus der dunkeln Nische hervor und erhob seine Blicke zum Bilde der Jungfrau mit dem Kinde; vor deinen Augen, du Holdselige, sagte er halb laut, erfrechen sich die Gräuel ihre Abrede zu treffen, um ihren abscheulichen Betrug zu verhandeln, doch so, wie du dein Kind in Liebe umfängst, so hält uns alle die unsichtbare Liebe in fühlbaren Armen, und unser armes Herz klopft in Freude wie in Angst einem größeren entgegen, das uns niemals verlassen wird. Wolken zogen über die Spitze des Turms und das schroffe Dach der Kirche hinweg, die ewigen Steine schauten funkelnd und mit freundlichem Ernst hernieder, und Emil wandte sich entschlossen von diesen nächtlichen Schauern und gedachte der Schönheit seiner Unbekannten. Er betrat wieder die belebten Gassen, und lenkte nach dem hellerleuchteten Ballhause ein, von welchem ihm Stimmen, Wagengerassel, und in einzelnen Pausen die lärmende Musik entgegenschallten.

Im Saale verlor er sich sogleich im flutenden Getümmel, Tänzer umsprangen ihn, Masken schossen an ihm hin und her, Pauken und Trompeten betäubten sein Ohr, und ihm war, als sei das menschliche Leben selber nur ein Traum. Er ging durch die Reihen, und nur sein Auge blieb wach, um jene geliebten Augen und jenes schöne Haupt mit den braunen Locken aufzusuchen, nach dessen Anblick er sich heut inniger sehnte als sonst, und dem angebeteten Wesen doch innerlich Vorwürfe machte, dass es sich in diesem stürmenden Meer der Verwirrung und Torheit untertauchen und verlieren könne. Nein, sprach er zu sich selbst, kein Herz, welches liebt, wird sich diesem wüsten Brausen öffnen wollen, in welchem Sehnsucht und Tränen verhöhnt und mit dem schmetternden Gelächter wilder Trompeten verspottet werden. Das Säuseln der Bäume, das Rieseln der Quellen, Lautenschlag und edler Gesang, welcher voll aus dem bewegten Busen strömt, sind die Töne in welchen Liebe wohnt. So aber donnert und jubelt die Hölle in der Raserei ihrer Verzweiflung.

Er fand nicht, was er suchte, denn zu dem Glauben, dass sein geliebtes Angesicht sich vielleicht unter eine widrige Maske verborgen habe, konnte er sich unmöglich bequemen. Schon war er dreimal den Saal auf und abgewandert und hatte alle sitzenden und unmaskierten Damen vergeblich gemustert, als sich der Spanier zu ihm gesellte und sagte: schön, dass Sie doch noch gekommen sind; Sie suchen vielleicht Ihren Freund?

Emil hatte ihn ganz vergessen; er sagte aber beschämt: in der Tat, ich wundre mich, ihn hier nicht zu treffen, denn seine Maske ist kenntlich genug.

Wissen Sie, was der wunderliche Mensch treibt?, antwortete der junge Offizier; er hat weder getanzt noch sich lange im Saale aufgehalten, denn er fand sogleich seinen Freund Anderson, der vom Lande herein gekommen ist, ihr Gespräch fiel auf die Literatur, und da dieser das neulich herausgekommene Gedicht noch nicht kannte, so hat Roderich nicht eher geruht, bis man ihm eins der hintern Zimmer aufgeschlossen hat, dort sitzt er mit seinem Gefährten bei einer einsamen Kerze und liest ihm das ganze Werk vor.

Das sieht ihm ähnlich, sagte Emil, denn er besteht ganz aus Laune. Ich habe alles angewandt, und selbst freundschaftliche Zwistigkeiten nicht gescheut, um es ihm abzugewöhnen, immer ex tempore zu leben und sein ganzes Dasein in Impromptus auszuspielen: allein diese Torheiten sind ihm so ans Herz gewachsen, dass er sich eher vom liebsten Freunde, als von ihnen trennen würde. Das nämliche Werk, welches er so liebt, dass er es immer bei sich trägt, hat er mir neulich vorlesen wollen, und ich hatte ihn sogar dringend darum gebeten, wir waren aber kaum über den Anfang, indes ich ganz den Schönheiten hingegeben war, als er plötzlich aufsprang, mit der Küchenschürze umgetan zurückkehrte, mit vielen Umständen Feuer anschüren ließ, um mir Beefsteaks zu rösten, zu welchen ich kein Verlangen trug, und die er sich am besten in Europa zu machen einbildet, ob sie ihm gleich die meisten Male verunglücken.

Der Spanier lachte. Ist er nie verliebt gewesen?, fragte er.

Auf seine Weise, erwiderte Emil sehr ernst; so, als wollte er über sich und die Liebe spotten, in viele zugleich, und nach seinen Worten bis zur Verzweiflung, die er aber insgesamt in acht Tagen wieder vergessen hatte.

Sie trennten sich im Getümmel, und Emil begab sich nach dem abgelegenen Zimmer, aus welchem er seinen Freund schon von fern laut deklamieren hörte. Ah, da bist du ja auch, rief ihm dieser entgegen; das trifft sich gut, ich bin nur eben über die Stelle hinüber, bei der wir neulich unterbrochen wurden, setze dich, so kannst du mit zuhören.

Ich bin jetzt nicht in der Stimmung, sagte Emil, auch scheint mir diese Stunde und dieser Ort wenig geschickt zu einer solchen Unterhaltung.

Warum nicht?, antwortete Roderich; es muss sich alles nach unserm Willen bequemen, jede Zeit ist gut dazu, sich auf eine edle Weise zu beschäftigen. Oder willst du lieber tanzen? Es fehlt an Tänzern, und du kannst dich heut mit einigen Stunden Herumspringens und einem Paar ermüdender Beine bei vielen dankbaren Damen ziemlich beliebt machen.

Lebe wohl, rief jener schon in der Tür, ich gehe nach Hause.

Noch ein Wort!, rief ihm Roderich nach: ich verreise morgen in aller Frühe mit diesem Herrn auf einige Tage über Land; ich spreche aber noch bei dir vor, um Abschied zu nehmen. Schläfst du, wie es wahrscheinlich ist, so bemühe dich nur nicht, aufzuwachen, denn in drei Tagen bin ich wieder bei dir. – Der wunderlichste aller Menschen, fuhr er fort, gegen seinen neuen Freund gewandt, so schwerfällig, misslaunig, ernsthaft, dass er sich jede Freude verdirbt, oder vielmehr, dass es für ihn keine Freude gibt. Alles soll edel, groß, erhaben sein, sein Herz soll an allem Anteil nehmen, und wenn er selbst vor einem Puppenspiele stände; wenn sich dergleichen nun nicht zu seinen Prätensionen verstehen will, die wahrlich ganz unsinnig sind, so wird er tragisch gestimmt, und findet die ganze Welt roh und barbarisch; da draußen verlangt er ohne Zweifel, dass unter den Masken einem Pantalon und Poheinen das Herz voll Sehnsucht und überirdischer Triebe glühe, und dass der Arlechin über die Nichtigkeit der Welt tiefsinnig philosophieren soll, und wenn diese Erwartungen nicht eintreffen, so treten ihm gewiss die Tränen in die Augen, und er wendet dem bunten Schauspiel zerknirscht und verachtend den Rücken.

Er ist also melancholisch?, fragte der Zuhörer.

Das eigentlich nicht, antwortete Roderich, sondern nur von zu zärtlichen Eltern und sich selbst verzogen. Er hatte sich angewöhnt, regelmäßig wie Ebbe und Flut sein Herz bewegen zu lassen, und bleibt diese Rührung einmal aus, so schreit er Mirakel und möchte Prämien aussetzen, um Physiker aufzumuntern, diese Naturerscheinung genügend zu erklären. Er ist der beste Mensch unter der Sonne, aber alle meine Mühe, ihm diese Verkehrtheit abzugewöhnen, ist ganz umsonst und verloren, und wenn ich nicht für meine gute Meinung Undank davon tragen will, muss ich ihn gewähren lassen.

Er sollte vielleicht den Arzt gebrauchen, bemerkte jener.

Es gehört mit zu seinen Eigenheiten, antwortete Roderich, die Medizin durch und durch zu verachten, denn er meint, jede Krankheit sei in jeglichem Menschen ein Individuum, und könne nicht nach ältere Wahrnehmungen, oder gar nach so genannten Theorien geheilt werden; er würde eher alte Weiber und sympathetische Kuren gebrauchen. Eben so verachtet er auch in andrer Hinsicht alle Vorsicht und alles was man Ordnung und Mäßigkeit nennt. Von Kindheit auf ist ein edler Mann sein Ideal gewesen, und sein höchstes Bestreben, das aus sich zu bilden, was er so nennt, das heißt hauptsächlich eine Person, die die Verachtung der Dinge mit der des Geldes anfängt; denn um nur nicht in den Verdacht zu geraten, dass er haushälterisch sei, ungern ausgebe, oder irgend Rücksicht auf Geld nehme, so wirft er es höchst töricht weg, ist bei seiner reichlichen Einnahme immer arm und in Verlegenheit, und wird der Tor von jedwedem, der nicht ganz in dem Sinne edel ist, in welchem er es sich zu sein vorgesetzt hat. Sein Freund zu sein, ist aber die Aufgabe aller Aufgaben, denn er ist so reizbar, dass man nur husten, nicht edel genug essen, oder gar die Zähne stochern darf, um ihn tödlich zu beleidigen.

War er nie verliebt?, fragte der Freund vom Lande.

Wen sollte er lieben?, antwortete Roderich, er verachtete alle Töchter der Erde, und er dürfte nur bemerken, dass sein Ideal sich gern putzte, oder gar tanzte, so würde sein Herz brechen; noch schrecklicher, wenn sie das Unglück hätte, den Schnupfen zu bekommen.

Emil stand indessen wieder im Getümmel; aber plötzlich überfiel ihn jene Angst, der Schreck, der so oft schon in solcher erregten Menschenmenge sein Herz ergriffen hatte, und jagte ihn aus dem Saale und Hause, über die öden Gassen hinweg, und erst auf seinem einsamen Zimmer fand er sich und seine ruhige Besinnung wieder. Das Nachtlicht war schon angezündet, er hieß dem Bedienten sich nieder legen; drüben war alles still und finster, und er setzte sich, um in einem Gedichte seine Empfindungen über den Ball auszuströmen. –

Im Herzen war es stille,
Der Wahnsinn lag an Ketten;
Da regt sich böser Wille,
Vom Kerker ihn zu retten,
Den Tollen los zu machen:
Da hört man Pauken klingen,
Da bricht hervor mit Lachen
Trommeten-Klang und Krachen,

Dazwischen Flöten singen,
Und Pfeifentöne springen
Mit gellendem Geschrei
Zwischen dröhnenden tönenden Geigen
In rasender Wut herbei,
Das wilde Gemüt zu zeigen,
Und grimmig zu morden das stille kindliche
Schweigen. –

Wohin dreht sich der Reigen?
Was sucht die springende Menge
Im windenden Gedränge? –
Vorüber! Es glänzen die Lichter,
Wir tummeln uns näher und dichter,
Es jauchzt in uns das wilde Herz;
Lauter tönet
Grimmer dröhnet
Ihr Zimbeln, ihr Pfeifen! betäubet den Schmerz,
Er werde zum Scherz! –

Du winkst mir, holdes Angesicht?
Es lacht der Mund, der Augen Licht;
Herbei, dass ich dich fasse,
Im Schweben wieder lasse;
Ich weiß, die Schönheit bald zerbricht,
Der Mund verstummt, der lieblich spricht,
Dich fasst des Todes Arm.
Was winkst du, Schädel, freundlich mir?
Kein Kummer mir, nicht Angst und Harm,

Dass du so bald erbleichest hier,
Wohl heut, wohl morgen.
Was sollen die Sorgen?
Ich lebe und schwebe im Reigen vorüber vor dir. –

Heut lieb ich dich,
Jetzt meinst du mich;
Ach, Not und Angst sie lauern
Schon hinter diesen Mauern,
Und Seufzer schwer und tränend Leid
Stehn schon bereit,
Dich zu umstricken;
Froh lass uns blicken
Vernichtung an und grausen Tod;
Was will die Angst, was will uns Not?
Wir drücken
Im Taumel die Hand,
Mich rührt dein Gewand,
Du schwebest dahin, ich taumle zurück –
Auch Verzweiflung ist Glück.

Aus diesem Entzücken,
Und was wir heut lachten,
Entsprießt wohl Verachten
Und giftiger Neid;
O herrliche Zeit!
Wenn ich dich verhöhne,
Winkt dort mir die Schöne,
Und wird meine Braut;

Die andere schaut
Noch kühner darein;
Soll dies' es denn sein? –

So taumeln wir alle
Im Schwindel die Halle
Des Lebens hinab,
Kein Lieben, kein Leben,
Kein Sein uns gegeben,
Nur Träumen und Grab:
Da unten bedecken
Wohl Blumen und Klee
Noch grimmere Schrecken
Noch wilderes Weh;
Drum lauter ihr Zimbeln, du Paukenklang,
Noch schreiender gellender Hörnergesang!
Ermutiget schwingt, dringt, springt ohne Ruh,
Weil Lieb uns nicht Leben
Kein Herz hat gegeben,
Mit Jauchzen dem gräulichen Abgrunde zu! –

Er hatte geendigt und stand am Fenster. Da kam sie gegen über herein, so schön, wie er sie noch nie gesehn hatte, das braune Haar aufgelöst wogte und spielte in mutwilligen Locken um den weißesten Nacken; sie war nur leicht bekleidet und schien noch vor Schlafengehn zu später Nachtzeit einige häusliche Arbeiten verrichten zu wollen, denn sie stellte zwei Lichter in zwei Ecken des Zimmers, ordnete den Teppich auf dem Tische, und entfernte sich wieder. Noch war Emil in seinen süßen Träumereien versunken, und wiederholte sich in seiner Phantasie das Bild seiner Geliebten, als zu seinem Entsetzen die fürchterliche, die rote Alte durch das Zimmer schritt; grässlich leuchtete von ihrem Haupt und Busen das Gold im Widerschein der Lichter. Sie war wieder verschwunden. Sollte er seinen Augen trauen? War es kein Blendwerk der Nacht, welches ihm seine eigne Einbildung gespenstisch vorüber geführt hatte?

Aber nein, sie kehrte zurück, noch grässlicher als zuvor, denn ein langes greises und schwarzes Haar flog wild und ungeordnet um Brust und Rücken; das schöne Mädchen folgte ihr, blass, entstellt, die schönsten Brüste ohne Hülle, aber das ganze Bild einer Statue von Marmor ähnlich. Sie hatten zwischen sich das kleine liebliche Kind, welches weinte und sich an die Schöne bittend schmiegte, die nicht zu ihm hernieder sah. Das Kindlein hielt flehend die Händchen empor, streichelte Hals und Wange der blassen Schönen. Sie aber hielt es fest am Haar und mit der andern Hand ein silbernes Becken; die Alte zuckte murmelnd das Messer und durchschnitt den weißen Hals der Kleinen. Da wand sich hinter ihnen etwas hervor, das beide nicht zu sehen schienen, sonst hätten sie sich wohl eben so inniglich wie Emil entsetzt. Ein scheußlicher Drachenhals wälzte sich schuppig länger und länger aus der Dunkelheit, neigte sich über das Kind hin, das mit aufgelösten Gliedern der Alten in den Armen hing, die schwarze Zunge leckte vom sprudelnden roten Blut, und ein grün funkelndes Auge traf durch die Spalte hinüber in Emils Blick und Gehirn und Herz, dass er im selben Augenblick zu Boden stürzte.

Leblos traf ihn Roderich nach einigen Stunden.

Am heitersten Sommermorgen saß in grüner Laube eine Gesellschaft von Freunden um ein schmackhaftes Frühstück versammelt. Man lachte und scherzte, alle stießen freudig oft mit den Gläsern auf die Gesundheit des jungen Brautpaares an, und wünschten ihm Heil und Glück. Bräutigam und Braut waren nicht zugegen, denn die Schöne war noch mit ihrem Schmucke beschäftiget, und der junge Ehemann lustwandelte, seinem Glücke nachsinnend, einsam in einem entfernten Baumgange. Schade, sagte Anderson, dass wir keine Musik haben sollen; alle unsere Damen sind unzufrieden und haben noch nie so sehr zu tanzen gewünscht, als gerade heut, da es nicht geschehn kann; aber es ist ihm zu sehr zuwider.

Ich kann es euch wohl verraten, sagte ein junger Offizier, dass wir dennoch einen Ball haben werden, und zwar einen recht tollen und geräuschigen; alles ist schon eingerichtet und die Musikanten sind schon heimlich angekommen und unsichtbar einquartiert. Roderich hat alle diese Einrichtungen getroffen, denn er sagt, man müsse ihm nicht zu viel nachgeben, und am wenigsten heut seine wunderlichen Launen anerkennen.

Er ist auch schon viel menschlicher und umgänglicher als ehemals, sagte ein anderer, und darum glaube ich, wird ihm diese Abänderung nicht einmal unangenehm auffallen. Ist doch diese ganze Heirat so plötzlich gegen unser aller Erwarten eingetreten.

Sein ganzes Leben, fuhr Anderson fort, ist so sonderbar, wie sein Charakter. Ihr wisst ja alle, wie er im vorigen Herbst auf einer Reise, die er machen wollte, in unsrer Stadt ankam, sich den Winter hier aufhielt, wie ein Melancholischer fast nur in seinem Zimmer lebte, und sich weder um unser Theater noch andre Vergnügungen kümmerte. Er war beinah mit Roderich, seinem vertrautesten Freunde, zerfallen, weil dieser ihn zu zerstreuen suchte, und nicht jeder seiner finstern Launen nachgeben wollte. Im Grunde war seine übertriebene Reizbarkeit und Verstimmung wohl Krankheit, die sich in seinem Körper zubereitete; denn, wie euch nicht unbekannt ist, wurde er vor vier Monaten vom heftigsten Nervenfieber befallen, so, dass wir ihn alle schon aufgeben mussten. Nachdem seine Phantasien ausgeraset hatten, und er wieder zu sich kam, hatte er sein Gedächtnis fast ganz eingebüßt, nur seine früheren Kinder- und Jugendjahre waren ihm gegenwärtig, und er konnte sich durchaus nicht erinnern, was während seiner Reise oder vor seiner Krankheit sich mit ihm zugetragen habe. Er musste alle seine Freunde, selbst den Roderich, von neuem kennen lernen; nur nach und nach ward es lichter in seinem Innern, und die Vergangenheit und was ihm widerfahren trat wieder, jedoch immer nur schwach beleuchtet, in sein Gedächtnis zurück. Sein Oheim hatte ihn zu sich in das Haus genommen, um ihn besser zu verpflegen, und er war wie ein Kind, und ließ alles mit sich machen. Als er zum ersten Mal ausfuhr, und bei der Frühlingswärme den Park besuchte, sah er abseits vom Wege ein Mädchen in tiefen Gedanken sitzen. Sie sah auf, ihr Blick traf den seinigen, und wie von einer unbegreiflichen Begeisterung ergriffen, ließ er anhalten, stieg aus, setzte sich zu ihr, fasste ihre Hände, und ergoss sich in einem Strom von Tränen. Man war von neuem für seinen Zustand besorgt; aber er wurde ruhig, heiter und gesprächig, ließ sich bei den Eltern des Mädchens vorstellen, und hielt sogleich beim ersten Besuch um ihre Hand an, die sie ihm auch zusagte, da die Eltern ihre Einwilligung nicht verweigerten. Er war glücklich und ein neues Leben ging in ihm auf; mit jedem Tage ward er gesunder und zufriedener. So besuchte er mich vor acht Tagen auf meinem Landgute hier; es gefiel ihm über die Maßen, und zwar so, dass er nicht ruhte, bis ich es ihm verkaufen musste. Es lag nur an mir, seine Leidenschaftlichkeit zu meinem Vorteil und seinem Schaden zu benutzen, denn was er will, will er heftig und plötzlich vollendet. Sogleich machte er seine Einrichtungen, ließ Geräte herschaffen, um hier noch die Sommermonate zu wohnen, und so sind wir denn alle heut zu seiner Hochzeit in meinem ehemaligen Wohnsitze versammelt.

Das Haus war groß und lag in der schönsten Gegend. Die eine Seite sah nach einem Flusse und angenehmen Hügeln hinüber, rundum von mannigfaltigen Gebüschen und Bäumen umgeben, unmittelbar davor lag ein Garten mit duftenden Blumen. Hier waren die Orangen- und Zitronen-Bäume in einem großen offenen Saale aufgestellt, nur kleine Türen führten zu Vorratskammern, Kellern und Speisegewölben. Von der andern Seite breitete sich ein grünender Wiesenplan aus, an welchen ohne andre Verbindung ein Park grenzte; hier bildeten die beiden langen Flügel des Hauses einen geräumigen Hof, und auf dreien übereinanderstehenden Säulenreihen verbanden breite offene Gänge alle Zimmer und Säle des Gebäudes, wodurch der Wohnsitz von dieser Seite einen reizenden, ja wunderbaren Charakter erhielt, indem sich beständig Figuren in mannigfaltigen Geschäften in diesen geräumigeren Hallen bewegten; zwischen den Säulen und aus jedem Zimmer traten neue Gestalten hervor, und erschienen oben oder unten wieder, um sich in andern Türen zu verlieren; auch versammelte sich Gesellschaft dort zum Tee oder Spiel, und dadurch gewann von unten das Ganze das Ansehn eines Theaters, vor welchem jedermann mit Lust verweilte, und in Gedanken die seltsamsten und anziehendsten Begebenheiten oben erwartete.

Die Gesellschaft der jungen Leute wollte eben aufstehn, als die geschmückte Braut durch den Garten ging und zu ihnen trat. Sie war in violettem Sammet gekleidet, ein funkelnder Halsschmuck wiegte sich auf dem glänzenden Nacken, kostbare Spitzen ließen den weißen schwellenden Busen durchschimmern, das braune Haar ward durch den Myrthen- und Blumenkranz reizender gefärbt. Sie grüßte alle freundlich, und die Jünglinge waren von der hohen Schönheit überrascht. Sie hatte Blumen im Garten gepflückt, und wandte sich jetzt nach dem innern Hause, um nach der Ordnung des Mahles zu sehen. Man hatte in dem untern offnen Gange die Tafeln hingestellt: blendend schimmerten die Tische mit den weißen Gedecken und Kristallen, eine Fülle mannigfarbiger Blumen glänzte aus zierlichen Gefäßen herunter, duftende grüne und bunte Kränze schlangen sich um die Säulen, und reizend war der Anblick, als die Braut sich jetzt mit holdseliger Bewegung zwischen dem Schimmer der Blumen, neben den Tischen und Säulen wandelnd bewegte, das Ganze prüfend überschaute, und dann verschwand, und höher hinauf noch einmal wieder erschien, um ihr Zimmer zu öffnen. Sie ist das reizendste und schönste Mädchen, das ich je gekannt habe!, rief Anderson aus: unser Freund ist glücklich!

Selbst ihre Blässe, nahm der Offizier das Wort, erhöht ihre Schönheit; die braunen Augen blitzen über den bleichen Wangen und unter den dunkeln Haaren so mächtiger hervor, und diese wunderbare, fast brennende Röte der Lippen macht ihr Angesicht zu einem wahrhaft zauberischen Bilde.

Der Schein stiller Melancholie, sagte Anderson, welcher sie umgibt, umfließt sie wie mit hoher Majestät.

Der Bräutigam trat zu ihnen, und fragte nach Roderich; sie hatten ihn alle schon längst vermisst und konnten nicht begreifen, wo er sich aufhalten möchte. Alle gingen, um ihn zu suchen. Er ist unten im Saal, sagte endlich ein junger Mensch, den sie ebenfalls fragten, zwischen allen Bedienten und Kutschern, denen er Kartenkünste macht, die sie nicht genug bewundern können. Sie traten hinein und unterbrachen die schallende Verwunderung der Dienerschaft, indes sich Roderich nicht stören ließ, sondern frei in seinen magischen Kunststücken fortfuhr. Als er geendigt hatte, ging er mit den übrigen in den Garten und sagte: ich tue es nur, um diese Menschen im Glauben zu stärken, denn diese Künste bringen ihrer Kutscher-Freigeisterei auf lange einen Stoß bei, und helfen zu ihrer Bekehrung.

Ich sehe, sagte der Bräutigam, dass mein Freund unter seinen übrigen Talenten auch das eines Scharlatans nicht zu geringe achtet, um es auszubilden.

Wir leben in einer wunderlichen Zeit, antwortete jener; man soll heut zu Tage nichts verachten, denn man weiß nicht, wozu es zu gebrauchen ist.

Als die beiden Freunde sich allein befanden, wandte sich Emil wieder in den dunkeln Baumgang und sagte: Warum bin ich an diesem Tage, welcher der glücklichste meines Lebens ist, so trübe gestimmt? Aber ich versichere dich, so wenig du es auch glauben willst, es passt nicht für mich, mich in dieser Menge von Menschen zu bewegen, für jeden Aufmerksamkeit zu haben, keinen dieser Verwandten von ihrer und meiner Seite zu vernachlässigen, den Eltern Ehrfurcht zu beweisen, die Damen bekomplimentieren, die Ankommenden empfangen, und die Dienstboten und Pferde gehörig zu versorgen.

Das macht sich ja alles von selbst, sagte Roderich; sieh, dein Haus ist recht auf dergleichen eingerichtet, und dem Haushofmeister, der alle Hände voll zu tun und alle

Beine voll zu laufen hat, ist recht wie dazu geschaffen, alles ordentlich zu betreiben, um die allergrößte Gesellschaft aus Verwirrung zu erretten und mit Anstand zu bewirten. Überlass das ihm und deiner schönen Braut.

Heute Morgen, noch vor Sonnenaufgang, sagte Emil, wandelte ich durch das Gehölz; mir war feierlich zu Mute, ich fühlte recht im Innern, wie mein Leben nun bestimmt sei und ernst werde, wie diese Liebe mir Heimat und Beruf erschaffen hat. Ich kam dort der Laube vorüber; ich hörte Stimmen: es war meine Geliebte in einem traulichen Gespräch. Ist es nun, sagte eine fremde Stimme, nicht so gekommen, wie ich gesagt hatte? Gerade so, wie ich wusste, dass es geschehen würde? Ihr habt Euren Wunsch, darum seid nun auch froh. Ich mochte nicht zu ihnen treten; nachher ging ich der Laube näher, doch hatten sich beide schon entfernt. Aber ich sinne und sinne: was wollen diese Worte bedeuten?

Roderich sagte: sie mag dich vielleicht schon längst geliebt haben, ohne dass du es wusstest; du bist desto glücklicher.

Eine späte Nachtigall erhub jetzt ihren Gesang und schien dem Liebenden Heil und Wonne zuzurufen. Emil wurde tiefsinniger. Komm mit mir, um dich aufzuheitern, sagte Roderich, in das Dorf hinunter, da sollst du ein zweites Brautpaar sehn, denn du musst dir nicht einbilden, dass du heut allein Hochzeit feierst. Ein junger Knecht ist in Langeweile und Einsamkeit mit einer ältern garstigen Magd zu vertraut geworden, und der Pinsel hält sich nun für verpflichtet, sie zu seiner Frau zu machen. Jetzt müssen sie beide schon geputzt sein; diesen Anblick wollen wir nicht versäumen, denn er ist ohne Zweifel interessant.

Der Trauernde ließ sich von dem schwatzenden heitern Freunde fortziehn, und sie kamen bald zu der Hütte. Eben trat der Zug heraus, um sich nach der Kirche zu begeben. Der junge Knecht war in seinem gewöhnlichen leinenen Kittel, und prangte nur mit einem Paar ledernen Beinkleidern, die er so hell als möglich angestrichen hatte; er war von einfältiger Miene und schien verlegen. Die Braut war von der Sonne verbrannt, nur wenige letzte Spuren der Jugend waren an ihr sichtbar; sie war grob und arm aber reinlich gekleidet, einige rote und blaue seidne Bänder, schon etwas entfärbt, flatterten von ihrem Mieder, am meisten aber war sie dadurch entstellt, dass man ihr die Haare steif mit Fett, Mehl und Nadeln aus der Stirn gestrichen und oben zusammengeheftet hatte, auf dieser Spitze des aufgetürmten Haars stand der Kranz. Sie lächelte und schien fröhlich, doch war sie verschämt und blöde. Die alten Eltern folgten; der Vater war auch nur Knecht auf dem Hofe, und die Hütte, der Hausrat so wie die Kleidung, alles verriet die äußerste Armut. Ein schielender schmutziger Musikant folgte dem Zuge, der greinend auf einer Geige strich und dazu schrie, diese war halb aus Pappe und Holz zusammengeleimt, und statt der Saiten mit drei Bindfäden bezogen. Der Zug machte Halt, als der neue gnädige Herr zu den Leuten trat. Einige mutwillige Dienstboten, junge Bursche und Mägde, schäkerten und lachten, und verspotteten das Brautpaar, vorzüglich die Kammerjungfern, die sich schöner dünkten und sich unendlich besser gekleidet sahen. Ein Schauer erfasste Emil; er blickte nach Roderich um, dieser war aber schon wieder entlaufen. Ein naseweiser Bursche mit einem Tituskopf, der Bedienter eines Fremden, drängte sich, um witzig zu erscheinen, an Emil und rief: Nun, gnädiger Herr, was sagen Sie zu dem glänzenden Brautpaar? Beide wissen noch nicht, wo sie morgen Brot hernehmen sollen; und heut Nachmittag werden sie doch einen Ball geben, der Virtuos dort ist schon bestellt. – Kein Brot?, sagte Emil; gibt es so etwas? – Ihr ganzes Elend ist dem Volke bekannt, fuhr jener schwatzend fort, aber der Kerl sagt, er bleibe dem Wesen dennoch gut, wenn sie auch nichts zubrächte; o ja freilich, die Liebe ist allgewaltig! das Lumpenpack hat nicht einmal Betten, sie müssen sogar diese Nacht auf der Streu schlafen; das Dünnbier haben sie sich zusammengebettelt, worin sie sich besaufen wollen. Alle umher lachten laut, und die beiden verspotteten Unglücklichen schlugen die Augen nieder. Emil stieß zornig den Schwätzer von sich; nehmt!, rief er aus, und warf in die Hand des erstarrten Bräutigams hundert Dukaten, welche er am Morgen eingenommen hatte. Die Alten und die Brautleute weinten laut, warfen sich ungeschickt auf die Knie und küssten ihm Hände und Kleider. Er wollte sich losmachen. Haltet euch damit das Elend vom Leibe, so lange ihr könnt!, rief er betäubt. O auf zeitlebens, mein gnädigster Herr, sind wir glücklich!, schrien alle.

Er wusste nicht, wie er fort gekommen war; er fand sich allein, und eilte mit wankenden Schritten in den Wald. Die dichteste, einsamste Stelle suchte er auf, und warf sich auf einen Rasenhügel nieder, indem er den ausbrechenden Strom seiner Tränen nicht mehr zurückhielt. Mir ekelt das Leben!, schluchzte er in tiefer Bewegung; ich kann nicht froh und glücklich sein, ich will es nicht! Empfange mich bald, du freundlicher Boden, verbirg mich in deinen kühlen Armen vor den wilden Tieren, die sich Menschen nennen! O Gott im Himmel! wie verdien' ich es, dass ich auf Daunen ruhe und Seide trage, dass mir die Traube ihr kostbarstes Blut spendet, und alles mir Ehre und Liebe dringend anbietet und darbringt? Dieser Arme ist besser und edler als ich, und das Elend ist seine Amme, und Hohn und giftiger Spott sein Glückwunsch. Sündlich dünkt mir jeder Leckerbissen, den ich genieße, jeder Trunk aus geschliffenem Glase, mein Ruhen auf weichen Betten, das Tragen von Gold und Geschmeide, da die Welt viel tausend mal tausend Unglückliche umher jagt, die nach dem weggeworfenen vertrockneten Brote hungern, die nicht wissen, was Labsal ist. O jetzt versteh ich euch, ihr frommen Heiligen, ihr Verschmähten, ihr Verhöhnten, die ihr Alles, bis auf euer Gewand der Armut, ausstreutet, einen Sack um eure Lenden gürtetet, und selbst als Bettler die Schmähungen und Fußstöße erdulden wolltet, mit denen roher Übermut und reiche Schwelgerei das Elend von ihren Tafeln weisen, um nur diese Sünde des Überflusses von euch zu werfen.

Alle Gebilde der Welt schwankten wie ein Nebel vor seinen Augen; er nahm sich vor, die Verstoßenen als seine Brüder anzusehn, und sich von den Glücklichen zu entfernen. Lange hatte man schon im Saale seiner zur Trauung gewartet, die Braut war besorgt, die Eltern suchten ihn im Garten und Park; endlich kam er ausgeweint und leichter zurück, und die feierliche Handlung ward vollzogen.

Man begab sich aus dem untern Saal nach der offnen Halle, um sich zu Tische zu setzen. Braut und Bräutigam gingen voran, und die übrigen folgten im Zuge; Roderich bot seinen Arm einem jungen Mädchen, die munter und geschwätzig war. Warum nur die Bräute immer weinen und bei der Trauung so ernsthaft aussehn, sagte diese, indem sie zur Galerie hinauf stiegen.

Weil sie in diesem Augenblick am lebhaftesten von der Wichtigkeit und dem Geheimnisvollen des Lebens durchdrungen werden, antwortete Roderich.

Aber unsre Braut, fuhr jene fort, übertrifft noch an Feierlichkeit alle, die ich jemals gesehn habe; sie ist überhaupt immer schwermütig, man sieht sie nie recht heiter lachen.

Dies macht ihrem Herzen umso mehr Ehre, antwortete Roderich, gegen seine Gewohnheit verstimmt. Sie wissen vielleicht nicht, mein Fräulein, dass die Braut vor einigen Jahren ein allerliebstes verwaistes Kind, ein Mädchen, zu sich genommen hatte, um es zu erziehn. Dieser Kleinen widmete sie alle ihre Zeit, und die Liebe des zarten Geschöpfes war ihr süßester Lohn. Dieses

Mädchen war sieben Jahr alt geworden, als sie sich auf einem Spaziergange in der Stadt verlor, und aller angewandten Mühe ohngeachtet, noch nicht wieder hat aufgefunden werden können. Diesen Unfall hat sich das edle Wesen so zu Gemüt gezogen, dass sie seitdem an einer stillen Melancholie leidet, und durch nichts von dieser Sehnsucht nach ihrer kleinen Gespielin kann abgezogen werden.

Wahrhaftig, recht interessant!, sagte das Fräulein; das kann sich in der Zukunft recht romantisch entwickeln, und zum angenehmsten Gedichte Gelegenheit geben.

Man ordnete sich an der Tafel; Braut und Bräutigam nahmen die Mitte ein, und sahen in die heitere Landschaft hinaus. Man schwatzte und trank Gesundheiten, die munterste Laune herrschte; die Eltern der Braut waren ganz glücklich, nur der Bräutigam war still und in sich gekehrt, genoss nur wenig, und nahm an den Gesprächen keinen Anteil. Er erschrak, als sich musikalische Töne durch die Luft von oben hernieder warfen, doch beruhigte er sich wieder, da es sanfte Hörnertöne blieben, die angenehm über die Gebüsche hinweg rauschten, sich durch den Park zogen, und am fernen Berge verhallten. Roderich hatte sie auf die Galerie über die Speisenden gestellt, und Emil war mit dieser Einrichtung zufrieden. Gegen das Ende der Mahlzeit ließ er seinen Haushofmeister kommen, und sagte zur Braut gewendet: liebe Freundin, lass auch die Armut an unserm Überflusse Teil nehmen. Er befahl hierauf, eine Anzahl Flaschen Wein, Gebackenes, und verschiedene Gerichte in reichlichen Portionen dem armen Brautpaar hinüber zu senden, damit ihnen dieser Tag auch ein Freudentag sein könne, dessen sie sich nachher gern erinnern möchten. Sieh, Freund, rief Roderich aus, wie schön alles in der Welt zusammenhängt! Mein unnützes Umtreiben und Schwatzen, das du so oft an mir tadelst, hat doch nun diese gute Handlung veranlasst. Viele wollten dem Wirte über sein Mitleid und gutes Herz etwas Artiges sagen, und das Fräulein sprach von schöner Gesinnung und Edelmut. (…) schweigen wir!, rief Emil zornig; es ist keine gute Handlung, ja überhaupt keine Handlung, es ist nichts! Wenn Schwalben und Hänflinge sich von den weggeworfenen Brosamen dieses Überflusses nähren, und sie zu ihren Jungen in die Nester tragen, sollte ich nicht eines armen Mitbruders gedenken, der mein bedarf? Wenn ich meinem Herzen folgen dürfte, so würdet ihr mich eben so gut wie manchen andern verlachen und verspotten, der in die Wüste zog, um nichts mehr von der Welt und ihrem Edelmut zu erfahren.

Man schwieg, und Roderich erkannte in den glühenden Augen seines Freundes den heftigsten Unwillen; er besorgte, dass er sich in seiner Verstimmung noch mehr vergessen möchte, und suchte schnell das Gespräch auf andre Gegenstände zu lenken. Doch Emil war unruhig und zerstreut geworden; hauptsächlich wendeten sich seine Blicke oft nach der obersten Galerie, auf welcher die Bedienten, die das letzte Stockwerk bewohnten, vielerlei zu schaffen hatten. Wer ist die widerliche Alte, die dort so geschäftig ist, und so oft in ihrem grauen Mantel wieder kommt?, fragte er endlich. Sie gehört zu meiner Bedienung, sagte die Braut; sie soll die Aufsicht über die Kammerjungfern und jüngeren Mägde führen. Wie kannst du solche Hässlichkeit in deiner Nähe dulden?, erwiderte Emil. Lass sie, antwortete die junge Frau, wollen die Hässlichen doch auch leben, und da sie gut und redlich ist, kann sie uns von großem Nutzen sein.

Man erhob sich von der Tafel, und alles umgab den neuen Gatten, wünschte nochmals Glück, und drängte dann mit Bitten um die Erlaubnis zum Ball. Die Braut umarmte ihn äußerst freundlich und sagte: meine erste Bitte, Geliebter, wirst du mir nicht abschlagen, denn wir haben uns alle darauf gefreut: Ich habe so lange nicht getanzt, und du selbst hast mich noch niemals tanzen sehn. Bist du denn gar nicht neugierig darauf, wie ich mich in dieser Bewegung ausnehme?

So heiter, sagte Emil, habe ich dich noch niemals gesehn. Ich will kein Störer eurer Freude sein, macht, was ihr wollt; nur verlange keiner von mir, dass ich mich selbst mit linkischen Sprüngen lächerlich machen soll.

Wenn du ein schlechter Tänzer bist, sagte sie lachend, so kannst du sicher sein, dass dich jedermann gern in Ruhe lassen wird. Die Braut entfernte sich hierauf, um sich umzuziehn und ihr Ballkleid anzulegen.

Sie weiß es nicht, sagte Emil zu Roderich, mit dem er sich entfernte, dass ich aus einem andern Zimmer in das ihrige durch eine verborgene Tür kommen kann, ich werde sie beim Umkleiden überraschen.

Als Emil fortgegangen war, und viele der Damen sich

auch entfernt hatten, um die zum Tanz nötigen Veränderungen des Putzes zu treffen, nahm Roderich die jüngeren Leute beiseit und führte sie auf sein Zimmer. Es wird schon Abend, sagte er hier, bald ist es finster; jetzt geschwind jeder in seine Verkleidung, um diese Nacht recht bunt und toll zu verschwärmen. Was ihr nur ersinnen könnt, geniert euch nicht, je ärger, je besser! Je scheußlicher die Fratzen sind, die ihr aus euch hervor bringt, je mehr will ich euch loben. Da muss es keinen so widerlichen Höcker, keinen so ungestalten Bauch, keine so widersinnige Kleidung gehen, die nicht heute paradiert. Eine Hochzeit ist eine so wundersame Begebenheit, ein ganz neuer ungewohnter Zustand wird den Verheirateten so plötzlich wie ein Märchen über den Hals geworfen, dass man dieses Fest nicht verwirrt und unklug genug anfangen kann, um nur irgend für die Eheleute die plötzliche Veränderung zu motivieren, sodass sie wie in einem phantastischen Traum in die neue Lage hinüber schwimmen, und darum lasst uns nur recht in diese Nacht hinein wüten, und nehmt keine Einrede von denen an, die sich verständig stellen möchten.

Sei ohne Sorge, sagte Anderson, wir haben einen großen Koffer voll Masken und toller bunter Kleidungsstücke aus der Stadt mitgebracht, du wirst dich selbst darüber verwundern.

Aber seht her, sagte Roderich, was ich von meinem Schneider eingekauft habe, der diesen kostbaren Schatz schon in Läppchen verschneiden wollte! Er hat diese Tracht von einer alten Gevatterin erhandelt, die damit gewiss bei Luzifer auf dem Blocksberge Gala gemacht hat. Seht dieses scharlachrote Mieder, mit diesen goldenen Tressen und Franzen, und diese goldglänzende Haube, die mir unendlich ehrwürdig stehn muss, dazu nehm ich diesen grünseidnen Rock mit safrangelbem Besatz und diese scheußliche Maske, und führe nachher als altes Weib den ganzen Chor der Karikaturen in das Schlafzimmer. Macht, dass ihr fertig werdet! wir wollen dann feierlich die junge Frau abholen.

Die Hörner musizierten noch, die Gesellschaft wandelte im Garten, oder saß vor dem Hause. Die Sonne war hinter trüben Wolken untergegangen, und die Gegend lag im grauen Dämmer, als plötzlich unter der Wolkendecke der scheidende Strahl noch einmal hervor brach, und rings die Gegend, vorzüglich aber das Gebäude mit seinen Gängen, Säulen und Blumengewinden, wie mit rotem Blute besprengte. Da sahen die Eltern der Braut, und die übrigen Zuschauer den abenteuerlichsten Zug nach dem obern Corredor schweben: Roderich als die rote Alte voran, und ihr nachfolgend Bucklichte, dickbauchige Fratzen, ungeheure Perücken, Tartaglias, Policinells und gespenstische Pierrots, weibliche Figuren in ausgepannten Reifröcken und ellenhohen Frisuren, die widerwärtigsten Gestalten, alle wie aus einem ängstlichen Traum. Sie zogen gaukelnd und sich drehend und wackelnd, trippelnd und sich brüstend über den Gang, und verschwanden dann in eine der Türen. Nur wenige der Zuschauer waren zum Lachen gekommen, so hatte sie der seltsamste Anblick überrascht. Plötzlich brach ein gellender Schrei aus den innern Zimmern, und hervor stürzte in das blutige Abendrot die bleiche Braut, im weißen kurzen Kleide, um welches Blumenranken flatterten, der schöne Busen ganz frei, die Fülle der Locken in Lüften schwebend. Wie wahnsinnig, die Augen rollend, das Gesicht entstellt, stürzte sie über die Galerie, und fand in ihrer Angst verblindet keine Tür und Treppe, und gleich darauf, ihr nachrennend, Emil, den blanken türkischen Dolch in hoch erhobener Faust. Jetzt war sie am Ende des Ganges, sie konnte nicht weiter, er erreichte sie. Die maskierten Freunde und die graue Alte waren ihm nach gestürzt. Aber schon hatte er wütend ihre Brust durchbohrt, und den weißen Hals durchschnitten, ihr Blut strömte im Glanz des Abends. Die Alte hatte sich mit ihm umfasst, ihn zurückzureißen; kämpfend schleuderte er sich mit ihr über das Geländer, und beide fielen zerschmettert zu den Füßen der Verwandten nieder, die mit stummem Entsetzen der blutigen Szene zugeschaut hatten. Oben und im Hofe, oder von den Galerien und Treppen heruntereilend, standen und rannten die scheußlichen Larven in mannigfaltigen Gruppen, höllischen Dämonen ähnlich.

Roderich nahm den Sterbenden in seine Arme. Mit dem Dolche spielend hatte er ihn im Zimmer seiner Gattin gefunden. Sie war fast angekleidet bei seinem Eintreten; beim Anblick des roten widrigen Kleides hatte sich seine Erinnerung belebt, das Schreckbild jener Nacht war vor seine Sinne getreten; knirschend war er auf die zitternde, fliehende Braut zugesprungen, um den Mord und ihr teuflisches Kunststück zu bestrafen. Die Alte bestätigte sterbend den verübten Frevel, und das ganze Haus war plötzlich in Leid, Trauer und Entsetzen verwandelt worden.

Mit diesem blutroten Finale könnten die hier versammelten *Wilden Geschichten* enden. Das hätte Effekt, würde aber den Eindruck erwecken, es ginge Tieck ausschließlich um das Psychologische, die Introspektion, das »Nosce te ipsum!«, die Selbstbeschau, um ein egomanes ›Ich! Ich! Ich!‹. Doch neben dem Blick in die abgründigen Innenwelten des Menschen gibt es immer auch Aussichten in die Welt da draußen, insbesondere auf die Natur. Diese beiden Seiten zeigten sich ja auch schon mit zwei der *Straußenfedern*-Protagonisten: *Der Psycholog* und *Der Naturfreund*. Beides führt Tieck als modische Zeiterscheinungen ein: Der Psycholog sammelt zum Zeitvertreib psychologische Fälle; der Naturfreund konsumiert zur Erbauung hübsche Naturszenarien. Naturerfahrungen stehen beim jungen Tieck – mit dem Beginn der »Frühromantik« also – von vornherein unter dem Vorbehalt einer Konsumkritik.

Das Verhältnis zwischen den Figuren und der Natur ist in Tiecks Erzählungen nie ungetrübt. Oft aber ist es intensiv: Ludwigs Traum am Waldrand, Löwensteins Weg durch den Eichenwald, Berthas Waldeinsamkeit, Christians Gebirgslandschaft – und selbst Emil zieht sich kurz vor dem abschließenden Horrorspektakel noch einmal in den Wald zurück, »die dichteste, einsamste Stelle suchte er auf«.

Kritisch wird der Gang in die Natur für Tieck immer dort, wo er dann doch wieder nichts anderes ist als ein Gang ins eigene Ich. Genau dies unterscheidet Naturerfahrung von Naturkonsum. Im Konsum geht es den Konsumierenden letztlich um den Genuss der eigenen Erfahrung. Konsum ist Selbstgenuss, bloß eine weitere Gestalt des egomanen ›Ich!‹. Naturerfahrung hingegen heißt, sich in Momenten zu versenken, sich wirklich anderem, Nicht-Identischem, ja Nicht-Identifizierbarem zu überantworten. Sie fordert genaueste Aufmerksamkeit, ungleich mehr als die heute bekannte Achtsamkeit. Bei der Einübung dieser Erfahrung kann uns, so Tieck, die Kunst behilflich sein.

Die Farben

Sooft ich in die wunderbare Welt hineinblicke und mir vorstelle, ich schaute sie zum ersten Male an, so verwundre ich mich jedes Mal über die unendliche Mannigfaltigkeit der Formen, über die verschiedenartigen Gebärden, die jedes andre Wesen unter den übrigen macht. Wie alles Lebendige und Leblose, Kreatur, Fels, Baum, Gesträuch, sich mannigfaltig bewegt und rührt, wie es in andrer Organisation dasteht und das wirkende

Leben in ihm Zweige und Blätter hervortreibt oder in Gliedern, in Flossen, in Flügeln auseinanderstrebt. Die Pflanzenwelt und das Steinreich hängt mit Seel und Leib unmittelbar mit der alles erzeugenden Erde zusammen. Die Menschen und das Tiergeschlecht machen einen für sich bestehenden Staat, sie erzeugen sich in ununterbrochener Folge durch sich selbst, sie rufen nur die übrige Natur in ihrer Existenz zur Hülfe.

Aber noch seltsamer fällt es mir auf, wenn ich die unterschiedlichen Farben betrachte, wodurch alle Gegenstände noch mehr getrennt und denn gleichsam wieder verwandt und befreundet werden. Ein unbegreiflich geistiges Wesen zieht sich als freundliche Zugabe über alle sichtbaren Gegenstände, es ist nicht die Sache selbst und doch unzertrennlich. Wie wunderschön und bunt steht nun der grüne Wald mit seinen Bäumen, mit seinen heimlichen Blumen, mit seinen lebendigen Kreaturen und gefärbten Vögeln da! Der Sonnenschein irrt und funkelt hinein, leuchtet und betrachtet sich gefällig auf jedem Blatte, auf jedem Grashalm. Dabei kein stummes, einsames Schweigen: der ermunternde Wind zieht durch die Baumwipfel und rührt alle Blätter als ebenso viele Zungen an, der Baum schüttelt sich vor Freude, und wie in einer Harfe regen sich und rauschen unsichtbare Finger. Die jubelnden Vögelein werden zu Gesängen angefrischt, tausend Klänge und Stimmen irren und verwirren sich durcheinander und eifern mit Gesangesheftigkeit; das Wild verschweigt nicht seine Lust, aus den Wolken hernieder die Lerchen, dazu die

Bächlein, die wie stille Seufzer des Entzückens auf der niedern Erde fortrollen, – welcher Geist, welche Freundschaft rührt die unsichtbaren, verborgenen Springfedern an, dass alles sich mit unermesslicher Mannigfaltigkeit zu Gesang und Klang ergießt?

Wie soll ich aber den Glanz des Abend-, des Morgenrotes beschreiben! Wie den rätselhaften Mondschimmer und die widerspiegelnden Gluten in Bach und Strom! Um Schmetterlinge, um Blumen spinnt sich der rote, blanke Glanz und bleibt fest, die Traube, die Kirsche werden vom weichen Abendrot befühlt und bespiegelt, und in dem grünen Laube hängen grell die roten Früchte. Beim Steigen, beim Sinken der Sonne, beim Schimmer des Mondes ist die Natur in einer raschen, unwillkürlichen Entzückung, in der sie noch freigebiger ist, noch weniger spart und wie ein Pfau in stolzer Pracht allen Schmuck mit inniger Freude rauschend auseinanderschlägt. Unter den Tönen der Natur kann ich nichts als das Schmettern und Flöten der Nachtigall damit vergleichen, die einem Echo gegenüber singt.

So spreitet die ganze Natur dem Sonnenglanze Netze entgegen, um die funkelnden Schimmer festzuhalten und aufzufangen. So erscheint mir die Tulpe als vergängliches Mosaik von flimmernden Abendstrahlen; die Früchte saugen den Schein in sich und bewahren ihn fröhlich auf, solange die Zeit es ihnen gönnt; wie die Bienen den Honig suchen, so wiegen sich Schmetterlinge in den lauen Lüften und stehlen von der Sonne manchen Kuss, bis sie mit Himmelblau, mit Purpurrot und goldenen Streifen erglänzen. So spielt die Natur mit sich selbst in ewig reger, bewegter Klarheit. Wenn Wolken über die Sonne ziehn, dann entfliehn alle flammenden Lichter, der Glanz in Bäumen und Blumen erlischt, die Farben stehn matter: Schatten und Schwärze vertilgen und dämpfen das Jauchzen, die triumphierende Freude der brennenden Welt.

Aber dennoch regiert gleichsam in den untersten, geheimsten Tiefen der Erde eine andre, unsichtbare Sonne. Wie ein furchtbarer Pluto waltet und belebt sie in ihrem grausen Orkus. Da erglänzen die Kristalle, sie lässt seltne Strahlen an die Gold- und Silbererze anflimmern, mit sparsamem Schimmer schmückt sie ihr unergründliches, unzugängliches Reich aus. Die abgelegenen Brunnen rieseln unterirdisch eine Totenmelodie. Der Mensch holt aus den Schlüften die Edelsteine heraus und macht ihnen aus ihrem Sarge Platz, dass die oberirdische Sonne sie bescheinen kann; dann funkeln und glänzen sie mit tausend Strahlen und nehmen oft sein törichtes Herz gefangen. Die Gold- und Silbererze werden ausgeschmolzen und poliert und nachgeahmte Sonnen rund daraus geprägt; oft fühlt er sich nach diesen mit allen Sinnen hingezogen, vergisst das Morgen- und Abendrot, die Natur, den grünenden Wald, der Vögelein Gesang, und sie mit ihrem verführenden Klang, ihrer Sirenenstimme sind ihm Gesang und Sonnenpracht, er stellt sie mit ihrem Funkelschein zu seinen Götzen auf, und leblose Metallstücke behandeln ihn wie ihren gedungenen Sklaven.

Die Musik hat das Schönste der Naturtöne gesammelt und veredelt, sie hat sich Instrumente gebaut aus Metall und Holz, und der Mensch kann nun willkürlich eine Schar von singenden Geistern erregen, sooft er will; die Kunst beherrscht das große, wunderbare Gebiet. Die wollüstige Phantasie hofft, einst einen noch höhern überirdischen Gesang der Sphären anzutreffen, gegen den alle hiesige Kunst roh und unbeholfen ist.

Die Malerei hat aus Pflanzen, aus Tieren und Steinen die Farben an sich selbst erbeutet und ahmt nun und verschönert Gestalt und Färbung der wirklichen Natur. Die Künstler haben große und wunderbare Werke erschaffen; allein der Maler kann auch wie der Musiker hoffen, vielleicht einst die großen, erhabenen Urbilder zu seinen Bildungen anzutreffen, die sich körperlos in den schönsten Formen bewegen.

Farbe ist freundliche Zugabe zu den Formen in der Natur, die Töne sind wieder Begleitung der spielenden Farbe. Die Mannigfaltigkeit in Blumen und Gesträuchen ist eine willkürliche Musik im schönen Wechsel, in lieber Wiederholung: die Gesänge der Vögel, der Klang der Gewässer, das Geschrei der Tiere ist gleichsam wieder ein Baum- und Blumengarten: die lieblichste Freundschaft und Liebe schlingt sich in glänzenden Fesseln um alle Gestalten, Farben und Töne unzertrennlich. Eins zieht das andre magnetisch und unwiderstehlich an sich.

Die menschliche Kunst trennt Skulptur, Malerei und Musik; jede besteht für sich und wandelt ihren Weg. Aber immer ist es mir vorgekommen, als wenn die Musik für sich in einer abgeschlossenen Welt leben könnte, nicht aber so die Malerei: zu jeder schönen Darstellung mit Farben gibt es gewiss ein verbrüdertes Tonstück, das mit dem Gemälde gemeinschaftlich nur eine Seele hat. Wenn dann die Melodie erklingt, so zucken gewiss noch neue Lebensstrahlen in dem Bilde auf, eine gewaltigere Kunst spricht uns aus der Leinwand an, und Ton und Linie und Farbe dringen ineinander und vermischen sich mit inbrünstiger Freundschaft in eins. Dann hätten wir wohl die Kunst als Gegenstück zur Natur, als höchst verschönerte Natur, von unserer reinsten und höchsten Empfindung eingefasst, vor uns. Darum geschieht es wohl, dass in Kirchen zuweilen selbst unbedeutende Bilder so wundersam in uns hineinsprechen und wie mit einer lebendigen Seele zu uns hinatmen; verwandte Töne verscheuchen den toten Stillstand und erregen in allen Linien und Farbenpunkten ein Gewimmel von Leben. Die Skulptur will nur die Formen ausdrücken, sie verschmäht Farbe und Sprache, sie ist zu idealisch, um etwas mehr zu wollen, als sie selber ist. Die Musik ist der letzte Geisterhauch, das feinste Element, aus dem die verborgensten Seelenträume wie aus einem unsichtbaren Bache ihre Nahrung ziehn; sie spielt um den Menschen, will nichts und alles, sie ist ein Organ, feiner als die Sprache, vielleicht zarter als seine Gedanken; der Geist kann sie nicht mehr als Mittel, als Organ brauchen, sondern sie ist Sache selbst, darum lebt sie und schwingt sich in ihren eignen Zauberkreisen. Die Malerei aber steht zu unschuldig und fast verlassen in der Mitte. Sie geht darauf aus, uns als Form zu täuschen; sie will das Geräusch, das Gespräch der belebten Welt nachahmen, sie strebt, lebendig sich zu rühren, alle Kraft ist angeregt, aber doch ist sie umnächtig und ruft die Musik um Hülfe, um ihr ein großes Leben, Bewegung und Kraft zu leihen. Darum ist es so schwer, ja fast unmöglich, ein Gemälde zu beschreiben, die Worte bleiben tot, und erklären selbst in der Gegenwart nichts: sobald die Beschreibung echt poetisch ist, so erklärt sie oft und ruft ein neues Entzücken, ein fröhliches Verständnis aus dem Bilde hervor, weil sie wie Musik wirkt, und durch Bilder und glänzende Gestalten und Worte die verwandte Musik der Töne ersetzt.

Wer leugnet es, dass sie auch an sich große Zwecke erfüllt? Sogar eine einzelne Blume in der Natur, ein einzelnes abgerissenes Blumenblatt kann uns entzücken. Es ist nicht sonderbar, dass wir an der bloßen Farbe ein Wohlgefallen äußern. In den abgesonderten Farben sprechen die verschiedenen Naturgeister, wie die Himmelsgeister in den verschiedenen Tönen der Instrumente. Wir können nicht aussprechen, wie uns jede Farbe bewegt und rührt, denn die Farben selber sprechen in zarterer Mundart zu uns: Es ist der Weltgeist, der sich daran freut, sich auf tausend Wegen zu verstehn zu geben und doch zugleich zu verbergen; die abgesonderten Farben sind seine einzelnen Laute, wir horchen aufmerksam daraufhin, wir merken wohl, dass wir etwas vernehmen, doch können wir keinem andern, uns selber nicht Kunde davon bringen; aber eine geheime magische Freude durchströmt uns, wir glauben, uns selbst zu erkennen und uns einer alten, unendlich seligen Geisterfreundschaft zu erinnern.

Wir horchen aufmerksam daraufhin«: Es ist diese Aufmerksamkeit, aus der eine gedeihliche Haltung gegenüber der Natur entspringt. Dieser Gedanke wird um 1800 vielfach durchgespielt, nicht nur bei Tieck, sondern etwa auch bei Karoline von Günderrode, Novalis, William Wordsworth, John Clare oder Bettina von Arnim. Das ›grüne‹ Umweltbewusstsein unserer Tage hat hier eine seiner Wurzeln, in einer ›grünen‹ Romantik. Diese grüne Romantik ist nun bemerkenswerterweise auf der Höhe der Naturwissenschaften ihrer Zeit. Denn dort werden zeitgleich die Konzepte entwickelt, die sich im Laufe des 19. Jahrhunderts zu einer empirischen Ökologie verdichten werden. Vom Haushalt der Natur ist da etwa die Rede, vom natürlichen Gleichgewicht, von großen, aber doch geschlossenen Naturkreisläufen, von der Vielfalt der Lebensformen, von einer Pflanzen- und einer Tiergeographie und vor allem von einem Prinzip, das alle mit allen verbindet: die »Wechselwirkung«.

So notiert es Alexander von Humboldt 1803 in seinem Tagebuch: »Alles ist Wechselwirkung.« Oder etwas ausführlicher E. Meiners in seiner Studie *Vom Leben der Erde* aus dem Jahr 1807: »Alles individuelle Sein, mithin auch das organische Leben, ist Resultat einer dynamischen Wechselwirkung.« Oder mit größtem Nachdruck bei Bettina von Arnim in einem Brief an Karoline von Günderrode: »Das ists, alles ist ein Wechselwirken, alles was lebt, gibt Leben und muss Leben empfangen.« Dem aufmerksamen Hinhorchen erschließt sich die Natur nicht nur in ihren einzelnen Lebewesen, etwa einer »einzelnen Blume«, sondern in ihrem inneren Organisationsprinzip.

Dieses Prinzip ist tätig, wirksam, allgegenwärtig. Zugleich aber ist es nicht unmittelbar sichtbar, denn es ist ja ein Prinzip, kein Gegenstand. In seinen Meditationen über die Farbe nennt Tieck dieses nicht unmittelbar wahrnehmbare Prinzip den »Weltgeist«, der romantische Naturphilosoph Friedrich Wilhelm Joseph Schelling spricht von der »Weltseele«, heute kennen wir das als Gaia-Hypothese: die Welt als ein wechselwirkender Gesamtorganismus.

Dem aufmerksamen Blick erschließt sich auch dies, und damit die Welt, zugleich als etwas Wunderbares: »Sooft ich in die *wunderbare* Welt hineinblicke« – mit diesen Worten beginnt ja Tiecks Farbmeditation. Das Wunderbare ist aus dieser literaturökologischen Perspektive dann nicht ein anderer Raum jenseits der Natur, ein Raum, der sich – davon erzählen *Die Freunde* – etwa im Traum aufsuchen lässt. Das Wunderbare ist vielmehr der Naturraum selbst. Die Natur und das Wunderbare stehen sich nicht gegenüber; sie liegen übereinander, ein Palimpsest.

Wo ist denn die Marie, unser Kind?, fragte der Vater.

Sie spielt draußen auf dem grünen Platze, antwortete die Mutter, mit dem Sohne unsers Nachbars.

Dass sie sich nicht verlaufen, sagte der Vater besorgt; sie sind unbesonnen.

Die Mutter sah nach den Kleinen und brachte ihnen ihr Vesperbrot. Es ist heiß!, sagte der Bursche, und das kleine Mädchen langte begierig nach den roten Kirschen. Seid nur vorsichtig, Kinder, sprach die Mutter, lauft nicht zu weit vom Hause, oder in den Wald hinein, ich und der Vater gehn aufs Feld hinaus. Der junge Andres antwortete: o, sei ohne Sorge, denn vor dem Walde fürchten wir uns, wir bleiben hier beim Hause sitzen, wo Menschen in der Nähe sind.

Die Mutter ging und kam bald mit dem Vater wieder heraus. Sie verschlossen ihre Wohnung und wandten sich nach dem Felde, um nach den Knechten und zugleich auf der Wiese nach der Heuernte zu sehn. Ihr Haus lag auf einer kleinen grünen Anhöhe, von einem zierlichen Stakete umgeben, welches auch ihren Frucht- und Blumengarten umschloss; das Dorf zog sich etwas tiefer hinunter, und jenseit erhob sich das gräfliche Schloss. Martin hatte von der Herrschaft das große Gut gepachtet, und lebte mit seiner Frau und seinem einzigen Kinde vergnügt, denn er legte jährlich zurück, und hatte die Aussicht durch Tätigkeit ein vermögender Mann zu werden, da der Boden ergiebig war und der Graf ihn nicht drückte.

Indem er mit seiner Frau nach seinen Feldern ging, schaute er fröhlich um sich, und sagte: wie ist doch die Gegend hier so ganz anders, Brigitte, als diejenige, in der wir sonst wohnten. Hier ist es so grün, das ganze Dorf prangt von dicht gedrängten Obstbäumen, der Boden ist voll schöner Kräuter und Blumen, alle Häuser sind munter und reinlich, die Einwohner wohlhabend, ja mir dünkt, die Wälder hier sind schöner und der Himmel blauer, und so weit nur das Auge reicht, sieht man seine Lust und Freude an der freigebigen Natur.

So wie man nur, sagte Brigitte, dort jenseit des Flusses ist, so befindet man sich wie auf einer andern Erde, alles so traurig und dürr; jeder Reisende behauptet aber auch, dass unser Dorf weit und breit in der Runde das schönste sei.

Bis auf jenen Tannengrund, erwiderte der Mann; schau einmal dorthin zurück, wie schwarz und traurig der abgelegene Fleck in der ganzen heitern Umgebung liegt; hinter den dunkeln Tannenbäumen die rauchige Hütte, die verfallenen Ställe, der schwermütig vorüber fließende Bach.

Es ist wahr, sagte die Frau, indem beide stillstanden, so oft man sich jenem Platze nur nähert, wird man traurig und beängstigt, man weiß selbst nicht warum. Wer nur die Menschen eigentlich sein mögen, die dort wohnen, und warum sie sich doch nur so von allen in der

Gemeinde entfernt halten, als wenn sie kein gutes Gewissen hätten.

Armes Gesindel, erwiderte der junge Pachter, dem Anschein nach Zigeunervolk, die in der Ferne rauben und betrügen, und hier vielleicht ihren Schlupfwinkel haben. Mich wundert nur, dass die gnädige Herrschaft sie duldet.

Es können auch wohl, sagte die Frau weichmütig, arme Leute sein, die sich ihrer Armut schämen, denn man kann ihnen doch eben nichts Böses nachsagen, nur ist es bedenklich, dass sie sich nicht zur Kirche halten, und man auch eigentlich nicht weiß wovon sie leben, denn der kleine Garten, der noch dazu ganz wüst zu liegen scheint, kann sie unmöglich erhalten, und Felder haben sie nicht.

Weiß der liebe Gott, fuhr Martin fort, indem sie weiter gingen, was sie treiben mögen, kommt doch auch kein Mensch zu ihnen, denn der Ort wo sie wohnen ist ja wie verbannt und verhext, sodass sich auch die vorwitzigsten Bursche nicht hingetrauen.

Dieses Gespräch setzten sie fort, indem sie sich in das Feld wandten. Jene finstre Gegend, von welcher sie sprachen, lag abseits vom Dorfe. In einer Vertiefung, welche Tannen umgaben, zeigte sich eine Hütte und verschiedene fast zertrümmerte Wirtschaftsgebäude, nur selten sah man Rauch dort aufsteigen, noch seltener wurde man Menschen gewahr; jezuweilen hatten Neugierige, die sich etwas näher gewagt, auf der Bank vor der Hütte einige abscheuliche Weiber in zerlumptem Anzuge wahrgenommen, auf deren Schoß eben so hässliche und schmutzige Kinder sich wälzten; schwarze Hunde liefen vor dem Reviere, in Abendstunden ging wohl ein ungeheurer Mann, den Niemand kannte, über den Steg des Baches und verlor sich in die Hütte hinein; dann sah man in der Finsternis sich verschiedene Gestalten, wie Schatten um ein ländliches Feuer bewegen. Dieser Grund, die Tannen und die verfallene Hütte machten wirklich in der heitern grünen Landschaft, gegen die weißen Häuser des Dorfes und gegen das prächtige neue Schloss den sonderbarsten Abstich.

Die beiden Kinder hatten jetzt die Früchte verzehrt; sie verfielen darauf, in die Wette zu laufen, und die kleine behände Marie gewann dem langsameren Andres immer den Vorsprung ab. So ist es keine Kunst!, rief dieser endlich aus; aber lass es uns einmal in die Weite versuchen, dann wollen wir sehen, wer gewinnt! Wie du willst, sagte die Kleine, nur nach dem Strome dürfen wir nicht laufen. Nein, erwiderte Andres, aber dort auf jenem Hügel steht der große Birnbaum, eine Viertelstunde von hier, ich laufe hier links um den Tannengrund vorbei, du kannst rechts in das Feld hineinrennen, dass wir nicht eher als oben wieder zusammenkommen, so sehn wir dann, wer der Beste ist.

Gut, sagte Marie, und fing schon an zu laufen, so hindern wir uns auch nicht auf demselben Wege, und der Vater sagt ja, es sei zum Hügel hinauf gleich weit, ob man diesseits, ob man jenseits der Zigeunerwohnung geht.

Andres war schon vorangesprungen und Marie, die sich rechts wandte, sah ihn nicht mehr. Er ist eigentlich dumm, sagte sie zu sich selbst, denn ich dürfte nur den Mut fassen, über den Steg, bei der Hütte vorbei, und drüben wieder über den Hof hinauszulaufen, so käme ich gewiss viel früher an. Schon stand sie vor dem Bache und dem Tannenhügel. Soll ich? Nein, es ist doch zu schrecklich, sagte sie. Ein kleines weißes Hündchen stand jenseit und bellte aus Leibeskräften. Im Erschrecken kam das Tier ihr wie ein Ungeheuer vor, und sie sprang zurück. O weh!, sagte sie, nun ist der Bengel weit voraus, weil ich hier steh und überlege. Das Hündchen bellte immer fort, und da sie es genauer betrachtete, kam es ihr nicht mehr fürchterlich, sondern im Gegenteil ganz allerliebst vor: es hatte ein rotes Halsband um, mit einer glänzenden Schelle, und so wie es den Kopf hob und sich im Bellen schüttelte, erklang die Schelle äußerst lieblich. Ei!, es will nur gewagt sein!, rief die kleine Marie, ich renne was ich kann, und bin schnell, schnell jenseit wieder hinaus, sie können mich doch eben nicht gleich von der Erde weg auffressen! Somit sprang das muntere mutige Kind auf den Steg, rasch an den kleinen Hund vorüber, der still ward und sich an ihr schmeichelte, und nun stand sie im Grunde, und rund umher verdeckten die schwarzen Tannen die Aussicht nach ihrem elterlichen Hause und der übrigen Landschaft.

Aber wie war sie verwundert. Der bunteste, fröhlichste Blumengarten umgab sie, in welchem Tulpen, Rosen und Lilien mit den herrlichsten Farben leuchteten, blaue und goldrote Schmetterlinge wiegten sich in den Blüten, in Käfigen aus glänzendem Draht hingen an den Spalieren vielfarbige Vögel, die herrliche Lieder sangen, und Kinder in weißen kurzen Röckchen, mit gelockten gelben Haaren und hellen Augen, sprangen umher, einige spielten mit kleinen Lämmern, andere fütterten die Vögel, oder sie sammelten Blumen und schenkten sie einander, andere wieder aßen Kirschen, Weintrauben und rötliche Aprikosen. Keine Hütte war zu sehn, aber wohl stand ein großes schönes Haus mit eherner Tür und erhabenem Bildwerk leuchtend in der Mitte des Raumes. Marie war vor Erstaunen außer sich und wusste sich nicht zu finden, da sie aber nicht blöde war, ging sie gleich zum ersten Kinde, reichte ihm die Hand und bot ihm guten Tag. Kommst du uns auch einmal zu besuchen?, sagte das glänzende Kind; ich habe dich draußen rennen und springen sehn, aber vor unserm Hündchen hast du dich gefürchtet. – So seid ihr wohl keine Zigeuner und Spitzbuben, sagte Marie, wie Andres immer spricht? O freilich ist der nur dumm, und redet viel in den Tag hinein. – Bleib nur bei uns, sagte die wunderbare Kleine, es soll dir schon gefallen. – Aber wir laufen ja um die Wette. – Zu ihm kommst du noch früh genug zurück. Da nimm, und iss! – Marie aß, und fand die Früchte so süß, wie sie noch keine geschmeckt hatte, und Andres, der Wettlauf, und das Verbot ihrer Eltern waren gänzlich vergessen.

Eine große Frau in glänzendem Kleide trat herzu, und fragte nach dem fremden Kinde. Schönste Dame, sagte Marie, von ohngefähr bin ich herein gelaufen, und da wollen sie mich hierbehalten. Du weißt, Zerina, sagte die Schöne, dass es ihr nur kurze Zeit erlaubt ist, auch hättest du mich erst fragen sollen. Ich dachte, sagte das glänzende Kind, weil sie doch schon über die Brücke gelassen war, könnt ich es tun; auch haben wir sie ja oft im Felde laufen sehn, und du hast dich selber über ihr muntres Wesen gefreut; wird sie uns doch früh genug verlassen müssen.

Nein, ich will hierbleiben, sagte die Fremde, denn hier ist es schön, auch finde ich hier das beste Spielzeug und dazu Erdbeeren und Kirschen, draußen ist es nicht so herrlich.

Die goldbekleidete Frau entfernte sich lächelnd, und viele von den Kindern sprangen jetzt um die fröhliche Marie mit Lachen her, neckten sie und ermunterten sie zu Tänzen, andre brachten ihr Lämmer oder wunderbares Spielgerät, andre machten auf Instrumenten Musik und sangen dazu. Am liebsten aber hielt sie sich zu der Gespielin, die ihr zuerst entgegen gegangen war, denn sie war die freundlichste und holdseligste von allen. Die kleine Marie rief einmal über das andre: ich will immer bei euch bleiben und ihr sollt meine Schwestern sein, worüber alle Kinder lachten und sie umarmten. Jetzt wollen wir ein schönes Spiel machen, sagte Zerina. Sie lief eilig in den Palast und kam mit einem goldenen Schächtelchen zurück, in welchem sich glänzender Samenstaub befand. Sie fasste mit den kleinen Fingern, und streute einige Körner auf den grünen Boden. Alsbald sah man das Gras wie in Wogen rauschen, und nach wenigen Augenblicken schlugen glänzende Rosengebüsche aus der Erde, wuchsen schnell empor und entfalteten sich plötzlich, indem der süßeste Wohlgeruch den Raum erfüllte. Auch Maria fasste von dem Staube, und als sie ihn ausgestreut hatte, tauchten weiße Lilien und die buntesten Nelken hervor. Auf einen Wink Zerinas verschwanden die Blumen wieder und andre erschienen an ihrer Stelle. Jetzt, sagte Zerina, mache dich auf etwas Größeres gefasst. Sie legte zwei Pinienkörner in den Boden und stampfte sie heftig mit dem Fuße ein. Zwei grüne Sträucher standen vor ihnen. Fasse dich fest mit mir, sagte sie, und Marie schlang die Arme um den zarten Leib. Da fühlte sie sich empor gehoben, denn die Bäume wuchsen unter ihnen mit der größten Schnelligkeit; die hohen Pinien bewegten sich und die beiden Kinder hielten sich hin und wider schwebend in den roten Abendwolken umarmt und küssten sich; die andern Kleinen kletterten mit behänder Geschicklichkeit an den Stämmen der Bäume auf und nieder, und stießen und neckten sich, wenn sie sich begegneten, unter lautem Gelächter. Stürzte eins der Kinder im Gedränge hinunter, so flog es durch die Luft und senkte sich langsam und sicher zur Erde hinab. Endlich fürchtete sich Marie; die andre Kleine sang einige laute Töne, und die Bäume versenkten sich wieder eben so allgemach in den Boden, und setzten sie nieder, als sie sich erst in die Wolken gehoben hatten.

Sie gingen durch die erzene Tür des Palastes. Da saßen viele schöne Frauen umher, ältere und junge, im runden Saal, sie genossen die lieblichsten Früchte, und eine herrliche unsichtbare Musik erklang. In der Wölbung der Decke waren Palmen, Blumen und Laubwerk gemalt, zwischen denen Kinderfiguren in den anmutigsten Stellungen kletterten und schaukelten; nach den Tönen der Musik verwandelten sich die Bildnisse und glühten in den brennendsten Farben, bald war das Grüne und Blaue wie helles Licht funkelnd, dann sank die Farbe erblassend zurück, der Purpur flammte auf und das Gold entzündete sich; dann schienen die nackten Kinder in den Blumengewinden zu leben, und mit den rubinroten Lippen den Atem einzuziehn und auszuhauchen, sodass man wechselnd den Glanz der weißen Zähnchen wahrnahm, so wie das Aufleuchten der himmelblauen Augen.

Aus dem Saale führten eherne Stufen in ein großes unterirdisches Gemach. Hier lag viel Gold und Silber, und Edelsteine von allen Farben funkelten dazwischen. Wundersame Gefäße standen an den Wänden umher, alle schienen mit Kostbarkeiten angefüllt. Das Gold war in mannigfaltigen Gestalten gearbeitet und schimmerte mit der freundlichsten Röte. Viele kleine Zwerge waren beschäftigt, die Stücke auseinanderzusuchen und sie in die Gefäße zu legen; andre, höckricht und krummbeinicht, mit langen roten Nasen, trugen schwer und vorn über gebückt Säcke herein, so wie die Müller Getreide, und schütteten die Goldkörner keuchend auf dem Boden aus. Dann sprangen sie ungeschickt rechts und links, und griffen die rollenden Kugeln, die sich verlaufen wollten, und es geschah nicht selten, dass einer den andern im Eifer umstieß, sodass sie schwer und tölpisch zur Erde fielen. Sie machten verdrüssliche Gesichter und sahen scheel, als Marie über ihre Gebärden und Hässlichkeit lachte. Hinten saß ein alter eingeschrumpfter kleiner Mann, welchen Zerina ehrerbietig grüßte, und der nur mit ernstem Kopfnicken dankte. Er hielt ein Zepter in der Hand und trug eine Krone auf dem Haupte, alle übrigen Zwerge schienen ihn für ihren Herren anzuerkennen und seinen Winken zu gehorchen. Was gibts wieder?, fragte er mürrisch, als die Kinder ihm etwas näher kamen. Marie schwieg furchtsam, aber ihre Gespielin antwortete, dass sie nur gekommen seien, sich in den Kammern umzuschauen. Immer die alten Kindereien! sagte der Alte; wird der Müßiggang nie aufhören? Darauf wandte er sich wieder an sein Geschäft und ließ die Goldstücke wägen und aussuchen; andre Zwerge schickte er fort, manchen schalt er zornig. Wer ist der Herr?, fragte Maria; unser Metallfürst, sagte die Kleine, indem sie weiter gingen.

Sie schienen sich wieder im Freien zu befinden, denn sie standen an einem großen Teiche, aber doch schien keine Sonne, und sie sahen keinen Himmel über sich. Ein kleiner Nachen empfing sie, und Zerina ruderte sehr emsig. Die Fahrt ging schnell. Als sie in die Mitte des Teiches gekommen waren, sah Marie, dass tausend Röhren, Kanäle und Bäche sich aus dem kleinen See nach allen Richtungen verbreiteten. Diese Wasser rechts, sagte das glänzende Kind, fließen unter euren Garten hinab, davon blüht dort alles so frisch; von hier kömmt man in den großen Strom hinunter. Plötzlich kamen aus allen Kanälen und aus dem See unendlich viele Kinder auftauchend angeschwommen, viele trugen Kränze von Schilf und Wasserlilien, andre hielte rote Korallenzacken, und wieder andre bliesen auf krummen Muscheln; ein verworrenes Getöse schallte lustig von den dunkeln Ufern wider; zwischen den Kleinen bewegten sich schwimmend die schönsten Frauen, und oft sprangen viele Kinder zu der einen oder der andern, und hingen ihnen mit Küssen um Hals und Nacken. Alle begrüßten die Fremde; zwischen diesem Getümmel hindurch fuhren sie aus dem See in einen kleinen Fluss hinein, der immer enger und enger ward. Endlich stand der Nachen. Man nahm Abschied und Zerina klopfte an den Felsen. Wie eine Tür tat sich dieser von einander, und eine ganz rote weibliche Gestalt half ihnen aussteigen. Geht es recht lustig zu?, fragte Zerina. Sie sind eben in Tätigkeit, antwortete jene, und so freudig, wie man sie nur sehn kann, aber die Wärme ist auch äußerst angenehm.

Sie stiegen eine Wendeltreppe hinauf, und plötzlich sah sich Marie in dem glänzendsten Saal, sodass beim Eintreten ihre Augen vom hellen Lichte geblendet waren. Feuerrote Tapeten bedeckten mit Purpurglut die Wände, und als sich das Auge etwas gewöhnt hatte, sah sie zu ihrem Erstaunen, wie im Teppich sich Figuren tanzend auf und nieder in der größten Freude bewegten, die so lieblich gebaut und von so schönen Verhältnissen waren, dass man nichts Anmutigeres sehn konnte; ihr Körper war wie von rötlichem Kristall, sodass es schien, als flösse und spielte in ihnen sichtbar das bewegte Blut. Sie lachten das fremde Kind an, und begrüßten es mit verschiedenen Beugungen; aber als Marie näher gehen wollte, hielt sie Zerina plötzlich mit Gewalt zurück, und rief: du verbrennst dich, Mariechen, denn alles ist Feuer!

Marie fühlte die Hitze. Warum kommen nur, sagte sie, die allerliebsten Kreaturen nicht zu uns heraus, und spielen mit uns? Wie du in der Luft lebst, sagte jene, so müssen sie immer im Feuer bleiben, und würden hier draußen verschmachten. Sieh nur, wie ihnen wohl ist, wie sie lachen und kreischen; jene dort unten verbreiten die Feuerflüsse von allen Seiten unter der Erde hin, davon wachsen nun die Blumen, die Früchte und der Wein; die roten Ströme gehn neben den Wasserbächen, und so sind die flammigen Wesen immer tätig und freudig. Aber dir ist es hier zu heiß, wir wollen wieder hinaus in den Garten gehn.

Hier hatte sich die Szene verwandelt. Der Mondschein lag auf allen Blumen, die Vögel waren still und die Kinder schliefen in mannigfaltigen Gruppen in den grünen Lauben. Marie und ihre Freundin fühlten aber keine Müdigkeit, sondern lustwandelten in der warmen Sommernacht unter vielerlei Gesprächen bis zum Morgen.

Als der Tag anbrach, erquickten sie sich an Früchten und Milch, und Marie sagte: lass uns doch zur Abwechselung einmal nach den Tannen hinaus gehn, wie es dort aussehen mag. Gern, sagte Zerina, so kannst du auch zugleich dorten unsre Schildwachen besuchen, die dir gewiss gefallen werden, sie stehn oben auf dem Walle zwischen den Bäumen. Sie gingen durch die Blumengärten, durch anmutige Haine voller Nachtigallen, dann stiegen sie über Rebenhügel, und kamen endlich, nachdem sie lange den Windungen eines klaren Baches nachgefolgt waren, zu den Tannen und der Erhöhung, welche das Gebiet begrenzte. Wie kommt es nur, fragte Marie, dass wir hier innerhalb so weit zu gehn haben, da doch draußen der Umkreis nur so klein ist? Ich weiß nicht, antwortete die Freundin, wie es zugeht, aber es ist so. Sie stiegen zu den finstern Tannen hinauf, und ein kalter Wind wehte ihnen von draußen entgegen; ein Nebel schien weit umher auf der Landschaft zu liegen. Oben standen wunderliche Gestalten, mit mehligen bestäubten Angesichtern, den widerlichen Häuptern der weißen Eulen nicht unähnlich; sie waren in faltigen Mänteln von zottiger Wolle gekleidet, und hielten Regenschirme von seltsamen Häuten ausgespannt über sich; mit Fledermausflügeln, die abenteuerlich neben dem Rockelor hervor starrten, wehten und fächelten sie unablässig. Ich möchte lachen und mir graut, sagte Marie. Diese sind unsre guten fleißigen Wächter, sagte die kleine Gespielin, sie stehen hier und wehen, damit jeden kalte Angst und wundersames Fürchten befällt, der sich uns nähern will; sie sind aber so bedeckt, weil es jetzt draußen regnet und friert, was sie nicht vertragen können. Hier unten kommt niemals Schnee und Wind, noch kalte Luft her, hier ist ein ewiger Sommer und Frühling, doch wenn die da oben nicht oft abgelöst würden, so vergingen sie gar.

Aber wer seid ihr denn, fragte Marie, indem sie wieder in die Blumendüfte hinunter stiegen, oder habt ihr keinen Namen, woran man euch erkennt?

Wir heißen Elfen, sagte das freundliche Kind, man spricht auch wohl in der Welt von uns, wie ich gehört habe.

Sie hörten auf der Wiese ein großes Getümmel. Der schöne Vogel ist angekommen!, riefen ihnen die Kinder entgegen; alles eilte in den Saal. Sie sahen indem schon, wie Jung und Alt sich über die Schwelle drängte, alle jauchzten und von innen scholl eine jubilierende Musik heraus. Als sie hineingetreten waren, sahen sie die große Rundung von den mannigfaltigsten Gestalten angefüllt, und alle schauten nach einem großen Vogel hinauf, der in der Kuppel mit glänzendem Gefieder langsam fliegend vielfach Kreise beschrieb. Die Musik klang fröhlicher als sonst, die Farben und Lichter wechselten schneller. Endlich schwieg die Musik, und der Vogel schwang sich rauschend auf eine glänzende Krone, die unter dem hohen Fenster schwebte, welches von oben die Wölbung erleuchtete. Sein Gefieder war purpurn und grün, durch welches sich die glänzendsten goldenen Streifen zogen, auf seinem Haupte bewegte sich ein Diadem von so hell leuchtenden kleinen Federn, dass sie wie Edelgesteine blitzten. Der Schnabel war rot und die Beine glänzend blau. Wie er sich regte, schimmerten alle Farben durcheinander, und das Auge war entzückt. Seine Größe war die eines Adlers. Aber jetzt eröffnete er den leuchtenden Schnabel, und so süße Melodie quoll aus seiner bewegten Brust, in schönern Tönen, als die der liebesbrünstigen Nachtigall; mächtiger zog der Gesang und goss sich wie Lichtstrahlen aus, sodass alle, bis auf die kleinsten Kinder selbst, vor Freuden und Entzückungen weinen mussten. Als er geendigt hatte, neigten sich alle vor ihm, er umflog wieder in Kreisen die Wölbung, schoss dann durch die Tür und schwang sich in den lichten Himmel, wo er oben bald nur noch wie ein roter Punkt erglänzte und sich den Augen dann schnell verlor.

Warum seid ihr alle so in Freude?, fragte Marie, und neigte sich zum schönen Kinde, das ihr kleiner als gestern vorkam. Der König kommt!, sagte die Kleine, den haben viele von uns noch gar nicht gesehn, und wo er sich hinwendet ist Glück und Fröhlichkeit; wir haben schon lange auf ihn gehofft, sehnlicher, als ihr nach langem Winter auf den Frühling wartet, und nun hat er durch diesen schönen Botschafter seine Ankunft melden lassen. Dieser herrliche und verständige Vogel, der im Dienst des Königes gesandt wird, heißt Phönix, er wohnt fern in Arabien auf einem Baum, der nur einmal in der Welt ist, so wie es auch keinen zweiten Phönix gibt. Wenn er sich alt fühlt, trägt er aus Balsam und Weihrauch ein Nest zusammen, zündet es an und verbrennt sich selbst, so stirbt er singend, und aus der duftenden Asche schwingt sich dann der verjüngte Phönix mit neuer Schönheit wieder auf. Selten nur nimmt er seinen Flug so, dass ihn die Menschen sehn, und geschieht es einmal in Jahrhunderten, so zeichnen sie es in ihre Denkbücher auf, und erwarten wundervolle Begebenheiten. Aber nun, meine Freundin, wirst du auch scheiden müssen, denn der Anblick des Königes ist dir nicht vergönnt.

Da wandelte die goldbekleidete schöne Frau durch das Gedränge, winkte Marien zu sich und ging mit ihr unter einen einsamen Laubengang; du musst uns verlassen, mein geliebtes Kind, sagte sie; der König will auf zwanzig Jahr, und vielleicht auf länger, sein Hoflager hier halten, nun wird sich Fruchtbarkeit und Segen weit in die Landschaft verbreiten, am meisten hier in der Nähe; alle Brunnen und Bäche werden ergiebiger, alle Äcker und Gärten reicher, der Wein edler, die Wiese fetter und der Wald frischer und grüner; mildere Luft weht, kein Hagel schadet, keine Überschwemmung droht. Nimm diesen Ring und gedenke unser, doch hüte dich, irgend wem von uns zu erzählen, sonst müssen wir diese Gegend fliehen, und alle umher so wie du selbst entbehren dann das Glück und die Segnung unsrer Nähe: noch einmal küsse deine Gespielin und lebe wohl. Sie traten heraus, Zerina weinte, Marie bückte sich, sie zu umarmen, sie trennten sich. Schon stand sie auf der schmalen Brücke, die kalte Luft wehte hinter ihr aus den Tannen, das Hündchen bellte auf das herzhafteste und ließ sein Glöckchen ertönen; sie sah zurück und eilte in das Freie, weil die Dunkelheit der Tannen, die Schwärze der verfallenen Hütten, die dämmernden Schatten sie mit ängstlicher Furcht befielen.

Wie werden sich meine Eltern meinethalb in dieser Nacht geängstigt haben!, sagte sie zu sich selbst, als sie auf dem Felde stand, und ich darf ihnen doch nicht erzählen, wo ich gewesen bin und was ich gesehn habe, auch würden sie mir nimmermehr glauben. Zwei Männer gingen an ihr vorüber, die sie grüßten, und sie hörte hinter sich sagen: das ist ein schönes Mädchen! Wo mag sie nur her sein? Mit eiligeren Schritten näherte sie sich dem elterlichen Hause, aber die Bäume, die gestern voller Früchte hingen, standen heute dürr und ohne Laub, das Haus war anders angestrichen, und eine neue Scheune daneben erbaut. Marie war in Verwunderung, und dachte, sie sei im Traum; in dieser Verwirrung öffnete sie die Tür des Hauses, und hinter dem Tische saß ihr Vater zwischen einer unbekannten Frau und einem fremden Jüngling. Mein Gott, Vater!, rief sie aus, wo ist denn die Mutter? – die Mutter? sprach die Frau ahndend, und stürzte hervor; ei, du bist doch wohl nicht, – ja freilich, freilich bist du die verlorene, die tot geglaubte, die liebe einzige Marie! Sie hatte sie gleich an einem kleinen braunen Male unter dem Kinn, an den Augen und der Gestalt erkannt. Alle umarmten sie, alle waren freudig bewegt, und die Eltern vergossen Tränen. Marie verwunderte sich, dass sie fast zum Vater hinauf reichte, sie begriff nicht, wie die Mutter so verändert und gealtert sein konnte, sie fragte nach dem Namen des jungen Menschen. Es ist ja unsers Nachbars Andres, sagte Martin, wie kommst du nur nach sieben langen Jahren so unvermutet wieder? Wo bist du gewesen? Warum hast du denn gar nichts von dir hören lassen? – Sieben Jahr?, sagte Marie, und konnte sich in ihren Vorstellungen und Erinnerungen nicht wieder zurecht finden; sieben ganzer Jahre? Ja, ja, sagte Andres lachend, und schüttelte ihr treuherzig die Hand; ich habe gewonnen, Mariechen, ich bin schon vor sieben Jahren an dem Birnbaum und wieder hieher zurück gewesen, und du Langsame, kommst nun heut erst an!

Man fragte von neuem, man drang in sie, doch sie, des Verbotes eingedenk, konnte keine Antwort geben. Man legte ihr fast die Erzählung in den Mund, dass sie sich verirrt habe, auf einen vorbeifahrenden Wagen genommen, und an einen fremden fernen Ort gebracht sei, wo sie den Leuten den Wohnsitz ihrer Eltern nicht habe bezeichnen können; wie man sie nachher nach einer weit entlegenen Stadt gebracht habe, wo gute Menschen sie erzogen und geliebt; wie diese nun gestorben, und sie sich endlich wieder auf ihre Geburtsgegend besonnen, eine Gelegenheit zur Reise ergriffen habe und so zurückgekehrt sei. Lasst alles gut sein, rief die Mutter; genug, dass wir dich nur wieder haben, mein Töchterchen, du meine Einzige, mein Alles!

Andres blieb zum Abendbrot, und Marie konnte sich noch in nichts finden. Das Haus dünkte ihr klein und finster, sie verwunderte sich über ihre Tracht, die reinlich und einfach, aber ganz fremd erschien; sie betrachtete den Ring am Finger, dessen Gold wundersam glänzte und einen rot brennenden Stein künstlich einfasste. Auf die Frage des Vaters antwortete sie, dass der Ring ebenfalls ein Geschenk ihrer Wohltäter sei.

Sie freute sich auf die Schlafenszeit, und eilte zur Ruhe. Am andern Morgen fühlte sie sich besonnener, sie hatte ihre Vorstellungen mehr geordnet, und konnte den Leuten aus dem Dorfe, die alle sie zu begrüßen kamen, besser Red und Antwort geben. Andres war schon mit dem Frühesten wieder da, und zeigte sich äußerst geschäftig, erfreut und dienstfertig. Das fünfzehnjährige aufgeblühte Mädchen hatte ihm einen tiefen Eindruck gemacht, und die Nacht war ihm ohne Schlaf vergangen. Die Herrschaft ließ Marien auf das Schloss fordern, sie musste hier wieder ihre Geschichte erzählen, die ihr nun schon geläufig geworden war; der alte Herr und die gnädige Frau bewunderten ihre gute Erziehung, denn sie war bescheiden, ohne verlegen zu sein, sie antwortete höflich und in guten Redensarten auf alle vorgelegten Fragen; die Furcht vor den vornehmen Menschen und ihrer Umgebung hatte sich bei ihr verloren, denn wenn sie diese Säle und Gestalten mit den Wundern und der hohen Schönheit maß, die sie bei den Elfen im heimlichen Aufenthalt gesehen hatte, so erschien ihr dieser irdische Glanz nur dunkel, die Gegenwart der Menschen fast geringe. Die jungen Herren waren vorzüglich über ihre Schönheit entzückt.

Es war im Februar. Die Bäume belaubten sich früher als je, so zeitig hatte sich die Nachtigall noch niemals eingestellt, der Frühling kam schöner in das Land, als ihn sich die ältesten Greise erinnern konnten. Aller Orten taten sich Bächlein hervor und tränkten die Wiesen und Auen; die Hügel schienen zu wachsen, die Rebengeländer erhuben sich höher, die Obstbäume blühten wie niemals, und ein schwellender duftender Segen hing schwer in Blütenwolken über der Landschaft. Alles gedieh über Erwarten, kein rauer Tag, kein Sturm beschädigte die Frucht; der Wein quoll errötend in ungeheuern Trauben, und die Einwohner des Ortes staunten sich an, und waren wie in einem süßen Traum befangen. Das folgende Jahr war eben so, aber man war schon an das Wundersame mehr gewöhnt. Im Herbst gab Marie den dringenden Bitten des Andres und ihrer Eltern nach: sie ward seine Braut und im Winter mit ihm verheiratet.

Oft dachte sie mit inniger Sehnsucht an ihren Aufenthalt hinter den Tannenbäumen zurück; sie blieb still und ernst. So schön auch alles war, was sie umgab, so kannte sie doch etwas noch Schöneres, wodurch eine leise Trauer ihr Wesen zu einer sanften Schwermut stimmte. Schmerzhaft traf es sie, wenn der Vater oder ihr Mann von den Zigeunern und Schelmen sprachen, die im finstern Grunde wohnten; oft wollte sie sie verteidigen, die sie als die Wohltäter der Gegend kannte, vorzüglich gegen Andres, der eine Lust im eifrigen Schelten zu finden schien, aber sie zwang das Wort jedes Mal in ihre Brust zurück. So verlebte sie das Jahr, und im folgenden ward sie durch eine junge Tochter erfreut, welche sie Elfriede nannte, indem sie dabei an den Namen der Elfen dachte.

Die jungen Leute wohnten mit Martin und Brigitte in demselben Hause, welches geräumig genug war, und halfen den Eltern die ausgebreitete Wirtschaft führen.

Die kleine Elfriede zeigte bald besondere Fähigkeiten und Anlagen, denn sie lief sehr früh, und konnte alles sprechen, als sie noch kein Jahr alt war; nach einigen Jahren aber war sie so klug und sinnig, und von so wunderbarer Schönheit, dass alle Menschen sie mit Erstaunen betrachteten, und ihre Mutter sich nicht der Meinung erwehren konnte, sie sehe jenen glänzenden Kindern im Tannengrunde ähnlich. Elfriede hielt sich nicht gern zu andern Kindern, sondern vermied bis zur Ängstlichkeit ihre geräuschvollen Spiele, und war am liebsten allein. Dann zog sie sich in eine Ecke des Gartens zurück, und las oder arbeitete eifrig am kleinen Nähzeuge; oft sah man sie auch wie tief in sich versunken sitzen, oder dass sie in den Gängen heftig auf und nieder ging und mit sich selber sprach. Die beiden Eltern ließen sie gern gewähren, weil sie gesund war und gedieh, nur machten sie die seltsamen verständigen Antworten oder Bemerkungen oft besorgt. So kluge Kinder, sagte die Großmutter Brigitte vielmals, werden nicht alt, sie sind zu gut für diese Welt, auch ist das Kind über die Natur schön, und wird sich auf Erden nicht zurecht finden können.

Die Kleine hatte die Eigenheit, dass sie sich höchst ungern bedienen ließ, alles wollte sie selber machen. Sie war fast die früheste auf im Hause, und wusch sich sorgfältig und kleidete sich selber an; eben so sorgsam war sie am Abend, sie achtete sehr darauf, Kleider und Wäsche selbst einzupacken, und durchaus Niemand, auch die Mutter nicht, über ihre Sachen kommen zu lassen. Die Mutter sah ihr in diesem Eigensinne nach, weil sie sich nichts weiter dabei dachte, aber wie erstaunte sie, als sie sie an einem Feiertage, zu einem Besuch auf dem Schlosse, mit Gewalt umkleidete, so sehr sich auch die Kleine mit Geschrei und Tränen dagegen wehrte, und auf ihrer Brust an einem Faden hängend, ein Goldstück von seltsamer Form antraf, welches sie sogleich für eines von jenen erkannte, deren sie so viele in dem unterirdischen Gewölbe gesehn hatte. Die Kleine war sehr erschrocken, und gestand endlich, sie habe es im Garten gefunden, und da es ihr sehr wohlgefallen, habe sie es so emsig aufbewahrt; sie bat auch so dringend und herzlich, es ihr zu lassen, dass Marie es wieder auf derselben Stelle befestigte und voller Gedanken mit ihr stillschweigend zum Schlosse hinauf ging.

Seitwärts vom Hause der Pachterfamilie lagen einige Wirtschaftsgebäude zur Aufbewahrung der Früchte und des Feldgerätes, und hinter diesen befand sich ein Grasplatz mit einer alten Laube, die aber kein Mensch jetzt besuchte, weil sie nach der neuen Einrichtung der Gebäude zu entfernt vom Garten war. In dieser Einsamkeit hielt sich Elfriede am liebsten auf, und es fiel Niemandem ein, sie hier zu stören, sodass die Eltern oft in halben Tagen ihrer nicht ansichtig wurden. An einem Nachmittage befand sich die Mutter in den Gebäuden, um aufzuräumen und eine verlorene Sache wieder zu finden, als sie wahrnahm, dass durch eine Ritze der Mauer ein Lichtstrahl in das Gemach falle. Es kam ihr der Gedanke, hindurch zu sehn, um ihr Kind zu beobachten, und es fand sich, dass ein locker gewordener Stein sich von der Seite schieben ließ, wodurch sie den Blick gerade hinein in die Laube gewann. Elfriede saß drinnen auf einem Bänkchen, und neben ihr die wohl bekannte Zerina, und beide Kinder spielten und ergötzten sich in holdseliger Eintracht. Die Elfe umarmte das schöne Kind und sagte traurig: Ach, du liebes Wesen, so wie mit dir habe ich schon mit deiner Mutter gespielt, als sie klein war und uns besuchte, aber ihr Menschen wachst zu bald auf und werdet so schnell groß und vernünftig; das ist recht betrübt: Bliebest du doch so lange ein Kind, wie ich!

Gern tät ich dir den Gefallen, sagte Elfriede, aber sie meinen ja alle, ich würde bald zu Verstande kommen, und gar nicht mehr spielen, denn ich hätte rechte Anlagen, altklug zu werden. Ach! und dann seh ich dich auch nicht wieder, du liebes Zerinchen! Ja, es geht wie mit den Baumblüten: wie herrlich der blühende Apfelbaum mit seinen rötlichen aufgequollenen Knospen! der Baum tut so groß und breit, und jedermann, der drunter weg geht, meint auch, es müsse recht was Besonderes werden; dann kommt die Sonne, die Blüte geht so leutselig auf, und da steckt schon der böse Kern drunter, der nachher den bunten Putz verdrängt und hinunter wirft; nun kann er sich geängstigt und aufwachsend nicht mehr helfen, er muss im Herbst zur Frucht werden. Wohl ist ein Apfel auch lieb und erfreulich, aber doch nichts gegen die Frühlingsblüte: so geht es mit uns Menschen auch; ich kann mich nicht darauf freuen, ein großes Mädchen zu werden. Ach, könnt' ich euch doch nur einmal besuchen!

Seit der König bei uns wohnt, sagte Zerina, ist es ganz unmöglich, aber ich komme ja so oft zu dir, Liebchen, und keiner sieht mich, keiner weiß es, weder hier noch dort; ungesehn geh ich durch die Luft, oder fliege als Vogel herüber; o wir wollen noch recht viel beisammen sein, so lange du klein bist. Was kann ich dir nur zu Gefallen tun?

Recht lieb sollst du mich haben, sagte Elfriede, so lieb, wie ich dich in meinem Herzen trage; doch lass uns auch einmal wieder eine Rose machen.

Zerina nahm das bekannte Schächtelchen aus dem Busen, warf zwei Körner hin, und plötzlich stand ein grünender Busch mit zweien hochroten Rosen vor ihnen, welche sich zueinanderneigten, und sich zu küssen schienen. Die Kinder brachen die Rosen lächelnd ab, und das Gebüsch war wieder verschwunden. O müsste es nur nicht wieder so schnell sterben, sagte Elfriede, das rote Kind, das Wunder der Erde. Gib! sagte die kleine Elfe, hauchte dreimal die aufknospende Rose an, und küsste sie dreimal; nun, sprach sie, indem sie die Blume zurückgab, bleibt sie frisch und blühend bis zum Winter. Ich will sie wie ein Bild von dir aufheben, sagte Elfriede, sie in meinem Kämmerchen wohl bewahren, und sie Morgens und Abends küssen, als wenn du es wärst. Die Sonne geht schon unter, sagte jene, ich muss jetzt nach Hause. Sie umarmten sich noch einmal, dann war Zerina verschwunden.

Am Abend nahm Marie ihr Kind mit einem Gefühl von Beängstigung und Ehrfurcht in die Arme; sie ließ dem holden Mädchen nun noch mehr Freiheit als sonst, und beruhigte oft ihren Gatten, wenn er, um das Kind aufzusuchen, kam, was er seit einiger Zeit wohl tat, weil ihm ihre Zurückgezogenheit nicht gefiel, und er fürchtete, sie könne darüber einfältig, oder gar unklug werden. Die Mutter schlich öfter nach der Spalte der Mauer, und fast immer fand sie die kleine glänzende Elfe neben ihrem Kinde sitzen, mit Spielen beschäftigt, oder in ernsthaften Gesprächen. Möchtest du fliegen können?, fragte Zerina einmal ihre Freundin. Wie gerne!, rief Elfriede aus. Sogleich umfasste die Fee die Sterbliche, und schwebte mit ihr vom Boden empor, sodass sie zur Höhe der Laube stiegen. Die besorgte Mutter vergaß ihre Vorsicht, und lehnte sich erschreckend mit dem Kopfe hinaus, um ihnen nachzusehn, da erhob aus der Luft Zerina den Finger und drohte lächelnd, ließ sich mit dem Kinde wieder nieder, herzte sie, und war verschwunden. Es geschah nachher noch öfter, dass Marie von dem wunderbaren Kinde gesehen wurde, welches jedes Mal mit dem Kopfe schüttelte oder drohte, aber mit freundlicher Gebärde.

Oftmals schon hatte bei vorgefallenem Streite Marie im Eifer zu ihrem Manne gesagt: du tust den armen Leuten in der Hütte Unrecht! Wenn Andres dann in sie drang, ihm zu erklären, warum sie der Meinung aller Leute im Dorfe, ja der Herrschaft selber entgegen sei und es besser wissen wolle, brach sie ab, und schwieg verlegen. Heftiger als je ward Andres eines Tages nach

Tische und behauptete, das Gesindel müsse als landesverderblich durchaus fortgeschafft werden; da rief sie im Unwillen aus: schweig, denn sie sind deine und unser aller Wohltäter! Wohltäter?, fragte Andres erstaunt; die Landstreicher? In ihrem Zorne ließ sie sich verleiten, ihm unter dem Versprechen der tiefsten Verschwiegenheit die Geschichte ihrer Jugend zu erzählen, und da er bei jedem ihrer Worte ungläubiger wurde und verhöhnend den Kopf schüttelte, nahm sie ihn bei der Hand und führte ihn in das Gemach, von wo er zu seinem Erstaunen die leuchtende Elfe mit seinem Kinde in der Laube spielen, und es liebkosen sah. Er wusste kein Wort zu sagen; ein Ausruf der Verwunderung entfuhr ihm, und Zerina erhob den Blick. Sie wurde plötzlich bleich und zitterte heftig, nicht freundlich, sondern mit zorniger Miene machte sie die drohende Gebärde, und sagte dann zu Elfrieden: du kannst nichts dafür, geliebtes Herz, aber sie werden niemals klug, so verständig sie sich auch dünken. Sie umarmte die Kleine mit stürmender Eil, und flog dann als Rabe mit heiserem Geschrei über den Garten hinweg, den Tannenbäumen zu.

Am Abend war die Kleine sehr still und küsste weinend die Rose, Marien war ängstlich zu Sinne, Andres sprach wenig. Es wurde Nacht. Plötzlich rauschten die Bäume, Vögel flogen mit ängstlichem Geschrei umher, man hörte den Donner rollen, die Erde zitterte und Klagetöne winselten in der Luft. Marie und Andres hatten nicht den Mut aufzustehn; sie hüllten sich in die Decken und erwarteten mit Furcht und Zittern den Tag. Gegen

Morgen ward es ruhiger, und alles war still, als die Sonne mit ihrem heitern Lichte über den Wald hervor drang.

Andres kleidete sich an, und Marie bemerkte, dass der Stein des Ringes an ihrem Finger verblasst war. Als sie die Tür öffneten, schien ihnen die Sonne klar entgegen, aber die Landschaft umher kannten sie kaum wieder. Die Frische des Waldes war verschwunden, die Hügel hatten sich gesenkt, die Bäche flossen matt mit wenigem Wasser, der Himmel schien grau, und als man den Blick nach den Tannen hinüber wandte, standen sie nicht finstrer oder trauriger da, als die übrigen Bäume; die Hütten hinter ihnen hatten nichts Abschreckendes, und mehrere Einwohner des Dorfes kamen und erzählten von der seltsamen Nacht, und dass sie über den Hof gegangen seien, wo die Zigeuner gewohnt, die wohl fortgegangen sein müssten, weil die Hütten leer ständen, und im Innern ganz gewöhnlich wie die Wohnungen andrer armen Leute aussähen; einiges vom Hausrat wäre zurückgeblieben. Elfriede sagte zu ihrer Mutter heimlich: als ich in der Nacht nicht schlafen konnte, und in der Angst bei dem Getümmel von Herzen betete, da öffnete sich plötzlich meine Tür, und herein trat meine Gespielin, um Abschied von mir zu nehmen. Sie hatte eine Reisetasche um, einen Hut auf ihren Kopf, und einen großen Wanderstab in der Hand. Sie war sehr böse auf dich, weil sie deinetwegen nun die größten und schmerzhaftesten Strafen aushalten müsse, da sie dich doch immer so geliebt habe; denn alle, so wie sie sagte, verließen nur sehr ungern diese Gegend.

Marie verbot ihr, davon zu sprechen, und indem kam auch der Fährmann vom Strome herüber, welcher Wunderdinge erzählte. Mit einbrechender Nacht war ein großer fremder Mann zu ihm gekommen, welcher ihm bis zu Sonnenaufgang die Fähre abgemietet habe, doch mit dem Bedingnis, dass er sich still zu Hause halten und schlafen, wenigstens nicht aus der Tür treten solle. Ich fürchtete mich, fuhr der Alte fort, aber der seltsame Handel ließ mich nicht schlafen. Sacht schlich ich mich ans Fenster und schaute nach dem Strome. Große Wolken trieben unruhig durch den Himmel und die fernen Wälder rauschten bange; es war als wenn meine Hütte bebte und Klagen und Winseln um das Haus schlich. Da sah ich plötzlich ein weißströmendes Licht, das breiter und immer breiter wurde, wie viele tausend nieder gefallene Sterne, funkelnd und wogend bewegte es sich von dem finstern Tannengrunde her, zog über das Feld, und verbreitete sich nach dem Flusse hin. Da hörte ich ein Trappeln, ein Klirren, ein Flüstern und Säuseln näher und näher; es ging nach meiner Fähre hin, hinein stiegen alle, große und kleine leuchtende Gestalten, Männer und Frauen, wie es schien, und Kinder, und der große fremde Mann fuhr sie alle hinüber; im Strome schwammen neben dem Fahrzeuge viel tausend helle Gebilde, in der Luft flatterten Lichter und weiße Nebel, und alles klagte und jammerte, dass sie so weit, weit reisen müssten, aus der geliebten angewöhnten Gegend fort. Der Ruderschlag und das Wasser rauschten dazwischen, und dann war wieder plötzlich eine Stille. Oft stieß die

Fähre an, und kam zurück und ward von neuem beladen, auch viele schwere Gefäße nahmen sie mit, die grässliche kleine Gesellen trugen und rollten; waren es Teufel, waren es Kobolde, ich weiß es nicht. Dann kam im wogenden Glanz ein stattlicher Zug. Ein Greis schien es, auf einem weißen kleinen Rosse, um den sich alles drängte, ich sah aber nur den Kopf des Pferdes, denn es war über und über mit kostbaren glänzenden Decken verhangen; auf dem Haupt trug der Alte eine Krone, sodass ich dachte, als er hinüber gefahren, die Sonne wolle von dorten aufgehn, und das Morgenrot funkle mir entgegen. So währte es die ganze Nacht; ich schlief endlich in dem Gewirre ein, zum Teil in Freude, zum Teil in Schauder. Am Morgen war alles ruhig, aber der Fluss ist wie weg gelaufen, sodass ich Not haben werde mein Fahrzeug zu regieren.

Noch in demselben Jahre war ein Misswachs, die Wälder starben ab, die Quellen vertrockneten, und dieselbe Gegend, die sonst die Freude jedes Durchreisenden gewesen war, stand im Herbst verödet, nackt und kahl, und zeigte kaum hie und da noch im Meere von Sand ein Plätzchen, wo Gras mit fahlem Grün empor wuchs. Die Obstbäume gingen alle aus, die Weinberge verdarben, und der Anblick der Landschaft war so traurig, dass der Graf im folgenden Jahre mit seiner Familie das Schloss verließ, welches nachher verfiel und zur Ruine wurde.

Elfriede betrachtete Tag und Nacht mit der größten Sehnsucht ihre Rose und gedachte ihrer Gespielin, und so wie die Blume sich neigte und welkte, so senkte sie auch das Köpfchen, und war schon vor dem Frühlinge verschmachtet. Marie stand oft auf dem Platze vor der Hütte und beweinte das entschwundene Glück. Sie verzehrte sich, wie ihr Kind, und folgte ihm in einigen Jahren. Der alte Martin zog mit seinem Schwiegersohne nach der Gegend, in der er sonst gelebt hatte.

Eine von diesen Geschichten: Ohnmächtig müssen wir dabei zusehen, wie die Dinge ihren schlimmen Lauf nehmen. ›Tu's nicht!‹, möchten wir Marie zurufen. Es ist doch so klar, was passieren wird! Aber so ist es mit den Menschen und ihrem Umgang mit der Natur, »sie werden niemals klug, so verständig sie sich auch dünken«. Zerina weiß das sehr genau. Wenn Elfen melancholische Wesen sind, dann wegen dieser ökologischen Verstocktheit von uns menschlichen Erdbewohnern.

Dem individuellen Zusammenbruch – Löwenstein, Eckbert, Emil – antwortet hier also die ökologische Katastrophe, das dystopische Bild eines *Waste Land.* Dass Elfriede und Marie am Ende sterben, fällt angesichts des übergreifenden Desasters kaum noch ins Gewicht. Der Untergang ist allgemein geworden. Es fällt nicht schwer, dies als eine Parabel auf unsere Zeit zu lesen. Das Elend, das einen dabei erfassen kann, kennen wir heute als ›ecological grief‹: Machtlos erleben wir, wie die Welt zu Grunde geht. Dabei sind wir es, die sie zu Grunde richten.

Auch dies wäre wohl ein effektvolles Schlussbild für die *Wilden Geschichten,* zwar nicht blutrot, dafür aber von maximaler Düsternis. Dies könnte indes den Eindruck erwecken, als sei Tieck nun doch bei der einen Wahrheit angekommen, von der alle Irrtümer überhaupt erst ihre Kontur als Irrtum erlangen. Aber Tieck bleibt dabei, übrigens sein ganzes Schriftstellerleben lang: Es gibt nur Perspektiven. Oder anders gesagt: Es gibt nur Geschichten. Und in anderen Geschichten können andere Entscheidungen getroffen werden.

Eine Erzählung, aus einem italienischen Buche übersetzt

– Ich war auf dem gewohnten Gange nach dem Walde begriffen, und ich freute mich schon im Voraus, dass nun das Gemälde der heiligen Familie vollendet sein würde. Es war mir verdrießlich, dass der Maler so lange zögerte, dass er immer noch nicht meinen dringenden Bitten nachgab zu endigen. Alle Gestalten, die mir begegneten, einzelne Gespräche, die ich unterwegs hörte, nichts ging mich an; denn nichts davon hatte Bezug auf mein Gemälde; die ganze außenliegende Welt war mir jetzt nur ein Anhang, höchstens eine Erklärung zur Kunst, meiner liebsten Beschäftigung. Einige alte arme Leute gingen vorbei, aber es war keiner darunter, der zu einem Joseph getaugt hätte, kein Mädchen hatte Spuren vom Gesicht der Madonna, zwei Alte sahen mich an, als ob sie sich nicht unterständen, ein Almosen zu begehren, aber erst lange nachher fiel es mir ein, dass ich sie mit einer Kleinigkeit hätte fröhlich machen können.

Es war ein heiterer Tag, die Sonne schien in die Dunkelheit sparsam hinein, nur an einzelnen Stellen sah ich die lichte Bläue des Himmels. Ich dachte: Oh, wie beglückt ist dieser Maler, der hier in der Einsamkeit zwischen schönen Felsen, zwischen hohen Bäumen seinen Genius erwarten darf, dem keine andre der kleinlichen menschlichen Beschäftigungen nahe tritt, der nur seiner Kunst lebt, nur für sie Aug' und Seele hat. Er ist der glücklichste unter den Menschen; denn die Entzückungen, die uns nur auf Augenblicke besuchen, sind in seinem kleinen Hause einheimisch, die hohen Götter sitzen neben ihm, geheimnisreiche Ahndung, zärtliche Erinnerung spielen unsichtbar um ihn, Zauberkräfte lenken seine Hand, und unter ihm entsteht die wundervolle Schöpfung, die er schon vorher kennt, befreundet tritt sie aus dem Schatten heraus, der sie unsichtbar zurückhält.

Unter diesen Gedanken hatte ich mich der Wohnung genähert, die abseits im Holze lag. Auf einem freien, weiten Platze stand das Haus, hohe Felsen erhoben sich hinter seinem Rücken, von denen Tannen herunterrauschten und krauses Gebüsch sich im Winde oben rührte.

Ich klopfte an die Hütte. Die beiden Kinder des Malers waren zu Hause, er selbst war nach der Stadt gegangen, um einzukaufen. Ich setzte mich nieder, das Gemälde stand auf der Staffelei, aber es war ganz vollendet. Es übertraf meine Erwartung, meine Augen wurden auf den schönen Gestalten festgehalten. Die Kinder spielten um mich her, aber ich gab nicht sonderlich acht darauf; sie erzählten mir dann von ihrer kürzlich gestorbenen Mutter, sie wiesen auf die Madonna, ihr sei sie ähnlich gewesen, sie glaubten sie noch vor sich zu sehen. »Wie herrlich ist diese Wendung des Kopfs!«, rief ich aus, »wie überdacht, wie neu! Wie wohl ist alles angeordnet! Nichts Überflüssiges und doch, welche herrliche Fülle!«

Das Gemälde ward mir immer lieber, ich sah es in Gedanken schon in meinem Zimmer hängen, meine entzückten Freunde davor versammelt. Alle übrigen Bilder, die in der Malerstube umherstanden, waren in meinen Augen gegen dieses unscheinbar, keine Gestalt war so innig beseelt, so durch und durch mit Leben und Geist angefüllt wie auf der Tafel, die ich schon als die meinige betrachtete. Die Kinder beschauten indessen den fremden Mann, sie verwunderten sich über jede meiner Bewegungen. Ihnen waren die Gemälde, die Farben alltäglich, sie wussten sich daran nichts Sonderliches, aber mein Kleid, mein Hut, diese Gegenstände waren ihnen dafür desto merkwürdiger.

Nun kam der Alte mit einem Korbe voll Esswaren aus der Stadt; er war böse, dass er die alte Frau aus dem benachbarten Dorfe noch nicht antraf, die für ihn und seine Kinder kochen musste. Er teilte den Kindern einige Früchte aus, er schnitt ihnen etwas Brot, und sie sprangen damit vor die Tür hinaus, lärmten und verloren sich bald in das Gebüsch.

»Ich freue mich«, fing ich an, »dass Ihr das Bild fertiggemacht habt. Es ist über die Maßen wohl geraten, ich will es noch heute abholen lassen.«

Der alte Mann betrachtete es aufmerksam, er sagte mit einem Seufzer: »Ja, es ist nun fertig, ich weiß nicht, wenn ich wieder ein solches werde malen können; lasst es aber bis morgen stehn, wenn Ihr mir einen Gefallen tun wollt, dass ich es bis dahin noch betrachten kann.«

Ich war zu eifrig, ich wollte es durchaus noch abholen lassen, der Maler musste sich endlich darin finden. Ich fing nun an, das Geld aufzuzählen, als der Maler plötzlich sagte: »Ich habe es mir seitdem überlegt, ich kann es euch unmöglich für denselben geringen Preis lassen, für den Ihr das letzte bekommen habt.«

Ich verwunderte mich darüber, ich fragte ihn, warum er bei mir gerade anfangen wolle, seine Sachen teurer zu halten, aber er ließ sich dadurch nicht irremachen. Ich sagte, dass ihm das Gemälde wahrscheinlich stehnbleiben würde, wenn er seinem Eigensinne folgte, da ich es bestellt habe und es kein andrer nachher kaufen würde, wie es ihm schon mit so manchen gegangen. Er antwortete aber ganz kurz: die Summe sei klein, ich möchte sie verdoppeln, es sei nicht zu viel; übrigens möchte ich ihn nicht weiter quälen.

Es verdross mich, dass der Maler gar keine Rücksicht auf meine Einwendungen nahm, ich verließ ihn stillschweigend, und er blieb nachdenkend auf seinem Sessel vor meinem Bilde sitzen. Ich begriff es nicht, wie ein Mensch, der von der Armut gedrückt sei, so hartnäckig sein könnte, wie er in seinem Starrsinne so weit gehe, dass er von seiner Arbeit keinen Nutzen schöpfe.

Ich strich im Felde umher, um meinen Verdruss über diesen Vorfall zu zerstreuen. Als ich so herumging, stieß ich auf eine Herde Schafe, die friedlich im stillen Tale weidete. Ein alter Schäfer saß auf einem kleinen Hügel, in sich vertieft, und ich bemerkte, dass er sorgsam an einem Stocke schnitzelte. Als ich nähertrat und ihn grüßte, sah er auf, wobei er mir sehr freundlich dankte. Ich fragte ihn nach seiner Arbeit, und er antwortete lächelnd: »Seht, mein Herr, jetzt bin ich mit einem kleinen Kunststücke fertig, woran ich beinahe ein halbes Jahr ununterbrochen geschnitzt habe. Es fügt sich wohl, dass reiche und vornehme Herren sich meine unbedeutenden Sachen gefallen lassen und sie mir abkaufen, um mir mein Leben zu erleichtern, und deshalben bin ich auf solche Erfindungen geraten.«

Ich besah den Stock, als Knopf war ein Delphin ausgearbeitet, mit recht guter Proportion, auf dem ein Mann saß, der auf einer Zither spielte. Ich merkte, dass es den Arion vorstellen solle. Am künstlichsten war es, dass der Fisch unten, wo er sich an den Stock schloss, ganz fein abgesondert war; es war zu bewundern, wie ein Finger die Geduld und Geschicklichkeit zugleich besessen habe, die Figuren und alle Biegungen so genau auszuhöhlen und doch so frei und dreist dabei zu arbeiten; es rührte mich, dass das mühselige Kunststück nur einen Knopf auf einem gewöhnlichen Stocke bedeuten solle.

Der alte Mann fuhr fort zu erzählen, dass er unvermutet ein Lied von diesem Delphin und Arion angetroffen, das ihm seither immer so im Sinne gelegen, dass er die Geschichte fast wider seinen Willen habe schnitzen müssen. »Es ist recht wunderbar und schön«, sagte er, »wie der Mann auf den unruhigen Wogen sitzt und ihn der Fisch durch seinen Gesang so lieb gewinnt, dass er ihn sogar sicher ans Ufer trägt. Lange habe ich mir den Kopf darüber zerbrochen, auf welche Weise ich wohl das Meer machen könnte, sodass man auch die Not und das Elend des Mannes gewahr würde, aber dergleichen war pur unmöglich; wenn ich auch die See mit Strichen und Schnitzen hätte anmachen wollen, so wäre es doch nachher nicht so künstlich gewesen, wie jetzt der Stock durch den feinen Schwanz des Fisches mit dem obern Bilde verbunden ist.«

Er rief einen jungen Burschen, seinen Enkel, der mit dem Hunde spielte, und befahl ihm, das alte Lied abzusingen, worauf jener in einer einfachen Weise diese Worte sang:

Arion schifft auf Meereswogen
Nach seiner teuren Heimat zu,
Er wird vom Winde fortgezogen,
Die See in stiller, sanfter Ruh'.

Die Schiffer stehn von fern und flüstern,
Der Dichter sieht ins Morgenrot,
Nach seinen goldnen Schätzen lüstern,
Beschließen sie des Sängers Tod.

Arion merkt die stille Tücke,
Er bietet ihnen all sein Gold,
Er klagt und seufzt, dass seinem Glücke
Das Schicksal nicht wie vordem hold.

Sie aber haben es beschlossen,
Nur Tod gibt ihnen Sicherheit,
Hinab ins Meer wird er gestoßen,
Schon sind sie mit dem Schiffe weit.

Er hat die Leier nur gerettet,
Sie schwebt in seiner schönen Hand,
In Meeresfluten hingebettet
Ist Freude von ihm abgewandt.

Doch greift er in die goldnen Saiten,
Dass laut die Wölbung widerklingt,
Statt mit den Wogen wild zu streiten,
Er sanft die zarten Töne singt:

Klinge Saitenspiel,
In der Flut
Wächst mein Mut,
Sterb' ich gleich, verfehl' ich nicht mein Ziel.

Unverdrossen
Komm' ich, Tod,
Dein Gebot
Schreckt' mich nicht, mein Leben ward genossen.

Welle hebt
Mich im Schimmer,
Bald den Schwimmer
Sie in tiefer, nasser Flut begräbt.

Es klang das Lied durch alle Tiefen,
Die Wogen wurden sanft bewegt,
In Abgrunds Schlüften, wo sie schliefen,
Die Seegetiere aufgeregt.

Aus allen Tiefen blaue Wunder,
Die hüpfend um den Sänger ziehn,
Die Meeresfläche weit hinunter
Beschwimmen die Tritonen grün.

Die Wellen tanzen, Fische springen,
Seit Venus aus den Fluten kam,
Man dieses Jauchzen, Wonneklingen
In Meeresfesten nicht vernahm.

Arion sieht mit trunknen Blicken
Lautsingend in das Seegewühl,
Er fährt auf eines Delphins Rücken,
Schlägt lächelnd noch sein Saitenspiel.

Des Fisches Sinn zum Dienst gezwungen,
Er naht sich schon der Felsenbank,
Er landet, hat den Fels errungen
Und singt dem Fährmann seinen Dank.

Am Ufer kniet er, dankt den Göttern,
Dass er entrann dem nassen Tod.
Der Sänger triumphiert in Wettern
Bezwingt ihn nicht Gefahr, nicht Not.

Der Knabe sang das Lied mit einem sehr einfachen Ausdrucke, indem er stets die kunstreiche Arbeit seines Großvaters betrachtete. Ich fragte den Hirten, wie viel er für sein Kunststück verlange, und der geringe Preis, den er forderte, setzte mich in Erstaunen. Ich gab ihm mehr, als er wollte, und er war außer sich vor Freuden; aber noch einmal nahm er mir den Stock aus der Hand und betrachtete ihn genau. Er weinte fast, indem er sagte: »Ich habe so lange an dieser Figur geschnitzt und muss sie nun in fremde Hände geben; es ist vielleicht meine letzte Arbeit, denn ich bin alt, und die Finger fangen mir an zu zittern, ich kann nichts so Künstliches wieder zustande bringen. Solange ich mich darauf geübt habe, sind viele Sachen von mir geschnitten, aber noch nichts habe ich bisher mit diesem Eifer getrieben; es ist mein bestes Werk.«

Er rührte mich, ich nahm Abschied und begab mich auf den Weg zur Stadt. Je näher ich dem Tore kam, je mehr fiel es mir auf, je wunderlicher kam ich mir vor, dass ich mit einem so langen Stabe einherschritt. Ich dachte daran, wie es allen Einwohnern der Stadt, allen meinen Bekannten auffallen müsse, wenn ich mit dem langen Holze durch die Gassen zöge, an dem oben ein großes schweres Bild sich zeigte. Dem ist leicht vorzubeugen, dachte ich bei mir selber, und schon hatte ich meine Faust angelegt, den bunten Knopf herunterzubrechen, um ihn in die Tasche zu stecken und den übrigen Teil des Stocks dann im Felde fortzuwerfen.

Ich hielt wieder ein. Wie viele mühevolle Stunden, sagte ich, hast du, Alter, darauf verwandt, um den künstlichen Fisch mit dem Stocke zusammenzuhängen, dir wäre es leichter gewesen, ihn für sich zu schneiden, und wie grausam müsste es dir dünken, dass ich jetzt aus falscher Scham die schwerste Aufgabe deines mühseligen Werks durchaus vernichten will.

Ich warf mir meine Barbarei vor und war mit diesen Gedanken schon ins Tor gekommen, ohne es zu bemerken. Es ängstete mich gar nicht, dass die Leute mich aufmerksam betrachteten; wohlbehalten und unverletzt setzte ich in meinem Zimmer den Stock unter andern Kunstsachen nieder. Die Arbeit nahm sich zwar nun nicht mehr so gut aus als im freien Felde, aber innigst rührte mich immer noch der unermüdliche Fleiß, diese Liebe, die sich dem leblosen Holze, der undankbaren Materie so viele Tage hindurch angeschlossen hatte.

Indem ich das Werk noch betrachtete, fiel mir der Maler wieder in die Gedanken. Es gereuete mich nun recht herzlich, dass ich so unfreundlich von ihm gegangen war. Ihm war die Bildung seiner Hand und seiner Phantasie auch so befreundet, die er nun für eine Nichtswürdigkeit einem Fremden auf immer überlassen sollte. Ich schämte mich, zu ihm zu gehn und meine Reue zu bekennen, aber da standen die Gestalten der armen Kinder vor meinen Augen, ich sah die dürftige Wohnung, den bekümmerten Künstler, der, von der ganzen Welt verlassen, die Bäume und benachbarten Felsen als seine Freunde anredete. Armer Correggio!, seufzte ich laut, auch dein Lebenswandel ging verloren, wie magst du dich nach einem Freunde gesehnt haben! Wie einsam ist der Künstler, den man nur wie eine schätzbare Maschine behandelt, die die Kunstwerke hervorgibt, die wir lieben, den Urheber selbst aber vernachlässigen. Es ist ein gemeiner, verdammlicher Eigennutz.

Ich schalt meine Scham, die mich an dem Tage fast zweimal zum Barbaren gemacht hatte; noch vor Sonnenuntergang ging ich nach dem Walde hinaus. Als ich vor dem Hause stand, hörte ich den Alten drinnen musizieren; es war eine wehmütige Melodie, die er spielte, er sang dazu:

Von aller Welt verlassen,
Bist du Madonna nah,
Wenn Mensch und Welt mich hassen,
Stehst du mir freundlich da,
So bin ich nicht verlassen,
Wenn ich dein Auge sah.

Mein Herz klopfte, ich riss die Tür auf und fand ihn vor seinem Gemälde sitzen. Ich fiel ihm weinend um den Hals, und er wusste erst nicht, was er aus mir machen sollte. »Mein steinernes Herz«, rief ich aus, »hat sich erweicht, verzeiht mir das Unrecht, das ich euch heute Morgen tat.«

Ich gab ihm für sein Bild weit mehr, als er gefordert, als er erwartet hatte, er dankte mir mit wenigen Worten. »Ihr seid«, fuhr ich fort, »mein Wohltäter, nicht ich der Eurige, ich gebe, was Ihr von jedem erhalten könnt, Ihr schenkt mir die kostbarsten, innersten Schätze Eures Herzens.«

Der Maler sagte: »Wenn Ihr das Bild abholen lasst, so erlaubt mir nur, dass ich manchmal, wenn es euch nicht stört oder Ihr nicht zu Hause seid, in Eure Wohnung kommen darf, um es zu betrachten. Eine unbezwingbare Wehmut nagt an meinem Herzen, alle meine Kräfte erliegen, und dies Bild ist vielleicht das letzte, das meine Hände erschaffen haben. Dazu so trägt die Madonna die Bildung meiner gestorbenen Gattin, des einzigen Wesens, das mich auf Erden jemals wahrhaftig geliebt hat: ich habe lange daran gearbeitet, meine beste Kunst, mein herzlichster Fleiß ist in diesem Gemälde aufbewahrt.«

Ich umarmte ihn wieder: wie herzensarm, wie verlassen, wie gekränkt und einsam schien mir nun derselbe Mann, den ich am Morgen noch glaubte beneiden zu können! – Er wurde von diesem Tage mein Freund, wir ergötzten uns oft, indem wir vor seinem Bilde Hand in Hand saßen.

Aber er hatte recht. Nach einem halben Jahre war er gestorben, er hatte mancherlei angefangen, aber nichts vollendet. Seine übrigen Arbeiten wurden in einer Versteigerung ausgeboten, ich habe vieles an mich gehandelt.

Mitleidige Menschen nahmen die Kinder zu sich; auch ich unterstützte sie. Ein Tagelöhner wohnt mit seiner Familie nun in der Hütte, wo sonst die Kunst einheimisch war, wo sonst freundliche Gesichter von der Leinwand blickten. Oft gehe ich vorüber und höre einzelne Reden der Einwohner, oft seh ich auch den alten Hirten noch. – Niemals kann ich an diesen Vorfall ohne heftige Rührung denken.

Und das wäre nun ein Ende für die *Wilden Geschichten*? Ausgerechnet eine »heftige Rührung«? Das Heftige liegt ganz im Sinne Tiecks. Auch das Rührende passt, oder mit einem anderen Wort eben: »Wirkung«. Das ist es, was den jungen Tieck manisch interessiert: die Wirkung, die Effekte eines Textes. Anders, besser: der Text als Wirkung, wie unromantisch das vermeintlich technische Wort auch klingen mag. Tiecks beabsichtigte heftige Wirkung – der Texttaumel, der eigentümliche literarische Terrorismus, der Schock –, sprengt dabei vorsätzlich jede gefühlige Empfindsamkeit, jedes klassische Maß und nicht zuletzt jede aufklärerische Mission. Alles gerät in eine nicht mehr zu beruhigende Bewegung, nichts ist mehr zu fixieren. Es entsteht, momenthaft und noch radikal frei – sich bis heute jeder Identifikation entziehend –, was bald ›Moderne‹ heißen wird. Von nun an, noch in den letzten Jahren des 18. Jahrhunderts geboren und dem 19. aufgegeben, ist es da und nicht mehr wegzukriegen, in der Literatur, überhaupt in der Kunst, in der Welt. Bald wirkt es – auf je eigene Art – in den Texten des jungen Novalis, Günderrodes, E. T. A Hoffmanns, Droste-Hülshoffs, Emily Brontës, Mary Shelleys, Edgar Allen Poes, George Sands, Gabriele Reuters, Marie von Ebner-Eschenbachs, Therese Hubers, Baudelaires, Flauberts, Maupassants, Mallarmés, de Quinceys, Rimbauds, Apollinaires oder Huysmans'. Und es wirkt bis heute, auch über die Literatur hinaus, etwa im medialen Dreiklang von Comedy, Horror und Fantasy. Hier, in den Texten Tiecks beginnt es.

Tiecks »heftige Rührung« ist also weit von einer gefühligen Empfindsamkeit entfernt. Es geht ihm um Unruhe, nicht um Beruhigung. Alles andere würde Tiecks Vorstellung von einem echten Leseerlebnis verfehlen. Das beste Mittel, sich nicht beruhigen zu lassen, und damit das beste Mittel, Tieck im Sinne Tiecks zu lesen, liegt ohnehin darin, mit dem Lesen nicht aufzuhören. Das ist wiederum ganz einfach: Es reicht zurückzublättern in diesem Buch, ganz nach vorn, und dann noch einmal zu beginnen, vom Anfang an.

Anhang

Editorische Notiz

Der Text folgt weitgehend den unten genannten Ausgaben. Nachweise zu den Zitaten in den Zwischentexten finden sich weiter unten. Tiecks Texte und die zeitgenössischen Zitate wurden durchgehend an die neue Rechtschreibung angepasst; die Interpunktion blieb unangetastet.

Bibliographische Nachweise der Erzählungen

Ludwig Tieck: Straußfedern. Kritische Edition nach dem Abdruck in den Schriften (1828–1854). *Hg. v. Jürgen Joachimsthaler. 3 Bde. Berlin 2014, 2016, 2016.*

Die beiden merkwürdigsten Tage aus Siegmunds Leben (Bd. 1, S. 117–142)

Der Naturfreund (Bd. 2, S. 73–87)

Der Psycholog (Bd. 2, S 107–113)

Die Freunde (Bd. 3, S. 47–62)

Der Fremde (Bd. 1, S. 91–102)

Ludwig Tieck: Phantasus *(= Schriften in 12 Bänden. Bd. 6). Hg. v. Manfred Frank. Frankfurt am Main 1985.*

Der blonde Eckbert (S. 126–146)

Der Runenberg (S. 184–208)

Liebeszauber (S. 210–240)
Die Elfen (S. 306–327)

Wilhelm Heinrich Wackenroder, Ludwig Tieck: Phantasien über die Kunst. *Hg. v. Wolfgang Nehring. Stuttgart 1973.*
Die Farben (S. 50–54)
Eine Erzählung, aus einem italienischen Buche übersetzt (S. 17–25)

Bibliographische Nachweise für die Zwischentexte

S. 5–11:
Ludwig Tieck: *Brief an Wackenroder vom 12. Juni 1792.* In: Wilhelm Heinrich Wackenroder: *Sämtliche Werke und Briefe.* Bd. 2. Hg. v. Richard Littlejohns. Heidelberg 1991, S. 48–58, S. 49. – Ebd., S. 48. – Ebd., S. 48 f. – Ebd., S. 49.

S. 44–47:
Ludwig Tieck: *Straußfedern. Kritische Edition nach dem Abdruck in den Schriften (1828–1854).* Hg. v. Jürgen Joachimsthaler. Bd. 2. Berlin 2016, S. 62 f.

S. 65–68:
Karl Philipp Moritz (Hg.): *ΓΝΩΘΙ ΣΑΥΤΟΝ oder MAGAZIN ZUR ERFAHRUNGSSEELENKUNDE als ein Lesebuch für Gelehrte und Ungelehrte. Mit Unterstützung mehrerer Wahrheitsfreunde.* Hg. v. Karl Philipp Moritz. 10 Bde., Berlin 1783–1793. Nachdruck hg. v. Petra u. Uwe Nettelbeck, 10 Bde., Nördlingen 1986, Bd. 5, S. 229–231. – Ebd., Bd. 1, S. 20–23. – Ebd., Bd. 1, S. 114–116. – Ebd., Bd. 4, S. 207. – Ebd., Bd. 3, S. 7–12. – Ebd., Bd. 1, S. 24–26. – Ebd., Bd. 1, S. 198–201.

S. 74–76:
Karl Philipp Moritz: *Magazin zur Erfahrungsseelenkunde,* Bd. 2, S. 114–115. – Ebd., Bd. 2, S. 114. – Ebd., Bd. 2, S. 115. – Ludwig Tieck: *Brief an Wackenroder vom 12. Juni 1792,* S. 50.

S. 94–98:
Karl Philipp Moritz: *Magazin zur Erfahrungsseelenkunde,* Bd. 5, S. 207–210. – Ebd., Bd. 5, S. 207. – Ebd. – Ludwig Tieck: *Über Shakespear's Behandlung des Wunderbaren.* In: Ders: Jugendwerke / Die Sommernacht / Schriften 1789–1794 (= Schriften in zwölf Bänden. Bd. 1). Hg. v. Achim Hölter. Frankfurt am Main 1991, S. 685–722, S. 691 f.

S. 112–115:
Ludwig Tieck: *Über Shakespear's Behandlung des Wunderbaren,* S. 704, S. 712. – Ebd. – Ludwig Tieck: *Schriften.* 28 Bde. Berlin 1828–1854, Bd. 6, S. V ff. – Ludwig Tieck: *Briefe über Shakespeare.* In: Ders.: *Kritische Schriften.* Bd. 1, Leipzig 1848, S. 133–184, S. 158. – Ludwig Tieck: *Phantasus* (= Schriften in zwölf Bänden. Bd. 6). Hg. v. Manfred Frank. Frankfurt a. M. 1985, S. 113. – Ludwig Tieck: *Briefe über Shakespeare,* S. 158. – Ebd. – Ludwig Tieck: *Über Shakespeare's Behandlung des Wunderbaren,* S. 686, S. 699, S. 712. – Ludwig Tieck: *Briefe über Shakespeare,* S. 158. – Ebd., S. 144.

S. 142–145:
Ludwig Tieck: *Über Shakespeare's Behandlung des Wunderbaren,* S. 718. – Marcus Herz: *Versuch über den Schwindel.* Zweyte umgeänderte und vermehrte Auflage. Berlin 1791 (Erstausgabe Berlin 1786), S. 174. – Tieck: *Über Shakespeare's Behandlung des Wunderbaren,* S. 704. – Karl Philipp Moritz: Auch eine Hypothese über

die Schöpfungsgeschichte Mosis. In: Ders.: Werke. Hg. v. Horst Günther, 3 Bde. Frankfurt a. M. 1981, Bd. 3, S. 787. – Salomon Maimon in Moritz: *Magazin zur Erfahrungsseelenkunde,* Bd. IX, S. 18. – Ebd., S. 58. – Ebd., S. 57. – Immanuel Kant: *Anthropologie in pragmatischer Hinsicht.* In: Ders.: Werke in zehn Bänden. Hg. v. Wilhelm Weischedel, Darmstadt 1983, Bd. 10, S. 465 (B 67, 68, A 75, 76). – Ebd., S. 485 (BA 92). – Immanuel Kant: *Kritik der Urteilskraft.* In: Ders.: Werke in zehn Bänden. Hg. v. Wilhelm Weischedel, Darmstadt 1983, Bd. 8, S. 421 (B 203; A 201). – Immanuel Kant: *Anthropologie,* S. 468. (B 71, A 79). – Immanuel Kant: *Kritik der Urteilskraft,* S. 420 f. (B 202). – Ebd., S. 421 (B 203; A 201). – Ebd. – Ebd., S. 148 u. S. 179 (B 151 u. A 125).

S. 178–181:

Johann Gottlieb Fichte: *Grundlage der gesamten Wissenschaftslehre.* In: Ders.: Sämtliche Werke Hg. v. I. H. Fichte, Bd. I, Zur theoretischen Philosophie, Berlin 1845 / 1846 (Nachdruck Berlin 1971), S. 234. – August Wilhelm Schlegel: *Allgemeine Übersicht des gegenwärtigen Zustandes der Deutschen Literatur.* In: Ders.: Vorlesungen über schöne Literatur und Kunst, Zweiter Theil. Heilbronn 1884, S. 84. – Ludwig Tieck: *Phantasus,* S. 113. – Ludwig Tieck: *Über Shakespeare's Behandlung des Wunderbaren,* S. 696. – Ebd., S. 692. – Wilhelm Heinrich Wackenroder: *Sämtliche Werke und Briefe,* Bd. 2, S. 114. – Ludwig Tieck: *Über Shakespeare's Behandlung des Wunderbaren,* S. 702. – Ebd., S. 692. – Ebd., S. 704. – Ludwig Tieck: *Phantasus,* S. 1266.

S. 230–321:

Alexander von Humboldt: Tagebücher der Amerikanischen Reise, 1. August 1803, Digitalisierte Sammlungen der Staatsbibliothek Berlin, https:/ / digital.staatsbibliothek-berlin.de / werka nsicht?PPN=PPN779884841&PHYSID=PHYS_0041&DMDID =DMDLOG_0001 (letzter Zugriff am 10. 9. 2021). – E. Meiners: Vom Leben der Erde. Tübingen 1807, S. 86. – Bettina von Arnim: Die Günderode. In: Dies.: Werke und Briefe in drei Bänden. Bd. 1. Hg. v. Walter Schmitz. Frankfurt a. M. 1986, S. 295–746, S. 529.

Kommentare zu den Texten Tiecks

S. 16:
»als Dümouriez sein Heer verlassen hatte« – Charles-François du Périer du Mouriez, genannt Dumouriez, gilt den Zeitgenossen als Paradebeispiel für einen Hochverräter. Als französischer General wechselte er 1793 im sog. »Ersten Koalitionskrieg« die Seiten und schloss sich dem österreichischen Heer an.

S. 18:
»Hanc veniam damus petimusque vicissim« – Das etwas ungenaue Zitat aus Horaz' *Ars poetica* lautet übersetzt: »Um diese Gunst bitten wir, und wir gewähren sie unsererseits.«
»Justum et tenacem etc.« – Das abgekürzte Zitat aus Horaz' *Oden* lautet vollständig »Justum et tenacem propositi virum«, übersetzt: »Der rechte Mann, der an seinem Entschluss festhält«.
»Sutor ne ultra crepidam!« – Lateinisches Sprichwort, wörtlich »Schuster, nicht über die Sandale hinaus!«, heute also: »Schuster, bleib bei deinem Leisten!«

S. 55:
»Thomsons Jahreszeiten« – Der schottische Schriftsteller James Thomson veröffentlichte 1730 seinen Gedichtband *The Seasons,*

1744 folgte die deutsche Übersetzung durch Barthold Heinrich Brockes, 1801 dann die musikalische Umsetzung in Joseph Haydens Oratorium *Die Jahreszeiten.*

S. 62:
»Klopstock« – Friedrich Gottlieb Klopstock (1724–1803) war ein bedeutender Dichter der Empfindsamkeit, einer literarischen Strömung der Spätaufklärung.

S. 98:
»credat Judaeus apella« – Das Zitat aus Horaz' *Satiren* lautet übersetzt: »Das glaube der (leichtgläubige) Jude«, heute also: »Das glaube, wer mag.«

S. 226:
»Pluto« – Gemeint ist hier Plutos. Plutos gilt in der griechischen Mythologie als Gott der Reichtümer, die der Erde entstammen, etwa Erdschätze, Pflanzen und Getreide.

S. 266:
»Arion« – Arion von Lesbos, ein griechischer Dichter und Sänger des 7. Jahrhunderts v. Chr.

Über Ludwig Tieck

Ludwig Tieck, geboren am 31. Mai 1773 in Berlin, war ein vielseitiger Schreiber. Die *Wilden Geschichten* präsentieren ihn als Autor von Erzählungen, die tatsächlich den größten Teil seines Werkes ausmachen. Doch stammen aus Tiecks Feder auch zwei große Romane der Frühromantik, der Briefroman *William Lovell* (1795 / 96) und der Künstleroman *Franz Sternbalds Wanderungen* (1798). Und neben der Prosa findet sich jede Menge Lyrik: »Willt du dich zur Reis' bequemen / Über Feld / Berg und Tal / Durch die Welt, / Fremde Städte allzumal, / Musst Gesundheit mit dir nehmen.« Auch eine Reihe von Dramen hat Tieck verfasst: romantische Komödien wie *Der gestiefelte Kater* und Tragödien wie *Der Abschied*. Mit Blick auf Fülle und Vielfalt dieser Dichtungen sowie ihren teils durchschlagenden Erfolg hat Friedrich Hebbel seinen Schriftstellerkollegen Tieck einmal als den »König der Romantik« bezeichnet.

Als sei dies alles noch nicht genug an Produktivität, war Tieck zudem als Übersetzer, Herausgeber und Theaterkritiker tätig. So erscheint 1799 bis 1801 in vier Bänden Tiecks Übersetzung des *Don Quixote* von Cervantes. Ab 1826 widmet er sich, unter Mithilfe seiner Tochter Dorothea Tieck, der Übersetzung und Herausgabe der Werke Shakespeares. Schon 1802, Tieck ist gerade aus Berlin nach Ziebingen gezogen, hatte er zusammen mit Friedrich Schlegel posthum die Werke des früh verstorbenen Friedrich von Hardenberg, genannt Novalis, herausgegeben. Auch die erste Gesamtausgabe der Werke Heinrich von Kleists, erschienen 1826 in drei Bänden, sowie die erste Gesamtausgabe der Schriften des Sturm-und-Drang-Dichters Michael

Jacob Reinhold Lenz, erschienen 1828 in drei Bänden, verdanken wir Tieck. Zudem wendet sich Tieck nicht nur dem Spanischen und dem Englischen zu, sondern auch dem Mittelhochdeutschen, etwa wenn er Ulrichs von Liechtenstein *Frauendienst* aus dem Jahr 1255 nach einer mittelalterlichen Handschrift bearbeitet und publiziert. Tiecks Engagement als Dramaturg des Hoftheaters in Dresden und als Theaterkritiker der *Dresdner Abend-Zeitung* beginnt nach seinem Umzug nach Dresden im Jahr 1819. Die zweibände Sammlung zum *Deutschen Theater*, die Dramen aus dem weiten Zeitraum von 1450 bis 1800 enthält, hatte Tieck schon 1817 publiziert.

Grundlage dieser überbordenden Produktivität war offenbar ein unstillbarer Lesehunger. Einen Eindruck davon vermittelt ja schon die Vorleseszene, mit der die hier vorgelegten *Wilden Geschichten* beginnen. Von der Unstillbarkeit dieses Lesehungers zeugt Tiecks private Bibliothek, die im Lauf seines Lebens auf 16 000 Bände anwächst. Tieck hat das alles verschlungen – und dann in die vielfältigen Formen der Prosa, der Lyrik, des Dramas, der Übersetzung, der Herausgabe und der literarischen Kritik übertragen.

Inhalt

Tieck lesen: Nachts 5

Die beiden merkwürdigsten Tage aus Siegmunds Leben 11

Überdrehte Satire 44

Der Naturfreund 48

Erkenne dich selbst! 65

Der Psycholog 68

Erfahrungsseelenkunde 74

Die Freunde 76

Träumen 94

Der Fremde 98

Schwindel 112

Der Blonde Eckbert 115

Ausschweifungen der Einbildungskraft 142

Der Runenberg 145

Poetischer Wahnsinn 178

Liebeszauber 181

Natur 222

Die Farben 223

Ökologie 230

Die Elfen 232

Umwelttrauer 261

Eine Erzählung,
aus einem italienischen Buche
übersetzt 262

Tieck lesen: kein Ende 274

Anhang 277

Editorische Notiz 277

Bibliographische Nachweise der
Erzählungen 277

Bibliographische Nachweise
für die Zwischentexte 278

Kommentare zu den Texten Tiecks 281

Über Ludwig Tieck 283

Der Verlag Galiani Berlin hat sich zu einer nachhaltigen Buchproduktion verpflichtet. Gemeinsam mit unseren Partnern und Lieferanten setzen wir uns für eine klimaneutrale Buchproduktion ein, die den Erwerb von Klimazertifikaten zur Kompensation des CO_2-Ausstoßes einschließt. Weitere Informationen finden Sie unter www.klimaneutralerverlag.de

MIX
Papier | Fördert gute Waldnutzung
FSC® C083411
FSC www.fsc.org

1. Auflage 2023

Verlag Galiani Berlin

Covergestaltung: Lisa Neuhalfen, Berlin
Lektorat: Wolfgang Hörner
Gesetzt aus der Linotype Palatino
Satz: Wilhelm Vornehm, München
Druck und Bindung: CPI books GmbH, Leck
ISBN 978-3-86971-277-2

Weitere Informationen zu unserem Programm finden Sie unter *www.galiani.de*